中国古代文学名著鉴赏

# 文选新读

杜志强 编著

上海辞书出版社

# 前 言

《文选》是现存最早的总集，对后世文学产生了深远的影响。伟大诗人李白、杜甫都曾深入学习《文选》，李白“前后三拟《文选》”（段成式《酉阳杂俎·语资》），杜甫要求儿子宗武“精熟《文选》理”（仇兆鳌《杜诗详注》卷一七），这足以反映出唐代文人对《文选》的重视。宋代“《文选》烂，秀才半”（陆游《老学庵笔记》卷八）的俗语，也能说明宋代文人烂熟《文选》的事实。可以说，隋唐以后，《文选》是科举路上文人士子的必读之物。

今天看来，《文选》不仅是汉魏六朝文学的最主要载体，而且是学习骈文的最佳范本，还是研究汉魏六朝文学的最主要阵地。由于《文选》选取标准精审，选文量大，时间跨度广，涉及作家多，相关内容又极庞杂，因此，可供学习和研究的范围就特别广阔，几乎涉及唐前文学的方方面面，于是，学术累积的结果就是——形成了蔚为壮观的“《文选》学”。这也是中国文学史上不多见的奇观。

时至今日，《文选》仍然是我们继承和发扬优秀传统文化的重要对象。如何继承和发扬呢？不同的作者，不同的读者，不同的初衷，都会有不同的角度和方法。严肃的学术研究可，适当的古典普及亦可；翻译、注释、译注可，选读、通读亦可；考释作品可，考证作家可，索隐史事和背景亦可；沿袭传统观点可，翻案出新亦可。我们采取的方法是选读，即节选重要作品之一部分，或者短文（诗）的全部，辅以译注，重点则在引导读者的分析和鉴赏文字上。在我们看来，《文选》体量较大，初读者入门不易，尤其是对于那些不需要通读、精读的读者而言，即便是我们做出《〈文选〉译注》（已有出版成果），对这些初读者来说还是感到入门艰难，所以，精选其中片段，再加以较为深入的释读引导，就显得十分必要了。

基于以上考虑，我们选读了《文选》中90篇作品，多数都只是截取其精彩段落，然后进行分析和鉴赏。很显然，我们的选读仅包含了《文选》的一小部分，对《文选》的介绍和了解也仅是冰山一角；但这本来就是我们的设定，我们没有求全，而是企图约略收“窥一斑而知全豹”之效。至于实际效应的检验，只有付诸读者了。在此，谨说说个人在选读行程中的一点感受。

第一，《文选》是汉魏六朝文学的渊薮，通过选读，我们对汉魏六朝文学进行了一次较有深度的巡礼。《文选》所选篇目多为经典，对经典作品进行深入研读，以点带面，是能够做到对中古文学较有深度的认识的。于是，我们就能看到，中古作家和作品的个性化越来越突出，作品内容越来越走向了抒情，作品本身的文学性得到了特别明显的加强。在一批又一批的优秀作家接力赛般的推动之下，中国语言文字本身的艺术特质得到了开掘和发扬，浸染着中国文化的、具有中国特色的情感内容和抒情方式渐趋形成，最能彰显汉语艺术之美的文体——骈文真正成熟并完成了华美精深的塑形，最能体现中国人审美诉求的山水和田园诗横空出世，盛唐气象的风华已经隐约在望。而这些，萧统通过《文选》，都给予了实实在在的肯定，并通过这个经典选本将之推阐和传扬，《文选》之功大矣！

当然，我们也能发现，萧统选文的标准，以及由此而呈现出的他对文学的理解，和我们今天的看法还是有距离的。一个鲜明的现象是，我们所认可的一些篇目，比如王羲之《兰亭序》、陶渊明《五柳先生传》以及齐、梁时期的一些清新小诗，萧统都未予选录，他喜欢选录富有文采的、篇体略长的诗歌和文章；他主张诗歌吟咏情性，但偏重于情志结合的主题，那些过于流丽的、单纯写性灵的作品和有俗化倾向的作品，他一般不选；也就是说，他的选录标准是富丽文采、情志结合和典雅华贵的三位一体。虽然有着这样认识上的小异，但放在当时来看，萧统的文学观念应该是特别合理、稳健的，比萧纲、萧绎激进的文学观和裴子野保守的文学观都显得更具理论价值和指导意义。

第二，《文选》给我们呈现了中古文人生活的情感世界，呈现了他们丰富多彩的人格美和精神美。从选文来看，萧统肯定那些抒写失意心态的作品（如“士不遇”主题的作品）、抒写感恩或愤激之情的作品，以及带有鲜明魏晋风度的作品，这说明在人格认同上，萧统倾向于有超脱个性的，和较有风骨甚至是风骨凛然的人格。那些悲天悯人、济世救民的心怀，以及失意、幽怨、悲苦的情愫，也都是萧统重点选录的对象，而一味的旖旎情怀，萧统基本不选。这样一来，萧统给我们呈现的中古文人情怀，或温醇善美，或凄苦幽怨，或泊如止水，但无不闪烁着人性的光芒，与光芒四射的魏晋风度一起，穿透了漫长的历史风烟，熠熠生辉。人情千古如斯，今天，当我们品读《文选》时，会理所当然地受其影响，萧统所肯定和推崇的，也就是我们所肯定和推崇的。《文选》正是见证了中古文人的美好感情，也印证了中华民族温和善美的情感世界的一脉承传。

第三，《文选》是萧统主持的盛世文化工程，其遴选、评价诗文，发表文学主张，都有着鲜明的文学和文化抱负。在我们今天看来，萧统的时代算不上是盛世，但在萧统的眼里，或许那就是盛世，就是应当奋发有为的盛世；既然作了国朝太子，那就要主持全国的文化工作，为国家文化、文学的发展规划和定调。因此，他才会通盘清理整个汉魏六朝的文学作品，无论是在思想内容上，还是在艺术价值上，都严选精选；他要用这样的理想文本作为范型，不仅作为国家文学、文化发展的主轴、主方向，而且还要化育人心，引导士人行为。当然，也不排除萧统借《文选》以显才、以加强自己在学术文化界声誉的目的，但这与其盛世文化抱负并不矛盾；何况，在当时，萧统若要显示自己的文化水平，途径真的很多，其诗其文，其佛性论，都足以成其美名，而用不着假《文选》以重其名。

总之，《文选》是煌煌大著，读者尽可以有不同的解读和阐释。所谓经典，就在于其内涵的丰富性、立体性和包容性上，它让不同的时代和不同的读者都可以有不同感触和收获。《文选》正是这样的经典。一千四百多年过去了，萧统那融合着“踵事增华”的文学进化观、情志结合的文学情感导向、文质彬彬的文学风格倾向的文学思想，至今还是不易之论。让这样的经典在新时代发挥其更大的价值，完全是应该和必须的。可是，我们曾经有过一段时间，一些大学中文系竟然都不敢讲授《文选》，原因是《文选》乃“贵族文学”。毋庸讳言，这是我们走过的弯路。还好，“质文嬗代”，今天，我们可以很好地研读、讲述《文选》，《文选》可以更好地履行其“常读常新”的经典之职责了。

# 目 录

# 《文选》序　　萧统

文之时义远矣哉！若夫椎轮为大辂之始[1]，大辂宁有椎轮之质？增冰为积水所成，积水曾微增冰之凛[2]。何哉？盖踵其事而增华[3]，变其本而加厉[4]。物既有之，文亦宜然。

若其赞论之综缉辞采[5]，序述之错比文华[6]，事出于深思，义归乎翰藻，故与夫篇什杂而集之。远自周室，迄于圣代，都为三十卷，名曰《文选》云耳。

**注释：**[1] 椎（chuí）轮：椎车，原始的无辐轮的车。大辂（lù）：大车。[2] 凛：冷。[3] 踵：继续，追加。增华：增加文采装饰。[4] 变其本：改变了原来的性质、状态。加厉：更加严厉。[5] 赞论：即《文选》之"传赞"，如《公孙弘传赞》。综缉：连缀。[6] 序述：指史书之"述赞"，如《述高纪赞》。错比：杂错排列。

**译文：**文章的意义好远大啊！天子的豪车是由简陋的椎轮车发展而来，可是，豪车哪有椎轮车的质朴？厚厚的冰层是由水凝结而成，可是，水哪有冰的寒冷？这说明，"踵事增华，变本加厉"是事物发展的必然逻辑。事物如此，那文章的发展也应该遵循这个道理。

"传赞"组织文采，"述赞"排比英华，所写的事情是经过深刻构思的，所陈述的义理是浸染着华美文采的，像这样的作品，我们将其杂取、收集在一起。远自周朝，迄于当代，共有三十卷，名之曰《文选》。

## 沉思翰藻始为文

《文选》（史称《昭明文选》）是现存最早的文学总集，由梁朝太子萧统编纂。萧统是储君、"富二代"，更是才学俱佳、文义冠世的著名文人。由他主编的《文选》，选录诗、文、赋

700 余篇，成为唐前文学作品的渊薮，为保存中古文学作品作出了重大贡献；同时，萧统独到而精深的编纂思想，使得《文选》具有鲜明的特色，成为我国骈体文学的主要载体。唐代时，出于科考需要，学子们都努力研习《文选》，遂有“《文选》烂，秀才半”之说，于是形成了著名的“选学”（专门研究《文选》的学问），这在我国古代历史上是罕见的，也从侧面说明《文选》对中国文学、文化的巨大影响力。

“事出于沉思，义归乎翰藻”，可以看作是萧统编纂《文选》的指导思想，用今天的话来说，就是内容深刻、辞采精炼的文质彬彬之作。表面上看，这没什么了不起，但如果将其放在中国文学发展的长河中来看时，我们就能认识到它的深刻性和包容性来。汉代的文学处于政教主导之下，体现出鲜明的实用性和功利特色。这样的文学，不利于抒写丰富复杂的感情，所以才会有魏晋时期“文学的自觉”，即文学要回到“情”上来，要“缘情而绮靡”。但在功利、感情、辞采三者孰重孰轻的关系问题上，却向来是众说纷纭。而这众说纷纭的背后，折射出的正是万千士大夫对文学认识的深浅、全面与否等问题。从这个角度来说，萧统以“事出于沉思，义归乎翰藻”为标准来遴选浩如烟海的文学作品，正体现出立于时代思想之巅的深刻性，也因此，《文选》才能历经 1500 余年的风雨而完帙如今，且注本层出不穷，“选学”也愈益波澜壮阔。

## 离骚

屈原

朝搴阰之木兰兮[1]，夕揽洲之宿莽[2]。日月忽其不淹兮[3]，春与秋其代序[4]。惟草木之零落兮，恐美人之迟暮。不抚壮而弃秽兮[5]，何不改乎此度[6]？乘骐骥以驰骋兮，来吾道夫先路！

长太息以掩涕兮[7]，哀民生之多艰[8]。余虽好修姱以鞿羁兮[9]，謇朝谇而夕替[10]。既替余以蕙纕兮[11]，又申之以揽茝。亦余心之所善兮，虽九死其犹未悔。怨灵修之浩荡兮[12]，终不察夫民心。——《文选》卷三二

注释：[1] 搴（qiān）：拔取。阰（pí）：楚国山名。[2] 揽：采摘。宿莽：草名，经冬不死。[3] 淹：留。[4] 代序：更迭。[5] 抚壮：趁着壮年。秽：指恶德。[6] 此度：这种态度。[7] 太息：叹息。掩涕：拭泪。[8] 民生：民众的生活。[9] 好：喜欢。修姱（kuā）：美好，美德。鞿羁（jī jī）：自我约束，行不苟且。[10] 謇（jiǎn）：正直。谇（suì）：激谏。替：废弃。[11] 纕（xiāng）：佩带。[12] 灵修：楚人对君王的美称，这里指楚怀王。

译文：早晨我采集山坡上的木兰花，傍晚摘取小洲中的宿莽。时光匆匆不会久留，春秋代谢变化有常。想起草木的一年荣枯，便担心自己年将近暮。我们的君王啊，何不趁楚国强盛而剪除秽政，变法图强？乘上千里马您纵横驰骋吧，就让我在前面为您引路。

我揩着眼泪禁不住声声长叹，可怜民众的生活多么艰难！虽然我严于责己、爱好修洁，却早晨进谏晚上就被贬。他们以好佩蕙草为由把我废弃，又申斥我不该收集香茝。在我看来，只要我心中所好，即便我死去多次也决不悔改。我怨恨怀王昏庸，总不能体察民心。

## 磊落千秋屈子魂

两千三百年前的战国后期，在贵族当权、政体落后、暮气深沉的楚国，涌现出了富有创新精神的、具有远见卓识的改革家、文学家屈原。因史料缺载，我们对屈原的生平仕履所知较少，以至于个别日本学者否定屈原其人的存在。不过，尽管历史对屈原在政治上的作为记载甚少，可屈原自己的诗歌却开创了“楚辞”这个广阔而崭新的文学天地，也奠

定了他作为我国第一诗人的历史地位。

楚辞“书楚语、作楚声、纪楚地、明楚物”，具有鲜明地域特色；它篇幅较长，涵容量大，利于抒写、铺垫复杂深沉的感情；它独具特色的“兮”字句悠扬婉转，有助于加强、渲染感情的要眇宜修；楚人重“淫祀”的习俗也使得楚辞中充满着神灵，充满积极的浪漫主义色彩。应该说，屈原是把地域文化的特质发挥到极致的伟大作家。

《离骚》是屈原的代表作，也是我国第一首浪漫主义抒情长诗。在诗中，屈原自陈家世，自我描摹，把一个忧国忧民、坚持理想、九死未悔的失意求索者刻画得美丽而凄凉。他高自标置，有着崇高的抱负，希望能助力楚国中兴；他滋兰树蕙、培植人才，希望能形成改革的人才梯队；他积极奔走，希望趁年富力强建功立业。可他没想到楚怀王疏远他，靳尚谗言他，培植的人才也背叛他，甚至他被流放于汉北（“屈原放逐，乃赋《离骚》”），所以，他心意沧海，郁愤难平，于是，他怨恶椒兰，挥斥神灵，叩首苍天，询问大地，反复地申述着自己的满怀委屈，和对奸佞的斥责、对民生的关注、对故土的眷恋以及对祖国的无限忠诚。

《离骚》典型地体现了楚辞的艺术特点。首先是美人香草之喻。美人与香草是统一的，都是指品行高洁、才华出众之人；与之相对的是奸佞小人与臭草、恶草，它们也是统一的，是屈原指斥的对象。这样写，既避免了屈原自我标榜甚至自我炫耀的成分，也避免了直接地、指名道姓地去斥责小人，便于作家隐曲却又直抒胸臆地去表达感情，也使读者更容易接受；而且这样写，也在骨子里符合中国文化“怨而不怒”、含蓄温柔的美学风貌，是典型的“中国特色”和“中国风格”，影响极为深远。

其次是富丽的辞采。屈原爱美，他鲜衣华服，浑身披挂着香草，对美有着最执着的追求；这也体现在对诗歌辞采的追求中，《离骚》乃至楚辞是先秦时期最为绚丽的诗篇，所谓“气往铄古，辞来切今，惊采绝艳，难与并能”（刘勰语），用“惊采绝艳”来概括，最为恰切。

再次就是鲜明的积极浪漫主义。屈原通过浪漫主义手法，把神话传说、历史人物、自然现象糅合在夸张的想象中，他可以呼风唤雨，乘龙驭凤，可以返回遥远的过去，也可以奔向渺茫的未来。应该说，这样的浪漫主义描写，是极大程度地深化了主题，强化了感染力度，也带给了读者尖新的阅读效果。如果读者再回头去读《诗经》时，其间的反差对比才显得清晰和强烈。再拓展一步思考，我们所知道的屈原形象是从哪里来的呢？司马迁的《屈原列传》里只有“博闻强志”“娴于辞令”等语，并未交代其形象，因而根本不足以构建屈原立体的历史形象；屈原的形象，是他自己塑造的，是他通过《离骚》等作品刻绘出来的。这样的鸿篇巨制，熔抒情、叙事、议论于一炉，有力地塑造了屈原才高志远、傲岸高洁、特立独行却又忧国忧民、情深义重的形象，可谓史上最成功的抒情长诗。

由此，再联系司马迁评价屈原的话“推此志也，虽与日月争光可也”，以及他说：“余读《离骚》《天问》《招魂》《哀郢》，悲其志。适长沙，过屈原所自沉渊，未尝不垂涕，想其为人。”司马迁是在心灵深处同情和尊崇屈原。屈原的奇丽之文、光辉之行，的确是引起了历代有识之士的高度认同（除了班固颇有微词之外），这是屈原应得的尊重。

## 山鬼　　屈原

若有人兮山之阿[1]，被薜荔兮带女萝[2]。……采三秀兮于山间[3]，石磊磊兮葛蔓蔓。怨公子兮怅忘归，君思我兮不得闲。山中人兮芳杜若，饮石泉兮荫松柏。君思我兮然疑作[4]。雷填填兮雨冥冥[5]，猿啾啾兮狖夜鸣。风飒飒兮木萧萧[6]，思公子兮徒离忧[7]。

——《文选》卷三三

**注释:** [1] 若：仿佛。[2] 被：通“披”。薜荔（bì lì）：又名凉粉子，木莲。攀援灌木。带女萝：以女萝为带。女萝，松萝，蔓状寄生植物。[3] 三秀：灵芝。因其一岁三开花，故名“三秀”。[4] 然疑作：一会儿相信，一会儿怀疑。[5] 填填：雷声。雨冥冥：雨天一片昏暗。[6] 飒飒：风声。萧萧：树木被风吹动的样子。[7] 离：通“罹”，遭受。

译文：夜晚黑暗的依稀之间，似有一个人伫立于山间，身披薜荔，腰系女萝。她来到巫山中采灵芝，山中乱石磊磊，葛藤蔓蔓。她怨恨公子不来，心中怅惘，以致忘了返回。或许公子也在想念着她吧，或许他只是没有空来相见吧。山中的她，像杜若草一般的芬芳美丽，喝着石中的清泉，乘着松柏的阴凉。或许你也在想念着我，却又疑信参半吧。这时候雷声隆隆，阴雨绵绵，夜猿悲啼，声声不断；山中风起，吹落阵阵萧萧的落叶。她无助地想念着公子，却只能自己承受这份忧愁。

## 九歌山鬼何迷离

《山鬼》是屈原《九歌》中之第九篇。关于《九歌》，东汉王逸解释说是屈原被放逐沅湘之野时，见当地百姓信鬼好祀，每祀则必歌舞以娱神，但歌辞鄙陋难听，屈原遂作《九歌》。若如此，那《九歌》应作于屈原晚年，其目的仅仅是替百姓做娱神的歌词。现代学者多认为，《九歌》作于屈原早年受怀王重用之时，目的是求神降福。

《九歌》是古老的歌名。《离骚》中有“启《九辩》与《九歌》”“奏《九歌》而舞韶”，可知《九歌》传自夏代，渊源甚古；屈原其实仅仅是借其名而已，这与后世文人作乐府诗有相似之处，而且是“无复傍依”的乐府诗。再加上楚地方言、楚地风物，都使得这组歌谣既具有民歌风味，又具有浓郁的文人气，有些篇幅甚至有可能寄托着屈原个人的情怀。

山鬼，即山神；从诗意来看，诗中的山鬼是位女神。屈原通过山鬼自述，塑造了一位美丽善良、多愁善感、忠于爱情、大胆追求幸福的女神形象。而且，这女神生活在本色的自然里，她没有浓妆艳抹、披金戴银，而是素装天成，含睇宜笑，芬芳窈窕，行云带雨，饱含清新自然之美，毫无矫揉造作之态。她深切思恋着意中之人，但期之不来，思之不见，于是她哀伤、疑虑甚至怨恨；她特别直接，毫不掩饰，本色天然。

为了烘托清新自然的氛围，屈原放弃了辞采的雕琢，完全不用典故，一任明白如话的语言流淌，诸如“东风飘兮神灵雨”“石磊磊兮葛蔓蔓”“雷填填兮雨冥冥”“风飒飒兮木萧萧”等，既晓畅如歌，又绘景如画，既从语感层面加强了女神的清新自然之美，也从背景上烘托了女神幽冷、凄清的环境和思恋不得的感情世界。这与《离骚》中熔历史、现实、神话、个人心路于一炉的风格，确实有着鲜明的反差，也能说明屈原创作内容与风格的多样化，进而可以印证屈原在文学上蓬勃的创造才华，当然也能印证作为文学家屈原的伟大之处。

由此，我们再来申述一下屈原及其楚辞对中国文学的贡献。除了美人香草喻、富丽辞采及浪漫主义对中国文学影响深巨之外（已见前），更重要的是，屈原及其楚辞的创作精神，具有为中国文学确定基调、规制路线的重要意义。屈原有批判，有赞美，有郁愤，有柔情，但无论何种感情，他都有感而发，应该说，屈原骨子里是坚定的现实主义；但同时，屈原又乘龙驭凤、呼风唤雨，乃至与众神狂欢，这又具有浓烈的浪漫主义外衣。应该说，他是在深入生活、深刻领悟人生的基础上，在迫切情感发抒需要的前提下，才高度兼容现实主义和浪漫主义，从而开创了中国文学华丽、浓情和浪漫的传统，与以《诗经》为代表的朴素、兴寄、务实的传统同为中国文学的两大源头。这是极为优秀的传统，也是后世都遵循的具有中国特色、中国风格的文学路线。历史上，凡是遗弃这个传统的作家，都不可能取得好的文学成就；凡是遗弃这个传统的时代，都不可能获得积极的评价；而所有取得成就的作家，无不深入继承和吸纳这个传统的丰富营养。因此，刘勰所云“其衣被词人，非一代也”，实乃中肯之言。

## 九辩　　宋玉

悲哉秋之为气也！萧瑟兮草木摇落而变衰[1]。憭栗兮若在远行[2]，登山临水兮送将归。泬寥兮天高而气清[3]，寂寥兮收潦而水清。憯凄增欷兮薄寒之中人[4]，怆怳懭悢兮去故而就新[5]。坎廪兮贫士失职而志不平[6]，廓落兮羁旅而无友生[7]，惆怅兮而私自怜。燕翩翩其辞归兮，蝉寂寞而无声。雁廱廱而南游兮[8]，鹍鸡啁哳而悲鸣[9]。独申旦而不寐兮[10]，哀蟋蟀之宵征[11]。时亹亹而过中兮[12]，蹇淹留而无成[13]。

——《文选》卷三三

**注释**[1] 萧瑟：风吹草木摇动发出的声音。[2] 憭栗（liáo lì）：凄怆。[3] 泬寥（xuè liáo）：高旷空虚的样子。清，应为“凊（qìng）”之误（赵逵夫《楚辞》，国家图书馆出版社 2019 年）。[4] 憯（cǎn）凄：惨痛。增欷（xī）：一次次地悲叹。薄寒：微寒。中：击中，引申为袭击。[5] 怆怳：悲伤。懭悢（kuǎng liàng）：失意貌。[6] 坎廪（lǐn）：不平的样子，喻困顿。[7] 廓落：孤独空寂的样子。[8] 廱（yōng）廱：雁叫声。[9] 鹍（kūn）鸡：鸟名，似鹤。啁哳（zhāo zhā）：同“嘲哳”，声音细小悠扬而接连不断。[10] 申旦：彻夜。[11] 宵征：夜行。[12] 时亹（wěi）亹：岁月不停息地过去。亹亹，不停息。[13] 蹇（jiǎn）：梗阻。淹留：久留。

**译文**令人悲叹啊！深秋时寒气下降，风声飒飒，草木凋落。我心情凄寒，好像要离家远行，又像要登山临水送人回故里。天宇辽阔，秋高气爽，水潭清寒。我心绪忧伤，满腔惆怅，不堪秋寒，却还要去故就新。人生的道路坎坷，我一介贫士失去官职，不免心意难平。难耐客中孤单，只能是惆怅地暗自伤情了。南归的燕子辞别北地，秋蝉也已寂寞无声；大雁一心南飞，鹍鸡细声悲鸣。想起逝水时光、人过中年，想起久留于外、一事无成，就难免伤心，甚至彻夜无眠，听到蟋蟀的夜鸣也格外使人心伤。

## 玉露凋伤悲宋玉

宋玉是继屈原之后楚国杰出的辞赋家，可惜其生平资料非常罕见，仅大致可知，他是楚国鄢郢（今湖北宜城）人，生活于楚怀王、顷襄王时期；大概在屈原流放汉北时，曾师事屈原；他“好辞而以赋见称”，且善解音律，曾任顷襄王侍从之臣，终生不得志。在政治上，宋玉不过“祖屈原之从容辞令，终莫敢直谏”。至于其出身，有人说他是宋国公子，有人说他出身寒微，还有据《登徒子好色赋》认为他标致貌美，这些都可供了解宋玉人生的一些侧面，却也未免附会之嫌。总之，宋玉有接近于屈原的文学之才和不同流合污的品性，却没有屈原犯颜直谏的勇强之气，这也使得其作品华丽，但内容却相对单薄，境界、视野都不及屈原。

《九辩》是宋玉的代表作，也是楚辞的代表作之一，是公认的“千古悲秋之祖”。其最精彩的是文章的开头，也就是我们节选的这一段。宋玉极力地铺写秋气深沉、秋景萧瑟的环境：秋空高远，草木摇落，积水清寒，蟋蟀哀吟，寒蝉噤声，北雁南飞，这是多么令人感慨的氛围啊！多情的主人公仕途坎坷，郁郁失志，加之羁旅在外，空馆独居，所以，他被这萧寒的秋景所感动，不得不援笔写志，以“志不平”，从而使得整篇作品都萦绕着惆怅清寒的浓浓幽怨和坎壈失志的郁愤不平。应该说，古代士大夫借秋景来醒目抒写失志、失路、失落心态的，这是第一次。虽然《诗经》中也有“蒹葭苍苍，白露为霜”的秋景，也能绘景如画，但那是为了铺写恋人之间的思念，所写秋景并不集中，并不大肆渲染，更没有铺天盖地；而宋玉的《九辩》恰好就大肆渲染秋气深沉，让我们感觉秋气、秋景铺天盖地，渗透在世界的角角落落，浸染着感情的丝丝扣扣。如此情景的浑融，确实触目惊心；因其极有特色和成就，于是就形成了一种抒情模式和创作范式，以供后人模仿、传承，悲秋主题遂大行其道，蔚为壮观，而其不祧之祖，则非宋玉莫属。

《九辩》的其他内容，不过是哀悼生不逢时，批评君门九重、小人当道，铺写自己坚持不变节从俗、不同流合污的清高志向，这是自《离骚》以来的共有主题；而且，《九辩》在辞采之富丽、情感之激越、众神之浪漫等方面，也明显不及《离骚》，但《九辩》中失意怅惘的文人形象却是独具的，这与《离骚》中屈原那激情、伟丽的诗人、政治家形象有着鲜明对比，因而，《九辩》文士气更浓厚，更能贴近后世失志文人的心理。所以鲁迅先生言："(《九辩》)虽驰神逞想不如《离骚》，但凄怨之情实为独绝。"(《汉文学史纲要》)

如果再扩展思路，则《九辩》不仅是古代文学的悲秋之祖，也是"士不遇"主题的开启之作。东汉王逸曾说，宋玉鉴于屈原"忠而放逐"，故作《九辩》以代屈原申述心志。果真如此的话，那本赋的主人公就应当是屈原，而不是宋玉了。这算是对本赋的另一种解读吧。此后，一系列的悼屈赋如贾谊《吊屈原赋》、严忌《哀时命》、东方朔《七谏》、刘向《九叹》、王逸《九思》、王褒《九怀》等，都贯穿着鲜明的失意心绪；而董仲舒的《士不遇赋》和司马迁的《悲士不遇赋》，更是直抒胸臆，强烈指斥，典型代表了寒士不遇的呼声，以至于在六朝时期形成了为数众多的"士不遇"主题诗赋。这也是宋玉在文学史上影响的重要见证。

## 神女赋　　宋玉

茂矣，美矣，诸好备矣；盛矣，丽矣，难测究矣[1]。上古既无，世所未见。瑰姿玮态，不可胜赞[2]。其始来也，耀乎若白日初出照屋梁[3]；其少进也，皎若明月舒其光[4]。

须臾之间，美貌横生[5]，晔兮如华，温乎如莹[6]。五色并驰，不可殚形[7]，详而视之，夺人目精[8]。其盛饰也，则罗纨绮缋盛文章，极服妙采照万方[9]。振绣衣，被袿裳，秾不短，纤不长[10]，步裔裔兮曜殿堂[11]。忽兮改容，婉若游龙乘云翔[12]。嫷披服，侻薄装，沐兰泽，含若芳[13]。性合适，宜侍旁，顺序卑，调心肠[14]。——《文选》卷一九

注释：[1] 茂：美好。盛：华美。测究：猜想推究。[2] 瑰玮：卓异。胜：尽。[3] 耀：辉耀。[4] 少进：稍微向前一些。[5] 横生：横逸而出。[6] 晔（yè）：光辉灿烂。莹：光洁之玉。[7] 驰：施，用。殚（dān）形：穷尽其形。[8] 夺人目精：耀眼，眼花缭乱。[9] 盛饰：盛多美丽的服饰。罗：质地较薄的丝织品。纨（wán）：质地细白的丝织品。绮：有花纹的丝织品。缋（huì）：丝织物的首尾部分，又称机头。文章：彩色花纹。极服：极为华丽的服饰。万方：四面八方。[10] 振：整理。袿：长襦，上衣。裳：下衣。秾：指衣服宽松。纤：指衣服紧身。[11] 裔裔：轻快行走的样子。[12] 婉：柔美的样子。[13] 嫷（tuǒ）：古同“媠”，美好。披服：罩在外面的衣服。侻（tuó）：适宜。薄装：轻薄柔软的衣服。沐：洗发，这里指涂抹。兰泽：兰香味的膏脂。含若芳：散发着杜若的芳香。[14] 性合适：性情温和顺从。宜侍旁：宜于随侍君王身边。顺序：和顺有节。卑：谦恭。调心肠：调和心情。

译文：神女丰盈俊美，荟萃了所有的美；充满朝气，简直无法形容。自古没有，今世难见，其瑰丽的容姿、完美的形态，实在赞美不尽。她刚一出现时，光彩照人，宛如旭日东升光照屋梁；前进几步后，显得皎洁明晰，恰似皓月散发清辉。片刻之间，姿态横生，如花般光彩照人，如玉般温和润泽。五彩缤纷，形容不尽，仔细察看时，感觉光彩夺目。他服饰华丽，遍身绫罗绸缎，文彩斑斓，光照四方。她穿着绣襦，披着短裳，丰腴而不觉肥短，纤薄而不觉细长。步履轻盈柔美，风采映照殿堂。忽然间她容姿变换，体态柔婉，宛如游龙腾云翱翔。衮服华美，薄装合体，头上抹着兰草香油，散发着杜若的芬芳。她性情温柔，宜伴君侧，柔和恭顺，可调心情。

## 云雨荒台岂梦思

在温柔敦厚、载道言志的文学长河中，宋玉的《高唐赋》《神女赋》有点另类。从写作初衷来看，宋玉是想在文中隐寓劝谏、诫淫之意，但就其实际发生的影响而言，却显然不在载道言志上，而在其艳逸情思上。应该说，宋玉这两赋是开了后世文人绮丽之思的先河，而且，其描摹神女大胆越礼的程度，在此前、此后的很长时间内，都显得很前卫。

《神女赋》是《高唐赋》的姊妹篇。在《高唐赋》中，宋玉虚构了楚襄王父亲的一个绮丽之梦，梦的地点在“云梦之台，高唐之观”，梦中出现了“旦为朝云，暮为行雨。朝朝暮暮，阳台之下”的巫山神女，是神女的“愿荐枕席”成就了这个风流的艳梦；接着，宋玉用较多篇幅描写了高唐观一带的景致，但神女的具体形象却始终隐约缥缈、姗姗不临。

《神女赋》的主要任务，就是推出神女，精雕细刻地描摹神女的万千气象。宋玉写道，他与楚襄王夜宿云梦，宋玉有幸梦见了瑰丽的女神，楚襄王羡慕、神往地询问宋玉，宋玉便为楚襄王引人入胜地刻绘神女形象，于是，艳压千古的巫山神女终于光彩地照临了。我们节选的这段，是《神女赋》中文字较为清丽、简约的部分，其核心指向，就是集中描摹神女之美。这神女，具备一切美好的特质，旷古绝今。她刚刚出现在视野中时，如同朝阳的霞光灿烂照临；稍微前行几步后，就如同皓月清辉皎洁无暇；她的光华、气场，如玉如花，让万物瞬间光彩倍增；她盛饰文章，秾纤得衷，辉耀殿堂；她行动时则婉若游龙，仪态万方。宋玉认为，这集万美于一身的神女，就应该伴侍在最优秀的人或者最高统治者的身旁。显然，这样的美，世俗间不可能存在，只有神女才可能达到。

与《高唐赋》中神女“愿荐枕席”不同的是，《神女赋》中的神女美丽多情却又自矜自爱、非礼难近，“曾不可乎犯干”，这应该就是宋玉赋写神女的最终目的，他不想把巫山神女写成一个不符合世间伦理的女性形象，从这个角度来说，宋玉是隐含着劝谏、诫淫的目的。但是，文学作品的主旨如此，可读者的关注点却发生了偏差，至少绝大多数读者更多感受到的，是两赋中的艳逸情思和云雨荒台的传奇故事。所以，说宋玉开中国文人“绮丽之思”之先河，是不为过的。曹植著名的《洛神赋》，从构思到遣词造语，都特别明显受到《神女赋》的影响，虽然曹植笔下的洛神更为“申礼防以自持”。

文学解读中的巫山神女如此，文化史解读中的巫山神女则是另一种结论。20 世纪 30 年代，闻一多先生在其名著《神话与诗》中，以《高唐神女传说之分析》为题，破译文化密码，认为高唐女神（巫山神女）就是楚人原始的高禖神（高禖神是早期历史中较为普遍的祭祀神，即管理婚姻和生育之神），是楚人先妣的象征。因为其研究极富新意、极有特色、极具魅力，所以产生了极大的影响，也启发了后来学者的研究方向，于是，便有了从历史角度对巫山神女的解读，也有从文化人类学角度的解读，还有从性心理学、原型理论、宗教等视角的解读，如有人认为巫山神女是美神、爱神，有人认为是天帝之女或者巫女，有人认为是高禖神。

今天看来，这些结论都不能完全揭示宋玉笔下巫山神女的丰富内涵，也不能完全涵盖其广泛影响。但我们可以确定地说，是宋玉第一次将巫山神女带入了文学，也深入地带进了历史，是他创造了这个光耀千古的女性形象，如同庄子笔下的“藐姑射仙人”一样，都极为经典；无论从哪个角度去解读，我们都不能否认，这是宋玉对中国文化作出的贡献。

## 易水歌　　荆轲

燕太子丹使荆轲刺秦王[1]，丹祖送于易水上[2]。高渐离击筑，荆轲歌，宋如意和之[3]，曰：

风萧萧兮易水寒，壮士一去兮不复还[4]！

——《文选》卷二八

**注释**：[1] 燕太子丹：燕国太子姬丹，少时质于秦，逃归后，姬丹发愤报复。后来秦军进逼易水，鉴于旧仇新恨，姬丹遂自作主张，有荆轲刺秦事。荆轲：姜姓，庆氏（“荆”“庆”音近），字次非，战国末期卫国人，喜读书击剑，为人慷慨仗义；游历燕国时，被田光推荐给姬丹，称其“神勇之人，怒而色不变”。秦王：嬴政，秦始皇。[2] 祖送：饯行，送行。易水：大清河上源支流，在今河北省西部，源出易县境，入南拒马河。战国末年燕国下都武阳邑就在易水边上。[3] 高渐离：战国末燕人，荆轲的好友，擅长击筑（古代的一种击弦乐器，颈细肩圆，中空，十三弦）。荆轲刺秦后，嬴政派人熏瞎高渐离双目，让其专门击筑演奏。高渐离以筑击嬴政，未遂，被杀。宋如意：当即宋意，燕太子丹的门客，田光言其“血勇之人，怒而面赤”。和：指宋意与荆轲一唱一和。[4] 萧萧：风声。壮士：勇士，是荆轲自指。还：回来。

**译文**：燕国太子丹派遣荆轲前去刺杀秦王，燕丹在易水岸边设宴饯别。高渐离击筑，荆轲引吭高歌，宋如意跟着应和，其歌词云：

风声萧萧啊，易水凄寒，壮士一去啊不再回还！

## 风萧萧兮易水寒

公元前227年（秦王嬴政二十年），燕国太子姬丹派遣荆轲去刺杀秦王，中国历史上最为惊心动魄的刺杀事件便因此而发生了。事件的原委是，随着秦国的强大，秦始皇剪除六国的目的已经昭然若揭，数年间，秦国相继灭韩、灭赵、击魏、破楚，尤其是灭赵之后，秦国力量直抵燕国边界，为此，燕国君臣惶恐终日。燕丹早年被作为人质扣留于秦国，秦国待之无礼，逃回燕国后，他以太子主持国政，发誓要报复秦国。

如何报复秦国呢？有人建议用合纵之术，联合其他诸侯以对抗秦国，但是燕丹认为那缓不济急，不予采纳。燕丹要走旁门左道——刺秦，并积极物色合适人选。他首先请求以侠义闻名的田光，田光以年老推辞，但荐举、说动了荆轲，而且，为了保证谋不外泄，田光当场自刎而死。当时的荆轲，正游历于燕市，激于大义，他答应了田光和燕丹的请求，于是便有了易水边上的悲壮送别。

刺秦是燕国的绝密事件，因此，饯别的人肯定很少。从记载来看，饯别者有燕丹、荆轲、高渐离、宋如意、秦舞阳（燕丹门客夏扶不知是否在其中）等人。他们均是燕丹曾考虑过的人选，但唯荆轲有“神勇”，喜怒不形于色，适于作刺客，秦舞阳只能作为荆轲的帮手同行。无论是远行者荆轲，还是送别者燕丹等，他们都慷慨地神往着大功告成，即：以人身安全为要挟，迫使秦国退出侵占燕国的土地，并保证永不侵犯，否则就击杀秦始皇。但是，理性也会告诉他们，即便杀死了秦始皇，荆轲、秦舞阳也不可能逃出秦国宫殿，留给他们的只有死路一条。所以，他们的心中也弥漫着无尽的悲凉。而作为主持政务的太子，燕丹还必然会考虑到，如果刺秦不成功，留给他的会是什么样的出路？他应该知道，那是一条不归路。事实证明，刺秦以失败告终，却极大地激怒了秦始皇，他必得燕丹头颅而罢休，燕丹也因此一直被追至辽东而遇害。

如今，刺秦事件已经远去了两千多年，但是，两千多年的历史风尘却依然难掩当年燕丹志报强嬴、荆轲易水悲歌及秦廷行刺等震撼人心的情节，他们的一诺千金和激情抗争赢得了无数志士仁人的击节叹赏。在古代的行刺事件中，没有哪一件能比荆轲刺秦更影响深远、深入人心。也因此，事件发生后，便有各种版本的记载，后世更有大量诗文、小说、影视剧去吟咏、描绘和演绎。

最早记载刺秦事件的是《战国策·燕太子丹质于秦》，该篇详细记述了刺秦事件的前前后后，其描写跌宕起伏，精彩纷呈，奠定了后世刺秦事件的基本规模和格调，司马迁《史记》显然是借鉴《战国策》的记述，文字大半雷同，但司马迁也增加了秦始皇御医夏无且以药箱砸荆轲的细节。

这应该是刺秦事件的史学版本。与《战国策》同时而略后的《燕丹子》，以小说笔法记述刺秦事件，其中许多细节都是《战国策》《史记》中所没有的，如秦始皇虐待燕丹，以致有乌白头、马生角、机桥不发等故事情节；燕丹为了优待荆轲，做出了脍千里马肝、截美人手以示尊荣的举动；刺杀时，秦始皇听琴姬的隐语才醒悟、拔剑击刺荆轲等，刺秦细节有越来越丰富的趋势，都体现出刺秦事件的不断演绎和民间传说性质。

可是，如果我们要问：是谁最先记录了燕丹与田光、荆轲等人的密谋过程？是谁最先记录了荆轲在秦廷上的行刺及失败过程？是刘向编辑的《战国策》，还是司马迁的《史记》，还是无名氏的《燕丹子》？抑或是比他们更早的秦汉之际的文人？如果是秦人记录，那他们何由得知燕国密谋行刺的过程，尤其是密谋的细节？如果是汉人记录，那司马迁、刘向等人为何没有提及？班固为何没有著录？因此，对于这件惊心动魄的千年往事，似乎还有更多细节有待还原。

## 上书秦始皇（《谏逐客书》）　李斯

臣闻地广者粟多，国大者人众，兵强则士勇。是以太山不让土壤，故能成其大；河海不择细流，故能就其深；王者不却众庶，故能明其德。是以地无四方，民无异国，四时充美，鬼神降福，此五帝三王之所以无敌也。……夫物不产于秦，可宝者多；士不产于秦，而愿忠者众。今逐客以资敌国，损民以益仇，内自虚而外树怨于诸侯，求国无危，不可得也。

——《文选》卷三九

**译文：** 臣听说地广则粮多，国大则人众，武器精良则战士勇敢。因此，泰山不拒绝微尘，故能积累其高；河海不排斥细流，故能蓄成其深；君王不拒绝民众，故能显示仁德。所以，地无四方之分，民无异国之别，四季丰衣足食，鬼神皆来降福，这就是五帝三王无敌于天下的原因所在。……物不产于秦，而可宝贵者多；人不生于秦，而愿效忠者众。如今驱逐客卿来帮助敌国，减少百姓而壮大仇敌，内则国家空虚，外则树敌诸侯，想要秦没有危机，是不可能的。

## 百代皆行秦制度

本段出自秦丞相李斯之手。李斯生于汝南上蔡（今属河南），家世寒微。早期曾任本郡小吏，后辞职入齐，从学于荀子。学成后入秦，得到吕不韦、秦始皇赏识，被委以丞相之重。在秦统一中国的历史进程中，李斯作出了重大贡献。他力主推进统一货币、度量衡和文字的工作，力主修驰道、车同轨，力主废封建、设郡县，建立了一套行用中古的官僚制度——三公九卿制，其根本目的，就是将孤立的、板块化的诸侯国高效变为融合无间的大中国，从而奠定了中国历史的基本模型。尽管隋唐之后三省六部代替了三公九卿，但中国古代政体的基本面没有变，所以被后世誉为“百代皆行秦制度”，应该说，这句话是说出了秦始皇和李斯对中国历史伟大贡献的核心和本质。

本文的写作缘起，是时任客卿的李斯被秦王划入驱逐者行列，李斯遂上书说理。当时的秦国已然强势崛起，露出剪除六国的苗头。六国都担心被灭，而韩国弱小且邻近秦国，是秦国东出中原的第一个挡路石，也必然是第一个被剪除的对象，所以韩国派遣水工郑国前往秦国，企图借水利工程以“疲秦”。秦始皇正欲改造渭河北部的盐碱滩，遂重用郑国，耗时十年，修成了著名的郑国渠。渠成后，不仅韩国的“疲秦”计划破产，而且还大大增益了秦国实力，可谓“无心插柳柳成荫”。事后得知内情的秦国，迫于宗室压力，在嬴政十年（237）发出了驱逐客卿的令文，于是才有了李斯这封上书。

在文中，李斯首先分析了异国之士在秦国强大过程中的贡献，如由余、百里奚、商鞅、张仪、范雎等，他们各有特殊功勋；然后以物产和音乐等为例，印证秦国不能孤立发展，而应该海纳百川，博采众长，才能“跨海内，制诸侯”；最后他总结，“地无四方，民无异国，四时充美”，才能无敌于天下；逐客不仅于己有损，而且资敌以力，是危险之举。

应该说这个思路是很有说服力，但也相对普通，多数作者都能想得到；不过李斯文笔华丽，文气畅达，大规模的对句明显增强了行文气势，多用典故也使文词精雅；而且，文章思路宏阔，不仅广泛涉及秦国历史，还能包举四方地理、物产、人文，这又使得文章立足点高，体现出无私的大境界，读来有举目远眺、气象壮阔之感。从这个角度来说，李斯这篇文章，虽然是为自己争取机会，其实更多是为秦国规划人才方略，而且这个规划具有前瞻性和战略性，体现出一代干才极佳的大局观和极高明的应事策略。对于慧眼识才的秦始皇而言，他借此再度发现李斯并任用之并非难事，当然也难怪书甫上而令即解了。所以，本文是对历史发展起到积极推动作用的。

李斯还是一个多面之才。他的书法成就极高，其篆书，是对自文字产生以来篆书的总结和集成，代表了篆书最精致的水平。今存石鼓文、峄山刻石、琅琊刻石等，均出李斯之手，文物价值无法限量。但遗憾的是，这样的一代干才，却在秦始皇去世之后失去了政治主见，被赵高玩弄于股掌之上，以致身死非命，让人唏嘘。或许，只有在秦始皇时期，李斯才能做出这样伟大的贡献；如果没有秦始皇，或许李斯早已淹没在历史的风尘中了。因此，是秦始皇成就了李斯；当然，李斯也成就了秦始皇；他们是历史政局中的风云际会者。

# 大风歌　　刘邦

高祖还，过沛，留，置酒沛宫[1]，悉召故人父老子弟佐酒[2]，发沛中儿得百二十人，教之歌。酒酣，上击筑自歌曰[3]：

大风起兮云飞扬，威加海内兮归故乡[4]，安得猛士兮守四方[5]！

——《文选》卷二八

**注释:** [1] 高祖：刘邦。还：指刘邦率军攻击英布，战事初定，因受伤而还。沛：今江苏沛县，刘邦故里所在。沛宫：刘邦在沛地的宫室。[2] 佐酒：陪同饮宴。[3] 上：指高祖刘邦。[4] 加：凌驾。海内：四海之内，天下。[5] 安得：如何得到。

**译文:** 高祖平叛返回长安，经过沛县，停留暂住。在沛宫摆酒设宴，把故友、父老、子弟们全都请来，陪着饮酒，又在当地挑选了一百二十个少年，教他们唱歌。酒兴正浓，高祖就亲自击筑，放声高唱：

大风骤起啊青云飞扬，威震天下啊回到故乡，如何得到猛士啊，为国镇守四方！

## 大风起兮云飞扬

这首歌词作于汉高祖刘邦十二年（前 195）十月。本年七月，淮南王英布反。英布是“汉初三大名将”之一，英勇善战，他起兵后，很快攻占了彭城（今徐州），楚王刘交被迫逃奔薛地。刘邦最清楚英布的实力，所以，他亲自率军平叛。所幸平叛战争进展顺利，三个月之内，英布的主力被击溃，刘邦遣别将追剿叛军的残余势力，自己则准备返回长安。

在平叛过程中，刘邦为流矢所中，受伤不轻。这可能也是导致他先返回长安的主要原因。其实，也是因为这次受伤，五个月之后，他便溘然长逝。所以，刘邦为平定英布叛乱付出了生命的代价。但是，平定英布，意味着自汉初以来严重的异姓诸侯王威胁得到了彻底解决，这也是一代雄杰刘邦留给儿孙的政治遗产，他留下了一个相对安稳的江山（此后诸吕之乱，刘邦始料未及）。

刘邦一生大开大合，堪称豪宕不凡。他草根出身，雄杰本性，曾经一无所有，也曾经多次成为败奔之将，但最终却力挽狂澜，成为大汉开国之君；他知人善任，各种人才皆为所用，帐下挺身护主者有之，顶替赴死者有之，运筹帷幄者有之，决胜千里者有之；他多谋善断，多次机警、睿智地化险为夷。但是，他也有着流民习性，比如危急时刻，为保全自己，他可以置妻子儿女于不顾，可以不讲任何道义与尊严，甚至可以不择手段。总体上，刘邦有小节上的缺点，但不失大局上的伟丈夫气概。

有一件事很能反映刘邦的个性特点。因箭伤严重，刘邦已经到了生命的最后阶段，但吕后还是请来良医为其医治，刘邦破口大骂道："吾以布衣提三尺剑取天下，此非天命乎？命乃在天，虽扁鹊何益！"（《史记·高祖本纪》）意思是，我出身草野，提剑取天下，那是天命；如今病入膏肓，亦为天命，有什么治疗的必要呢？于是他赏赐了医者，但拒绝治疗，不久去世。显然，刘邦很清醒，生命行将结束，但他心怀坦荡，无所畏惧，尤其是"手提三尺剑"的名言，特别能体现其豪迈不羁、雄杰无畏的本色。

从这首歌词来看，刘邦对故乡感情深厚，对亲旧都心怀感恩，对故土文化也念兹在兹，所以，他置酒酣歌，观看家乡歌舞，以帝王之尊与百姓唱和，并极为深情地自弹自唱，唱出英雄豪情和家国情怀，以至于"慷慨伤怀，泣数行下"（《史记·高祖本纪》）。他在沛县盘桓十余日，离开前，百姓再三挽留；他还免去了丰县、沛县百姓的赋税，世代不再缴纳。

伤病中的刘邦，或许知道余生不多，所以，他要回故乡看一看，给家乡父老一个交代；但在内心深处，他还是心系着大汉江山，所以他唱道："安得猛士兮守四方！"他在呼唤良将。此时，异姓诸侯王的威胁已全部解除，那还呼唤猛士干什么？他需要猛士来防备北方的匈奴！因为在匈奴这里，刘邦留下了终生之耻“白登之围”，汉文帝也留下了“拊髀思颇牧”的幽愤，还奠定了汉武帝打击匈奴的铁血意志。应该说，刘邦的呼唤，是喊出了汉朝对匈奴的态度和决心。

今天我们解读刘邦《大风歌》，无论如何，都能解读出一个伟丈夫的形象和情怀。但是，历史的发展却有点出人意外甚至滑稽，以至于以“高祖还乡”为题的、嘲讽刘邦的故事长演不衰，这和《大风歌》里刘邦的形象相比，是多么明显的反差！而其反差的根源，就在于太史公司马迁。是太史公的曲笔，记录下了刘邦行为中的诸多污点，从而留给了后人同情项羽、憎恶刘邦的基本素材。我们以为，无论刘邦的民间形象有多么地无赖，但其对中国历史所做的贡献却是实实在在的，是永远也抹不掉的，他是一个伟丈夫，也是一个智多星，还是一个指挥着银河战舰的舰长。

## 过秦论（上）　贾谊

及至始皇，奋六世之余烈[1]，振长策而御宇内[2]，吞二周而亡诸侯，履至尊而制六合[3]，执敲扑而鞭笞天下[4]，威震四海。

始皇既没，余威震于殊俗。然陈涉瓮牖绳枢之子[5]，甿隶之人[6]，而迁徙之徒也；才能不及中人，非有仲尼、墨翟之贤[7]，陶朱、猗顿之富[8]；蹑足行伍之间，而崛起阡陌之中，率疲弊之卒，将数百之众，转而攻秦；斩木为兵，揭竿为旗，天下云集响应，赢粮而景从[9]。山东豪俊遂并起而亡秦族矣。

——《文选》卷五一

**注释**：[1] 奋：发扬。六世：秦孝公、秦惠文王、秦武王、秦昭王、秦孝文王、秦庄襄王。余烈：遗留下来的功业。[2] 振长策而御宇内：以牧马喻统治天下。振，挥动。长策，长鞭。御，驾御，控制。[3] 履：登上。至尊：皇位。六合：天地四方。[4] 敲扑：棍棒。短者曰敲，长者曰扑。鞭笞（chī）：鞭打。[5] 陈涉：即陈胜，秦末农民起义领袖。瓮牖（yǒu）：用破瓮做窗。绳枢：用绳子闩门轴。[6] 甿（méng）隶：雇农。[7] 仲尼：孔子，字仲尼。墨翟：墨子，名翟。[8] 陶朱：范蠡，越国人，勾践灭吴后，范蠡辞官经商，富于财，自号陶朱公。猗（yī）顿：鲁国人，早年贫寒，后往河东猗氏之南，大畜牛羊，不可计数。[9] 赢粮：担粮。

**译文** 到了秦始皇，他发扬六代祖先的遗业，挥动长鞭驾驭天下，吞并东、西周，然后登上天子宝座，君临天下，以严刑峻法奴役人民，威震四海。

秦始皇死后，他的余威还震慑着边远地区。然而，陈涉作为一个破瓮当窗、绳索拴门的种田穷人，一个被征发服役的人，才能不及一般百姓，既无孔子、墨子之贤，亦无陶朱、猗顿之富，但当他奔走在役徒中时，却顺势崛起，率领着疲惫的役卒，仅仅数百人，便转而攻打秦国。他们砍木为兵器，举竿为旗帜；四方百姓应声跟从，如影随形，携粮而至。崤山以东的豪杰之士也共同奋起，终于推翻了秦王朝的统治。

## 千古文章论过秦

贾谊是汉初著名文人，其《过秦论》更是千古名文，两千多年以来，几乎所有的文章选本都必选《过秦论》。应该说，《过秦论》是青年才俊贾谊留给历史的丰厚遗产。

《过秦论》分上、中、下三篇，其中将辞采精拔、气势浩荡、观点犀利、思想深刻结合得最好也最有名的，是上篇。在文中，贾谊剖析了秦国从偏安一隅到逐鹿中原、一统天下的历程，分析了秦始皇及其继承者的策略失误，以及由此而导致的身死国灭的惨痛结局，最终得出“仁义不施而攻守之势异也”的核心论点。文章夹叙夹议，视野宏阔，气盛言宜，见解深刻，成为史上讨论秦国兴亡原因的最有名的篇章。

本来，在西汉初年，反思和总结秦帝国兴亡匆匆的历史教训，是摆在统治者面前的一道必答题，不同职位、不同领域的士大夫，都分别在不同层面进行着，所以，贾谊之《过秦》，只不过是时代思潮中的一分子而已；但贾谊的特别之处在于，他以气盛言宜之文，将秦国的功过进行了最言简意赅的精要概括，引领和代表了时代思潮的最强呼声，因而，贾谊成了反思秦政的先行者和集大成者。这不能不让人感慨文章功用之巨大，其影响之深远，完全非其他因素所能比拟。

另外，“虎狼之秦”“暴秦”，似乎成了历史贴给秦国的标签。但从《过秦论》三篇来看，贾谊还是给予了客观公允的评价，而并无“虎狼”“暴秦”等字眼。应该说，秦政之苛是客观存在的，但因此而给秦国贴上“暴秦”的标签，并不能涵盖秦国历史，也不能以理服人。只不过历史由胜利者书写，秦灭六国，汉初统治者和六国旧贵族们出于对晚秦政治之痛恨，故而拟之虎狼、呼之暴秦，这可以理解，但流传久远以至成为秦国的标签，总感觉予人以简单化、情绪化的遗憾。从这个角度来看，贾谊《过秦论》之享誉千古，确有其充足的理由在。

## 吊屈原赋　　贾谊

恭承嘉惠兮[1]，俟罪长沙[2]。侧闻屈原兮，自沉汨罗。造托湘流兮[3]，敬吊先生。遭世罔极兮[4]，乃殒厥身[5]。呜呼哀哉，逢时不祥！鸾凤伏窜兮[6]，鸱枭翱翔[7]。阘茸尊显兮[8]，谗谀得志。贤圣逆曳兮[9]，方正倒植。……嗟苦先生，独离此咎兮[10]。

——《文选》卷六○

注释 [1] 嘉惠：美好的恩惠，此指皇恩。[2] 俟罪：待罪。[3] 造：到。[4] 罔极：指混乱。[5] 殒：丧失。厥：代词，其。[6] 伏窜：隐居和放逐。[7] 鸱（chī）枭：即鸱鸮（xiāo），恶鸟名。[8] 阘茸（tà róng）：小户小草，此喻无才无德之人。[9] 逆曳：倒拖，指摧残。[10] 离：遭受。咎：灾难。

**译文** 我恭敬地承接皇恩，待罪于长沙。侧听屈原其人，自己抱石沉入这汨罗江。我来江边委托湘水之波，敬吊心中的先生。先生您遭遇这无常的世道，以至于失去了宝贵的生命。呜呼哀哉，您竟遇上如此不祥的时运！高洁的鸾凤在逃避、隐匿，可恶的鸱鸮却高高翱翔。小门小草既尊且显，进谗阿谀者也洋洋得志。贤圣被倒拖着走，方正之士也被颠倒安置。……可叹啊先生，您怎么就偏偏遭逢这样的灾难！

## 湘水无情吊岂知

贾谊年少才高，18 岁时即以博学闻名。汉文帝征召贾谊为博士，随即任太中大夫。年轻的贾谊果然不负信任，他竭忠尽智，提出一套“改正朔、易服色”、复兴礼乐的改制建议，指出应该储备粮食、发展农业，将列侯遣送回各自封地等。这些策略，有些被采纳，有些未能发挥效用，不过汉文帝是切实看到了贾谊的才华，所以准备提拔贾谊任公卿之职。但是，贾谊的少年得志引起了老臣周勃、灌婴、邓通等的不满，他们相继谗言，使汉文帝逐渐疏远了贾谊。

文帝四年（前 176），贾谊被外放为长沙王太傅。在当时人眼中，长沙是瘴疠之地。为此，贾谊极度失望，他将此次任职看作是与屈原被放逐沅湘之野一样，所以，在赴任途经湘水边时，他同病相怜，情不自禁地写下了这篇悼念屈原的名篇。“造托湘流兮，敬吊先生”，表达了他对屈原的高度崇敬之情；他为屈原鸣不平，用“鸾凤”“贤圣”“方正”来比拟屈原，以“鸱鸮”、阿谀之徒来影射谗言屈原的小人。他志怀忠诚，语带愤激，三致其志，隐寓深切，显然，他是在悼念屈原的同时，更多抒写自己遭遇不公的愤慨。800 年后，中唐诗人刘长卿在贬谪途中，经过长沙的贾谊故宅，写下了“汉文有道恩犹薄，湘水无情吊岂知。寂寂江山摇落处，怜君何事到天涯”(《长沙过贾谊宅》) 的诗句。贾谊怜屈原，刘长卿怜贾谊，其同病相怜之处，是茫然未知的风波前路，和同被放逐的坎坷生涯。

《吊屈原赋》中低落、哀怨的心绪，似乎笼罩了贾谊三年的长沙岁月。在长沙的第三年，一只鵩鸟（猫头鹰）飞抵贾谊宅院。民间普遍认为，猫头鹰是恶鸟，很不吉祥，而此次猫头鹰进了贾谊宅院，所以，贾谊心情更是低沉，以为自己会不久于人世，为此，他写下了《鵩鸟赋》以解脱自己。还好，汉文帝终于想起了贾谊，他召贾谊进京，在未央宫祭神之殿宣室接见贾谊，并询问鬼神之事以至深夜。从此之后，贾谊再也未得到皇帝的垂青，他心情沉郁，五年之后，郁郁而终，走完了自己仅仅 32 岁的人生。他像一颗耀眼的流星划过历史的天幕，是那么惊艳的绚烂，却又那么迅疾地陨落，让人神伤，让人叹惋。

千古以来，为贾谊鸣不平的文人很多，如李商隐：“宣室求贤访逐臣，贾生才调更无伦。可怜夜半虚前席，不问苍生问鬼神。”(《贾生》) 汉文帝垂询贾谊，夜阑移席，却是“不问苍生问鬼神”，何其讽刺之远也！宋代王安石、苏东坡两人好做翻案文章，所论都有别调，但其对贾谊颖异才华之肯定也是一致的。人有才诚难，有才而能为人所用，尤难！

## 狱中上书自明　　邹阳

臣闻盛饰入朝者，不以私污义[1]；砥厉名号者，不以利伤行[2]。故里名胜母，曾子不入[3]；邑号朝歌，墨子回车[4]。今欲使天下恢廓之士[5]，诱于威重之权，胁于位势之贵，回面污行[6]，以事谄谀之人，而求亲近于左右，则士有伏死掘穴岩薮之中耳[7]，安有尽忠信而趋阙下者哉！

——《文选》卷三九

**注释:** [1] 盛饰入朝：穿上礼服上朝，表示忠于国事。[2] 砥厉：砥砺，磨炼修养。[3]“里名”两句：乡里名“胜母”，曾子就不进去，因为这有违孝道。曾子极孝，据传《大学》《孝经》为曾子所做。[4]“邑号”两句：邑名“朝歌”，墨子回车不入，因为不合墨子的主张。墨子主张“非乐”。李善注引晋灼语：“《史记·乐记》：纣作《朝歌》之音。朝歌者，不时也。”又引《淮南子》：“墨子非乐，不入朝歌。”又有说商朝帝乙、帝辛所建别都称“朝歌”。[5] 恢廓之士：有远大志向的人。[6] 回面：改变面容，引申为改变自己的态度。污行：污秽自己的行为。[7] 伏死：死倒。掘穴：挖墓。岩薮：山岩和水泽。

**译文:** 臣下听说盛服入朝的人，不以私情玷污道义；努力修身以提高声望的人，不以私利损伤德行。所以里巷名称“胜母”，孝子曾参拒绝进入；都市名称“朝歌”，墨子调转车头。现在要使天下志向远大的士人，为重权所诱惑，为势力所胁迫，让他们改头换面、玷污德行，去巴结那些谄媚阿谀之人，进而以此求亲近于人主，那么，士人只能隐居山泽老死而已，怎么还会有竭忠尽智、入朝为官的人呢?

## 梁园旧宾客，风骨想当年

本文是汉初文人邹阳在狱中所作，故又称《狱中上梁王书》。邹阳为齐人，主要生活于西汉文帝、景帝时期，他为人有智略，慷慨不群，以文辩著称于世。文帝时，邹阳为吴王刘濞门客，见刘濞将反，遂上书劝阻，但刘濞不听，于是邹阳离开刘濞，投奔梁王刘武。在梁园，邹阳因谗言被下狱，梁王欲杀之，邹阳上书自陈，表明心迹。文章敷情陈理，深深打动了梁王，于是梁王立即释放了邹阳，任之为“上客”。

邹阳主打“忠信”牌，说自己是“忠而获罪，信而见疑”，之所以如此，是因为“有谗佞之口”，遭遇了诬陷，故希望梁王能“少加怜焉”。在表明忠诚之后，邹阳还阐述了自己的气节和立场，也就是我们节选的这段，大意是，想让志怀高远的“恢廓之士”放弃立场，改头换面，屈服于权威、势力之下，那绝无可能；他们宁可隐居山泽、老死岩穴，也不可能去谄媚权贵。这是邹阳在文章末尾的告白，体现出风骨凛凛的士人精神。

邹阳写这样一段话时，他应该明白，如果因此得罪梁王，那他肯定在劫难逃；如果以这样的气节而赢得尊重，那不仅会给自己争口气，还很可能会迎来个人命运的转机。也就是说，这样的立场其实是一个将死之囚的最后一搏。令人宽慰的是，邹阳争取到了最理想的结果，他赢来了尊严，而且也赢来了人生命运的关键转机。他没有摇尾乞怜，没有痛哭流涕，而是晓之以理，动之以情，自始至终都保持着自身的尊严，这种争取的方式是值得尊重和赞赏的，以至于司马迁也称其“可谓抗直不桡矣”(《史记·鲁仲连邹阳列传》)。

再扩展一步来看，邹阳生活的文、景时代，整体文化风气尚处于战国余风的笼罩之下，文人士子颇有游士和纵横之风，他们或者为官于朝廷，或者游走于诸王之间，如邹阳、枚乘、严忌都曾是吴王刘濞的门客，见刘濞将反，都投奔到梁王刘武门下；司马相如可以在梁园做文学侍从，也可以调回朝廷任郎官；淮南王刘安帐下，也蓄养了许多高水平的文人（他们能编成《淮南子》，足证水平之高）。这样的游士和纵横之风，必然会助长士人相对独立的人格，所以我们就能看到，濒死之囚邹阳，居然能写出如此风骨气象的文字。

## 长门赋[1]　　司马相如

忽寝寐而梦想兮，魄若君之在旁[2]。惕寤觉而无见兮，魂迋迋若有亡[3]。众鸡鸣而愁予兮，起视月之精光[4]。观众星之行列兮，毕、昴出于东方[5]。望中庭之蔼蔼兮，若季秋之降霜[6]。夜曼曼其若岁兮，怀郁郁其不可再更[7]。澹偃蹇而待曙兮，荒亭亭而复明[8]。妾人窃自悲兮，究年岁而不敢忘[9]。

——《文选》卷一六

**注释:** [1] 长门：指长门宫，汉代长安别宫之一，在长安城南。陈皇后被废后，退居长门宫。[2] 魄：魂魄，这里指梦境。[3] 惕寤：突然惊醒。迋（kuāng）迋：恐惧的样子。若有亡：若有所失。[4] 愁予：使我愁。精光：月光。[5] 毕、昴（mǎo）：毕宿与昴宿，二宿秋季晨见于东方，故常以表示天将黎明。[6] 蔼蔼：这里指月光黯淡的样子。季秋：深秋。[7] 曼曼：同“漫漫”，漫长。若岁：就像经历了一年。郁郁：愁绪郁结。更：经历。[8] 澹（dàn）：摇动，动荡。偃蹇（yǎn jiǎn）：困顿，窘迫。荒：指天将明而微暗的样子。亭亭：遥远的样子。[9] 妾人：陈皇后自称。究：终。不敢忘：指不敢忘却君王。

**译文:** 恍惚之间进入梦乡，似乎君王就在身旁。突然醒来却发现什么也不见，灵魂惶恐地好像离开了身躯。雄鸡啼鸣使我愁绪满怀，于是我起身仰视明月的清辉。我观看繁星排列成行，毕宿和昴宿已出现于东方。庭院中夜色黯淡，好像晚秋时降下的白霜。长夜难熬如整年一样的漫长，我心怀郁结，实在难以承受。我静立等待着天明，远方的天空已露出了曙光。我暗自悲叹着，即便终生如此，也不敢忘怀君王。

## 相如文墨阿娇泪

本赋相传是司马相如应汉武帝陈皇后（小名“阿娇”）之请而作。汉武帝与陈皇后为姑表兄妹，自幼订婚，属“娃娃亲”。陈皇后母亲馆陶长公主（又称“堂邑长公主”）在汉武帝立为太子的过程中出力颇多，所以，汉武帝立陈阿娇为皇后也有着政治结盟的考虑。阿娇为皇后十年，无子而娇妒，被废居长门宫，汉武帝册立卫子夫为皇后。

居长门宫期间，陈阿娇曾听信巫者，施行“媚道”（一种巫术），期望得子，并冀得重获武帝宠幸。此事被揭发后，御史大夫张汤负责穷治党羽，“诛者三百余人”（《汉书·外戚传》）。由此可见，陈皇后不是一盏省油的灯，她的命运有她自己的许多原因。

如果陈阿娇想要借司马相如的文笔来抒写、烘托自己的孤苦处境，那只能是在其被废之前；被废之后，她也就用不着这样地挣扎了。就文论文,《长门赋》铺写陈皇后之美,渲染其贞诚的品行,烘托其对汉武帝的思念,刻画其独守空闺、忧伤弹琴的孤独和落寞,赋末表达了寄情君王的忠诚。文中的描绘十分形象,借景抒情的烘托尤为精彩,赋予了文章浓烈的感人力度。所以,《长门赋》向来被认为是开宫怨文学之先河的作品。

但是,就历史细节而言,本文却总有一些让人疑窦丛生之处。

第一,赋文序言写道:“孝武皇帝陈皇后,时得幸,颇妒。”“孝武”是汉武帝的谥号,是汉武帝去世后才有的称谓,司马相如离世在汉武帝之前,他不可能得知这一称谓,所以,序言的这个表述肯定不出于司马相如之手。

第二,赋文序言说:“相如为文以悟主上,陈皇后复得亲幸。”似乎《长门赋》写成后,真的感动了汉武帝,陈阿娇因此而重新得到了宠幸。这不符合历史实际,因为陈阿娇被废居长门宫,直至被废掉皇后的地位,其间再也没有得到宠幸。

第三,让司马相如写赋以感动汉武帝,这其实已经是干预了帝王家事,这在古代是非常忌讳的事。帝王的家事往往会牵扯到朝臣与政争,是是非非间,往往会影响到国家大政,所以,皇帝在处理家事时,特别忌讳受人拨弄和影响。一个典型的例子是,汉景帝处死了建议立栗姬为皇后的“大行”,说:“是而所宜言耶!”(《史记·外戚世家》)这是你该说的话吗?这是你该管的事吗?由此推理,司马相如也没胆量去为陈阿娇写文章买好。

第四,有人提出,赋文中言陈阿娇登兰台遥望,览曲台央央,“登兰台而遥望兮,神恍恍而外淫”,“抚柱楣以从容兮,览曲台之央央”。兰台、曲台是洛阳宫中的藏书、校书之地,长安没有兰台、曲台,由此进而否定本文的写作主旨。这个证据不够坚定,因为现在无法考订长门宫中是否也有兰台、曲台,姑且算是一个争议点吧。

基于以上的疑问,我们对《长门赋》的作者不给确定结论。如果真的是司马相如的文笔,那么,作为“文章西汉两司马”的重要作家司马相如，又会多出一篇巨丽大赋之外的清丽小赋，确是赋史上的幸事。

## 答客难　　东方朔

（今）圣帝德流，天下震慑，诸侯宾服[1]。连四海之外以为带，安于覆盂[2]，天下平均，合为一家，动发举事，犹运之掌[3]，贤与不肖，何以异哉？遵天之道，顺地之理[4]，物无不得其所。故绥之则安，动之则苦[5]；尊之则为将，卑之则为虏[6]；抗之则在青云之上，抑之则在深渊之下[7]；用之则为虎，不用则为鼠。……

今世之处士，时虽不用，块然无徒，廓然独居[8]，上观许由，下察接舆[9]，计同范蠡，忠合子胥[10]，天下和平，与义相扶，寡偶少徒[11]，固其宜矣。……若夫燕之用乐毅，秦之任李斯[12]，郦食其之下齐[13]，说行如流，曲从如环；所欲必得，功若丘山，海内定，国家安，是遇其时者也。

——《文选》卷四五

**注释**：[1] 德流：德厚流光，谓道德高，影响深远。震慑：因威力强大而恐惧。宾服：服从。[2] 覆盂（yú）：亦作“覆杅”，倒置的盂，喻稳固、安定。[3] 平均：平衡，指无战事。合：融洽。动发：开始行动。举事：办大事。犹运之掌：运转于掌上，极言其易。[4] 天之道：自然。地之理：山川土地的形势。[5] 绥（suí）：安抚。动：动乱。[6] 尊：使之尊。卑：使之卑。虏：指奴隶。[7] 抗：举拔。抑：压制。[8] 处士：这里指未入仕途的士人。块然：孤独的样子。廓然：空寂的样子。[9] 许由：上古高士，隐于箕山。相传尧让许由以天下，许由不受，逃于箕山；尧又让以九州长，许由不欲闻之，洗耳于颍水之滨。接舆：春秋时楚国隐士，佯狂避世，他曾迎着孔子的车子，故称“接舆”。[10] 范蠡（lí）：字少伯，春秋时越国大夫，曾辅佐勾践灭吴，功成后退隐经商，富于财，被称“陶朱公”。子胥：伍子胥，春秋时吴国大夫，曾助阖闾刺杀吴王僚，夺取王位；打败越国后，勾践请和，伍子胥苦谏，吴王不听，反而逼迫伍子胥自杀，成为“文死谏”的典型。[11] 与义相扶：行为符合于义。寡偶、少徒：

均指“独坐”“无徒”。[12] 乐毅：战国时期燕国将领，燕昭王信任乐毅，让乐毅率领五国之兵伐齐，攻下七十余城，封昌国君。李斯：秦代政治家，初为小吏，入秦后，谏阻逐客，力主郡县，车同轨，书同文，做出了重大贡献。[13] 郦食其（lì yì jī）：秦汉之际的名士，楚汉战争中，郦食其说服田广归降刘邦，献出七十余城。后因韩信攻打田广，田广烹杀郦食其。

**译文** 如今圣上的德泽流布，八方威服，诸侯来朝。周边牢如衣袋，国家稳如覆盂，天下和平，和睦如一家，兴办大事易如反掌，因此，贤士与庸徒之间显示不出什么差别。遵循天道，顺应地理，万物各得其所。所以稳定即安乐，动乱则忧苦；尊崇你时便是将军，卑视你时就是俘虏；举拔你便平步青云，压制你便地位低下；用你就是老虎，不用就是老鼠。……

现在的处士，虽然没有被任用，孤立无友，超然独居，上学许由，下仿接舆，智谋如范蠡，忠贞如伍子胥，在这和平时代，他们仍然坚守道义，没有朋友，本来也是正常的。……像那燕昭王任用乐毅，秦始皇任用李斯，郦食其劝说齐王归汉，游说之辞顺畅如流，言听计从圆满如环，想做的都能做到，功高如山。天下安定，国家稳固，是赶上了好时代。

## 滑稽之雄亦称雄，岂止诙谐割肉归

东方朔以滑稽著名，班固甚至称之为“滑稽之雄”（《汉书·东方朔传》赞语）。他最广为人知的生平细节都以滑稽为主，如他吓唬侏儒、割肉遗妻、大隐隐于朝、驺牙归义等事，确实事出滑稽，以言语机智取胜，没有蕴含太深刻的道理，所以班固说他“其事浮浅，行于众庶，童儿牧竖莫不炫耀”，即东方朔以肤浅的滑稽之辞取悦于众，不过是哄哄老百姓、沽名钓誉而已。

其实，东方朔有着很高才学，他不仅言语机智，而且文思泉涌，是一个优秀的语言文学家；同时，他见识深锐，行事有节，高自标置，有时也直言敢谏，是一个有思想、有气骨的士大夫。比如他谏阻汉武帝修筑上林园，严厉批判馆陶长公主的姘夫董偃，建议汉武帝秉公执法、不徇私情、远离谄媚之人等，都能反映出东方朔确实是有着深刻的见识，“尤不在汉廷诸儒下”，“滑稽之雄能为此言乎？”（严如煜《论东方朔》）

因此，东方朔是一个以滑稽形象示人的、内心有着远大抱负的士人。其滑稽有他个性机智、喜欢搞笑的因素，也有着佯狂玩世、避祸全身的初衷；他真正的怀抱，还在于经邦济世、建功立业上。只不过其滑稽形象深入汉武帝之心，所以，汉武帝对他的态度始终是“俳优蓄之”（司马迁《报任安书》），以至于他颇有见地的建言献策也不被采纳。滑稽为他赢得了较大的声名，但这份声名里，总有着谐谑和被轻视的意味；滑稽也很大程度地减损了其形象和见解的严肃性，这使他即便见解正确，也容易被忽视，行事即便刚正有节，也容易被等同玩世。

于是，东方朔的一生，就成了失意的一生，他甚至成为武帝时代失意者的典型。对此，班固分析道：“武帝既招英俊，程其器能，用之如不及。时方外事胡、越，内兴制度，国家多事，自公孙弘以下至司马迁，皆奉使方外，或为郡国守相至公卿，而朔尝至太中大夫，后常为郎，与枚皋、郭舍人俱在左右，诙啁而已。”（《汉书·东方朔传》）在那个昂扬壮阔、充分发掘人才潜力的时代，英俊之才都能“程其器能”，但东方朔却只不过是“诙啁而已”，只不过是一个供武帝调侃取乐的对象。这是东方朔一生的悲哀。他成名于滑稽，但滑稽也很大程度地制约了他的仕途，减损了其人格、形象的高度。

东方朔也有着内心的动荡和不平衡。面对这样的失意人生，他不淡定了，实在情难自禁，于是撰写《答客难》一文，以主客问答的形式，向读者交待自己对失意人生的看法。客人问道：“人家苏秦、张仪，位居卿相，为何你却官位如此低下？你不是常常自诩德高才富吗？”东方朔回答道：

"不过是此一时，彼一时而已。"只不过是时代不同而已。苏秦、张仪身处谋士纵横的时代，有广阔的建功立业的空间；如今呢？如今是天下一家的承平时代，人家用你，你就达官显宦，不用你时，你就是个凡夫俗子而已。这样的问答里，明显反映出东方朔对于汉武帝不用自己的无奈甚至幽怨。武帝不用我，我有什么办法呢？

东方朔接着说，即便身处卑位，却不能"不务修身"，不能不如孟子所说的那样"深造以道""欲自得之"，即还是要努力修身，培植道德，以期有所得，最终达到"与义相扶"的目的。这说明，东方朔滑稽的外表下面，还是固执地坚持着"达则兼济天下，穷则独善其身"的信条，他的"务于修身""与道相扶"就是彻头彻尾的"独善其身"。这也能说明，在妆点升平、取悦人主的郎官生涯里，东方朔一直坚持士大夫的气节和立场，独立不改。这是难能可贵的"大臣之节"，"安得以滑稽少之哉？"（严如煜《论东方朔》）

## 秋风辞　　汉武帝

上行幸河东，祠后土[1]，顾视帝京欣然，中流与群臣饮燕，上欢甚，乃自作《秋风辞》曰：

秋风起兮白云飞，草木黄落兮雁南归。兰有秀兮菊有芳，怀佳人兮不能忘。泛楼船兮济汾河，横中流兮扬素波。箫鼓鸣兮发棹歌，欢乐极兮哀情多。少壮几时兮奈老何！

——《文选》卷四五

**注释** [1] 河东：指河东郡，在黄河以东，今山西南部。后土：地祇之尊，总司土地之神。汉武帝将后土确定在今山西万荣县境。

**译文** 汉武帝巡行河东，祭祀后土完毕，欣然回望都城，遂与群臣泛舟于汾河之上，举杯畅饮，十分高兴，于是作《秋风辞》一首：

秋风泛起的时刻，白云缓缓飘飞，草木枯黄的背景上，大雁匆匆南飞。面对这秀美的兰花、芳香的菊英，不禁让人怀想佳人，久久难忘。我乘着高大的楼船横渡汾河，汾河中流激起一堆堆洁白的浪花。箫鼓齐鸣，船夫歌唱，在一片欢声笑语中，我却暗自伤情。无情的岁月啊，青春已逝，年华老大，可奈何耶！

## 茂陵刘郎秋风客

本诗出自雄才大略的汉武帝刘彻之手。在我国古代460余位帝王中，汉武帝是最杰出、影响最大者之一，他伸张王权，完善体制，开疆拓土，独尊儒术，勤政爱民，用人得当，缔造了封建帝国第一个伟大的全盛局面，“他建立了一个国家前所未有的尊严，他给了一个族群挺立千秋的自信，他的国号成了一个伟大民族永远的名字”，确实为中华民族作出了重大贡献。在铁腕治国的同时，他敢爱敢恨，柔情缱绻，留下了许多浪漫的爱情故事和传说，以及数篇多情的诗赋，这对我们了解其血肉饱满的立体形象具有重要的价值。

《秋风辞》是汉武帝赴河东祭祀后土时所作。后土祠，即祭祀大地之神的地方。我国早期的后土祭祀一直在汾阴（汾水之南，河东郡辖地），具体地点在今山西万荣县荣河镇的黄河岸边。汉成帝时，出于礼制复古和帝王渡河安危的考虑，遂移至长安，皇帝不再亲临河东。汉武帝君临天下共54年，巡行、出祀极多，他曾八封泰山，七幸后土，六至回中宫（今甘肃泾川县境内）。元鼎四年（前113）六月，汾阴巫者在祭祀时掘得一鼎，被视为祥瑞（《汉书·郊祀志》），汉武帝便于秋天赴河东祭祀、答谢后土。

这一年的汉武帝44岁，正值人生的黄金期，在位已28年。此时的他已然彻底击败了匈奴，通了西域，国家健康而强盛，四宇和平，因此，他借祭祀后土之机，安排了他人生的第一次大规模出巡，这次他不仅要祭祀后土，还要东至荥阳，观风河洛；次年他又西陟崆峒，北出萧关，莅临新秦中（今内蒙古五原县），耀兵塞上，意气洋洋而还。由此可见，元鼎四年前后的汉武帝，正处于其人生抱负最为雄杰、生命情怀最为丰富、活跃和浓郁的时期。

汉武帝从蒲津渡河，在荣河镇祭祀，然后自河入汾，泛舟于汾河中流。这里是汾河注黄河的入水口，是一个广阔的三角地带，山河相依，湿地广袤，既有高原的雄丽，也有水乡泽国的秀美。我们能想象，秋天的汾河入黄地带，该会是怎样的壮美雄奇！尤其是在两千多年前，在汾河、黄河水量极为充沛的时期，和黄土高原生态尚未破坏的时期，汉武帝所见到的这个三角地带，汇集着天地间最壮美的景色，也必然会激发一代伟人勃发的激情。

《秋风辞》虽是汉武帝的即兴之作，但显然是有感而发。在山河、湿地的背景中，秋高气爽，涛走云飞，草木摇落，北雁南归。汉武帝乘着高大的楼船，开怀畅饮，泛舟中流。面对着波涛滚滚，聆听箫鼓交鸣，再加上群臣拥戴，他必然会为自己治国理政的大手笔而自豪，必然会产生豪迈的英雄情；可是，在欢乐、豪迈的同时，他还是不禁感慨：这景色、生命诚然美好，只不过是已经到了凋零的秋天！44岁的汉武帝，似乎也感觉到已渐入老境：“少壮几时兮奈老何！”山河长久，人生苦短，即便贵为天子之尊，又能奈老何！

另外，汉武帝还写道：“兰有秀兮菊有芳，怀佳人兮不能忘。”以秋兰、秋菊喻佳人，表达了对佳人的渴望。这是什么样的“佳人”？是杰出的军事将领吗？此时漠北之战已过去五年，匈奴被击垮，霍去病虽已去世，但卫青尚在，国家军事的顶梁柱尚在，因此，对于军事将领而言，并非特别急迫。是治国的相才吗？汉武帝一生设置“中朝”，专门是为了消解相权，对他而言，宰相不过备员而已，因此，相才亦非急迫。那是什么样的“佳人”？

我们以为，所谓“佳人”，是指汉武帝渴望的中意女性。此时陈皇后早已废黜，卫夫人年长色衰，王夫人已去世四年，他渴望着一位能陪伴自己的中意女性。巧合的是，次年（前112），李夫人便因平阳公主的推荐，而得到了汉武帝的极大宠幸。由此推理，“怀佳人兮不能忘”的“佳人”就是指美丽的女性，甚至是有意无意地指向了李夫人。而与此相关的是大名鼎鼎的《佳人歌》：“北方有佳人，绝世而独立。一顾倾人城，再顾倾人国。宁不知倾城与倾国，佳人难再得！”这是李夫人之兄李延年作的歌，目的就是为了推荐李夫人给汉武帝，所以，其所指毫无疑问是李夫人。两首歌中都有“佳人”，都成就了汉武帝的佳话与传奇。

## 求茂才异等诏　　汉武帝

诏曰：盖有非常之功，必待非常之人。故马或奔踶而致千里[1]，士或有负俗之累而立功名[2]。夫泛驾之马、跅弛之士[3]，亦在御之而已。其令州县察吏民有茂才异等、可为将相及使绝国者[4]。

——《文选》卷三五

**注释**[1] 奔踶（dì）：指马的奔跑和踢人。踶，蹄，踏。[2] 负俗之累：受到世俗讥讽等的连累。负俗，有背世俗。[3] 泛驾之马：不服从驾驭的马。泛驾，不服人驾驭。泛，通“覆”。跅（tuò）弛：放荡不循规矩。跅，行为放荡不羁。[4] 茂才：美材之人。异等：才智特出，异于常人。

**译文** 诏书说：要成就非凡功业，就必得有非凡之人。所以，有的马尽管奔跑时踢人，但却能跑千里之遥；有的人尽管违世抗俗，但却能立功成名。对于那些不因循轨辙之马和不守规矩之人，关键还是在于如何驾驭罢了。现命令各州县，察访官吏百姓中有俊逸之才、可任将相者，或可出使边远异国者。

## 汉之得人，于兹为盛

本文是汉武帝刘彻元封五年（前 106）下发的求“茂材异等”诏。本年汉武帝 50 岁，登基称帝已 34 年。也就在本年冬，一代名将卫青去世，汉武帝因此而感到“名臣文武欲尽”，所以才下发了这道著名的求贤令。这也从侧面反映出，卫青在汉武帝心目中的分量和地位；卫青谢世，汉武帝倍感人才凋零，所以才要以非常之举荐拔人才。

汉武帝的功业早已彪炳史册，无需赘言；但是，促成其功业的，除了汉武帝个人的雄才大略之外，还有围绕在他周围的无数杰出人才。汉武帝从来都重视和发掘人才，不遗余力地提拔人才。他大力改革用人制度，全面实行了察举、贤良、上书、太学等综合手段，不问出身，唯才是举，而且，先后于元光元年（前 134）、元光五年（前 130）、元朔元年（前 128）、元封五年（前 106）四次下诏求贤，这完全能体现他求贤若渴的治国态度。

本文即汉武帝的第四道求贤令。令文以简明扼要的短短数语，将汉武帝的用人思想体现得淋漓尽致：治国理政的伟业迫切需求杰特之才，有杰特之才，方能成就杰特之功；人无完人，那些有才华的人，当时或许未能得到好评，但不能因此而否定其出众的才华与能力，而且还要重用其才华与能力；无论是怎样的马、怎样的人，都在于驾驭者、用人者的掌控了。这样大胆、张扬的诏书，完全能体现出汉武帝破格用人、驾驭群才的恢弘自信，也只有汉武帝这样不守成规、睥睨八荒的雄才，才能突破儒家忠孝德行的人才评价，走向不拘一格的用人标准。

毫无疑问，汉武帝的用人方略，是造就了西汉盛世的关键因素。对此，班固有一段极有见地的评述，兹摘引于下：

> 汉之得人，于兹为盛。儒雅则公孙弘、董仲舒、兒宽，笃行则石建、石庆，质直则汲黯、卜式，推贤则韩安国、郑当时，定令则赵禹、张汤，文章则司马迁、相如，滑稽则东方朔、枚皋，应对则严助、朱买臣，历数则唐都、落下闳，协律则李延年，运筹则桑弘羊，奉使则张骞、苏武，将率则卫青、霍去病，受遗则霍光、金日磾，其余不可胜纪。是以兴功造业，制度遗文，后世莫及。

班固作为西汉历史的权威研究者，其论述最具说服力。

有意思的是，历史上的另一位雄才大略的英主曹操，也有类似的求贤令，只不过，曹操求贤令文的力度更有甚于汉武帝。这里也将曹操的求贤令列出，供读者比较阅读：

> 自古受命及中兴之君，曷尝不得贤人君子与之共治天下者乎？及其得贤也，曾不出闾巷。岂幸相遇哉？上之人求取之耳！今天下尚未定，此特求贤之急时也。“孟公绰为赵、魏老则优，不可以为滕、薛大夫。”若必廉士而后可用，则齐桓其何以霸世！今天下得无有被褐怀玉而钓于渭滨者乎？又得无有盗嫂受金而未遇无知者乎？二三子其佐我明扬仄陋，唯才是举，吾得而用之。

汉武帝的求贤诏只是说人无全人，但并未提及“盗嫂受金”；曹操则明确提出，类似陈平这样有“盗嫂受金”的劣迹、但又能力突出者，都可以为他所用。显然，曹操在用人方面迈出的步子更大一些，这固然是曹操身处乱世、思贤尤急的现实需要，也必然与汉末朝纲解体、儒家思想急剧衰落的社会基础相关。相同的是，汉武帝和曹操都搜罗到了大量的统军作战、治国理政甚至出使绝域之人，“唯才是举”是他们不变的法则。

今天，我们阅读汉武帝和曹操的求贤令文时，依然感慨万千。千古以来，人才难得，人尽其才更为难得，而要形成济济多士的集群优势则尤为困难，所以，“得天下英雄而用之”就成了所有统治者的共同心愿。试想，当汉文帝“拊髀”而思得廉颇、李牧时，那是怎样的向往与无奈！当唐太宗说“天下英雄尽入吾彀中”时，那必然是费尽心力之后的自豪和感慨！由此，再来回溯汉武帝“有非常之功，必待非常之人”的论断，确实能说明，尊重人才、挖掘人才是我们悠久而优良的传统。

## 报任安书[1]

司马迁

古者富贵而名摩灭，不可胜记，唯倜傥非常之人称焉[2]。盖文王拘而演《周易》；仲尼厄而作《春秋》；屈原放逐，乃赋《离骚》；左丘失明，厥有《国语》；孙子膑脚，《兵法》修列；不韦迁蜀，世传《吕览》；韩非囚秦，《说难》《孤愤》；《诗》三百篇，大抵圣贤发愤之所为作也。此人皆意有所郁结，不得通其道，故述往事、思来者。

——《文选》卷四一

**注释:** [1] 任安：字少卿，荥阳人，少清贫，因任大将军卫青舍人，而得出任郎中、益州刺史。巫蛊之祸时，任安任北军使者护军，乱中，戾太子要任安发兵，但任安按兵不动。事后，汉武帝认为任安“坐观成败”，“有不忠之心”，论罪被腰斩。[2] 倜傥（tì tǎng）：卓越突出，超逸豪迈。

**译文:** 在古代，富贵而名声磨灭的人不可胜记，只有卓异非凡之人才称著于世。周文王被拘禁而推演出六十四卦的《周易》，孔子失意困顿而作《春秋》；屈原被放逐之后，才写成《离骚》，左丘明失明之后，才有《国语》传世；孙子受膑刑断脚，才编写成《兵法》；吕不韦流迁蜀地，才有《吕氏春秋》传世；韩非被秦国囚禁，才写出《说难》《孤愤》；《诗经》三百余篇，大都是圣贤抒发幽愤的作品。他们都思想苦闷，郁结难通，所以追述往事，希望后人能明白其心曲。

## 一封无法寄出的信

“功绩追尼父，千秋太史公”。本节出自我国著名史学家、文学家司马迁的书信——《报任安书》。司马迁以其巨大的创造才华，倾毕生之力，完成了牢笼百代的史学巨著《史记》，更以其如椽巨笔掀起文坛巨澜，成为史上最优秀的散文家，垂范千秋。

天汉二年（前99），名将李陵兵败投降匈奴。对此，朝野声讨一片，太史令司马迁则力陈主见，为李陵辩护，这引起了汉武帝的震怒，遂定司马迁为死刑。当时规定，欲避免死刑，要么出钱50万以赎罪，要么接受宫刑。司马迁没钱，但为了尚未完成的《史记》，他接受了历来被认为奇耻大辱的宫刑。

任安是禁卫军官，也是司马迁的挚友。征和二年（前91）“巫蛊之祸”爆发，任安因故被判死刑，等待处决。之前，在司马迁被赦免、任中书令时，任安曾写信给他，要求他“推贤进士”，但他一直迁延，未曾回信；此时，在挚友死期将至时，司马迁终于修书一封，痛陈心曲，倾诉自己的苦难遭遇及委曲求全的深衷。可以看出，司马迁对人生的思考极为细致、深入，他所背负的屈辱几至使他崩溃，他对挚友李陵、任安等人的真情可谓生死之情，而他为了完成《史记》而甘愿忍受一切苦难、屈辱的殉道精神，更是令人感佩之极！为了支撑自己苟活下去，他不得不以文王、孔子、屈原、左丘明、孙武、吕不韦、韩非等志士仁人的苦难遭遇作为精神鼓励。

需要说明的是，这是一封无法寄出的书信。其一，如果让汉武帝看到这封书信，司马迁是不可能有活路的。其二，书信长达2000余字，以简册推算，当在百简以上，携带不便，如何传达给任安，极成问题。其三，司马迁原本不欲以示时人，原本只想以“舒其愤，思垂空文以自见”，他是写给自己一个交代的书信。所以在信中，他可以写自己为李陵游说的“拳拳之忠”，写“深幽囹圄之中”的满腔悲愤和幽怨，写其宫刑之后的巨大耻辱感，他更是尽情渲染李陵转战绝域的英勇与悲壮。试想：对于一个满朝上下都以之为耻的降将，司马迁敢于如此褒扬，这勇气从哪里来？但是，假如这原本就是一封不欲发表、不欲示人的书信，那这一切就都好理解了。（参逯耀东《抑郁与超越——司马迁与汉武帝时代》之“巫蛊之祸与司马迁绝笔”章）

## 与苏武书　　李陵

自从初降[1]，以至今日，身之穷困，独坐愁苦。终日无睹，但见异类。韦鞲毳幕[2]，以御风雨；膻肉酪浆，以充饥渴。举目言笑，谁与为欢？胡地玄冰[3]，边土惨裂，但闻悲风萧条之声。凉秋九月，塞外草衰，夜不能寐，侧耳远听；胡笳互动，牧马悲鸣，吟啸成群，边声四起。晨坐听之，不觉泪下。嗟乎，子卿[4]！陵独何心，能不悲哉！

嗟乎，子卿！夫复何言！相去万里，人绝路殊。生为别世之人，死为异域之鬼，长与足下生死辞矣！幸谢故人，勉事圣君。足下胤子无恙[5]，勿以为念，努力自爱！时因北风，复惠德音！李陵顿首。

——《文选》卷四一

**注释** [1] 初降：天汉二年（前99）秋，李陵率步卒五千出击匈奴，寡不敌众，兵败投降。[2] 韦鞲（gōu）：皮臂套。毳（cuì）幕：毡帐。[3] 玄冰：黑冰。冰厚色黑。[4] 子卿：苏武字。[5] 胤：后代，子嗣。无恙：无疾。

**译文** 自从我投降匈奴至今，总是处于困顿之中，时时愁苦独坐，整日难见一个故人，只见异域风物。用皮衣、毡帐来抵御风雨，用羊马的肉和奶来充饥解渴。想举目言欢，可有谁与语？塞外土地冻裂，冰层深厚，只能听见朔风凄厉悲凉之声。到凉秋九月，塞草枯萎之时，我总是夜不能寐，侧耳倾听帐外的胡笳声声和牧马悲吟，这声音四处传来，此起彼伏；或者在清晨听这些边塞之声，不觉泪下沾衣。子卿啊！难道我的心还能与众不同，能不以此为悲吗？

子卿啊！我还能说什么？这一别，我们相隔万里，往来阻绝，我活着是另一个世界的人，死后也是异域之鬼，确实是永远地与您离别了！希望您回去之后代我向故友致意，努力侍奉明君。您的孩子很好，不要太牵挂。请务必多多保重！也希望您能时常借北来之风，多多带来好的消息。李陵顿首。

## 异域长决苏李别

李陵是李广长孙，汉武帝时出身陇西的杰出将领。天汉二年（前 99）秋，因兵败于浚稽山（今蒙古国境内）而投降匈奴。汉武帝得知李陵投降且为匈奴练兵之后，族没李陵全家，一代将门陇西李氏就此没落。

苏武与李陵同朝任职，关系友好。天汉元年，苏武作为使者被匈奴扣留，但他坚持气节，始终不降，最终被迫于北海（今贝加尔湖）之畔，仗节牧羊十九年，“节旄尽落”，但仍然“卧起操持”，可谓“白发丹心尽汉臣”。始元六年（前 81），终得返回长安。临别前，李陵为苏武置酒饯行，长歌当哭；返回后，苏武仍然写信劝李陵回国，李陵便写了这封回信。

在信中，李陵表达了他在漠北苦寒之地的孤独与凄苦，以及对故土的深切眷恋；同时他也满腹牢骚，对其转战绝域的艰辛与悲壮念念有词，对自己投降匈奴的苦衷反复申述，尤其是对汉武帝族没其家耿耿于怀，愤激之情溢于言表，有着极强的感染力。应该说，若非知心朋友，若非毫无顾忌，是说不出这样的话的。而李陵与苏武，恰好交谊深厚，且李陵远在匈奴，所以才能如此放言无忌。

另一个信息是，在苏武刚刚回国，李陵写这封信之前，大将军霍光派遣陇西任立政等人前往匈奴，以朝廷的名义召李陵回国，李陵以“丈夫不能再辱”为由，拒绝召回。可以肯定，这次征召，苏武起了关键作用，他返回长安后，为李陵说好话，才会引起霍光等人的好感。否则，汉朝投降匈奴者极多，而朝廷派人征召的仅有李陵一人，就很难理解了。

苏、李两人的经历具有极强的传奇色彩。李陵作为一代名将而身负国恨家仇，有“国士之风”，却最终成了历史上的背叛降将；苏武牧羊于无人的苦寒之地十九年，历尽辛酸，九死一生，返回时已“须发皆白”；而且二人又都出身世家，交情笃厚，早先同朝任职，后来各为其主，其漠北诀别、绝域鸿雁，无不感人至深，催人泪下。应该说，是特殊的出身和境遇造就了苏、李二人独特的个性魅力，也赋予了他们真挚言情的文学才华，进而成就了历史上最早也最典型的知己长别。因此，李陵、苏武就成了后世文人渲染离别之悲的典型题材，他们间的临别之歌、赠别之诗、往返书信，向来为人津津乐道，甚至多有怀疑之词，认为这都是后人的伪作。我们以为那些怀疑都仅限于推测，并不确切，其作品多是其本人所写，《文选》的选录也算是一个侧证。

## 报孙会宗书[1] 杨恽

臣之得罪，已三年矣[2]。田家作苦，岁时伏腊[3]，烹羊炰羔，斗酒自劳[4]。家本秦也，能为秦声[5]。妇赵女也，雅善鼓琴[6]。奴婢歌者数人，酒后耳热，仰天拊缶而呼呜呜[7]。其诗曰：“田彼南山，芜秽不治。种一顷豆，落而为萁。人生行乐耳，须富贵何时？”是日也，拂衣而喜，奋袖低昂，顿足起舞，诚淫荒无度，不知其不可也。恽幸有余禄，方籴贱贩贵，逐什一之利[8]。此贾竖之事，污辱之处[9]，恽亲行之。下流之人，众毁所归，不寒而栗。虽雅知恽者，犹随风而靡[10]，尚何称誉之有？

——《文选》卷四一

**注释** [1] 孙会宗：西河郡人，此时任安定太守。[2] 三年：指自受戴长乐告讦，被罢免，至今三年。告讦事，在五凤（前57—前54）年间。[3] 岁时：一年四季。伏腊：伏日（夏至后第三个庚日）和腊日（冬至后第三个戊日），指四季时节更换之时。[4] 炮：裹起来烤。[5] 家本秦：杨恽为华阴人，属秦地。秦声：秦地的音乐。《史记·廉颇蔺相如列传》："蔺相如前曰：'赵王窃闻秦王善为秦声，请奏盆缻秦王，以相娱乐。'"[6] 雅：甚，十分。[7] 拊缶：敲击瓦器。缶，瓦器，秦人用作乐器，拌歌时按节奏敲击，故曰"拊缶"。[8] 什一之利：十分之一的赢利。[9] 贾竖：商人小民。[10] 靡：倒。

**译文** 自我得罪、削职为民已经三年。农家耕作劳苦，每到夏伏冬腊时节，都会煮羊烤羔，斟满酒慰劳自己。我家本秦地，能唱秦地歌曲，妻子是赵地人，很善弹琴，奴婢中能歌唱的还有好几个。我酒后面红耳热，便仰首击缶，呜呜而歌。歌词是："种田在南山，荆棘野草除不完。种豆一顷地，只收到无用的豆秆。人生在世只为快乐，等来富贵要到何年？"那天，我抖擞衣服，上下挥袖，踏节起舞，确实是放纵无度，却不知这其实是不应该的。幸亏我还有余钱，才得以贱买贵卖，追逐十分之一的薄利。这些都是商人才做的事，是士大夫的污点所在，而我却亲自去做。地位卑下的人容易遭到众人的毁谤，这让人不寒而栗。即便那些非常了解我的人，都随风而倒（相信风言风语），我还能有什么好名声呢？

## 史上第一桩文字狱

杨恽出身于华阴杨氏（又称弘农杨氏）。华阴杨氏是汉唐之间极度显赫的一个家族，杨恽父杨敞在汉宣帝时曾两度出任宰相，这开启了华阴杨氏的辉煌之端，此后的杨氏冠冕蝉联，名人辈出。杨恽还有一个身份，他是司马迁的外孙，其母司马英为司马迁唯一的女儿。作为相门公子的杨恽，有才干，性格豪宕，轻财好义，善于交际，但他有个极大的缺点——“好发人阴伏”，即喜欢告状，如他曾因揭发霍氏子弟的谋反而封侯。当然，他也因此而得罪了多数同僚。

杨恽任光禄勋，位列九卿，与太仆戴长乐互相告讦，于是，汉宣帝将两人同时罢官。罢官后，杨恽家居，大治产业，以财自娱。应该说，罢官后的杨恽有点高调，甚至有点招摇过市。为此，其友安定太守孙会宗写信劝诫，说罢废之臣本应当闭门思过，而不能交接宾客，更不能大治产业。杨恽看后心生不满，于是写此信以回复孙会宗。

杨恽在信中说，自己出身通家，位至九卿，于时不能有所裨益，本来就已惭愧在心，不料横遭诬陷，囚系牢狱。幸赖皇帝宽容，没有重责，所以才能苟全性命，躬耕陇亩之间。他希望通过辛勤劳动，多有产出，“以给公上”，目的是为了给国家多交赋税，没想到这样的“灌园治产”却引来了孙会宗的劝诫，这是他所不同意的。

杨恽还说，农耕生活辛苦，所以，每到岁时伏腊的节日，他都烹羊斗酒，顿足起舞，击缶而歌。这样的生活，让他深切体会到人生行乐的欢畅，没想到这样的行乐也横遭指责，难道我杨恽就没有行乐的自由和权利吗？我所做的事，都是士大夫们看不上的，你们看不上，我做了还要挨批评，这是何道理？我已经没有荣誉、也很难再获得多少荣誉了，不过一老农而已，我们道不同，不相为谋，我做我的小事，你走你的大道，千万不要以士大夫的规则来约束我。

杨恽的这番话，说得有骨气，也有傲气。其字里行间，都流露出难以掩遏的不羁之情。其文散文行笔，文气纵横，嬉笑怒骂，议论风生，尤其是《南山歌》一段，有跌宕起伏、酣畅淋漓之感。就这点而言，杨恽的文笔确实神似其外公司马迁，“宛然外祖《答任安书》风致”（吴楚材《古文观止》评语）。我们甚至能从文字中感受到杨恽豪宕不羁、出言爽利而不逊的个性，这样的文章神采，确实只有极富生气的散文才能达到的。不过，从孙会宗的角度来说，他好心劝诫，却被杨恽借题发挥，甚至说“道不同，不相为谋”，确实有点窝火；这也从侧面反映出杨恽处理事情的不尽妥当之处。

但是，杨恽此文，却成为他被腰斩的借口。此信之后，天有日食，驺马猥佐成（负责给驺使供养马匹的一个名叫“成”的下级官吏）谗言说，日食天变是因杨恽所致。这个荒唐的借口，居然成了汉宣帝囚系杨恽的缘由。狱吏将《报孙会宗书》呈给汉宣帝，汉宣帝看了大怒，定杨恽为“大逆不道”之罪，腰斩于市，妻子流放酒泉，孙会宗也因此被免官。杨恽之死，是一桩荒唐的罗织罪名的文案，有人甚至说这是中国历史上的第一桩文字狱。今天来看，以日食而囚系杨恽，汉宣帝也不可能信其真，但事情却实实在在地发生了，那只能说明，杨恽此前的行为是早已引起了汉宣帝及其周围人的深深嫌恶，只不过当时是缺少直接严惩的理由，所以他们在等待时机；当日食到来时，他们便不失时机地囚系杨恽，进而以文章中莫须有的罪名处死了杨恽。这样的故事，看得人心痛。

## 圣主得贤臣颂　　王褒

故圣主必待贤臣而弘功业，俊士亦俟明主以显其德[1]。上下俱欲，欢然交欣，千载一会，论说无疑[2]。翼乎如鸿毛遇顺风，沛乎若巨鱼纵大壑[3]。其得意如此，则胡禁不止？曷令不行[4]？化溢四表，横被无穷，遐夷贡献，万祥必臻[5]。是以圣主不遍窥望而视已明，不殚倾耳而听已聪[6]。恩从祥风翱，德与和气游，太平之责塞，优游之望得[7]。

——《文选》卷四七

**注释：**[1] 圣主：圣明的国君。弘：光大。俟：等待。[2] 上下：指君主和臣子。交欣：互相喜悦。[3] 翼乎：迅疾的样子。沛乎：充盛、旺盛的样子。[4] 胡、曷：何，什么。[5] 化：教化。四表：四方极远之地。横：纵横。遐夷：边远地方的人民。贡献：进贡。万祥：各种祥瑞。臻（zhēn）：到达。[6] 殚：竭尽。聪：听清楚。[7] 祥风：和风。翱：翱翔。塞：尽。塞责：责任已尽。优游：悠闲自得。

**译文** 所以圣主必须依靠贤臣才能弘扬功业，贤士也等待明主才能显示其德行。君臣上下都有同样的愿望，相处交流都欣喜畅通，是千载难逢的事，讨论言说都相互信任。彼此之间的和谐关系，就像鸿毛遇上顺风一样迅疾，如大鱼遨游长河一样轻快。他们如愿以偿如此满意，那还有什么不能令行禁止？还有什么命令不能推行？国家的教化遍布于四方，边远的少数民族也前来进贡，各种祥瑞吉兆也一定会到来。所以圣主不用四下张望就已看得清楚，不用竭力地侧耳倾听也能听得很明白。恩惠随着和风翱翔，德泽与祥和之气一起遨游。太平盛世的职责已经完成，悠闲自得的愿望已经实现。

## 龙从云起虎从风

王褒是汉代“四大赋家”之一，在汉赋的发展中有较大影响。他生于蜀地，早年的生活也主要在蜀中，因益州刺史王襄的推荐，才得到汉宣帝的召见。见到汉宣帝后，王褒领到的第一个任务就是写一篇《圣主得贤臣颂》。这是汉宣帝给王褒的命题作文，王褒怎么去写？是写成完完全全的歌颂之作呢，还是写成一篇具有普遍意义的传世之作呢？显然，王褒选择了后者，《圣主得贤臣颂》成了其传世的代表散文。

在西汉诸帝中，汉宣帝是一位有胆识、有作为的明君，他极力地模仿曾祖父武帝的所作所为，“修武帝故事，讲论六艺群书，博尽奇异之好”，即他倡扬儒家经典，也有好大喜功的习性；而且，他还“颇作歌诗”，“兴协律之事”(《汉书·王褒传》)，于是，“待诏金马门”之风因之再起，西汉辞赋发展的第二个高峰也应运而生。

由此来看，汉宣帝让王褒写《圣主得贤臣颂》，其实也是要文人发挥其美颂君上、褒扬中华的作用。王褒显然没有辜负汉宣帝的美意，他先从贤臣的功用写起，贤臣就如同能工巧匠，能让繁难的工程精致地完成；明主得贤臣，就如同伯乐驾乘骏马，“周流八极，万里一息”。接着，从贤臣期待明君的角度看，伊尹、姜太公、宁戚等，早年困顿，只有在遇到明君之后，才得以驰骋才华、大展宏图。由此，他得出结论，当圣主贤臣风云际会时，是“欢然交欣，千载一会”，君臣之间相互信任，沟通协畅，其融洽的程度就如同鸿毛纵飞于风中、大鱼遨游于长川一样轻俊洒脱，自然无碍。

我们节选的这段，正是描摹君臣相得的状态。应该说，这个描摹不仅是王褒对汉宣帝的理想对答，而且在更广泛的层面上勾勒出了士大夫心中普遍的理想图景。《周易·乾卦》“文言”云：“云从龙，虎从风。”从此，风云际会就成了士人心中的神圣图腾。古往今来，哪一个有才识、有抱负的人，不希望能有相互成就的人生际遇？尤其是君臣之间彼此信任，相互促进、成全，最终君为圣主、臣为肱股，彼此成就，相得益彰，那才是真正的“千载一会”！该是何等的难得而可贵！

今天的我们，依然热切期盼着这样“圣主得贤臣”的际遇。虽然我们今天是法治社会，上下级之间有法可依，有制度保障，能保证基本的政令畅通，但要形成彼此信任、相互成就与成全的上下级关系，谈何容易！也正是从这个意义上来说，王褒《圣主得贤臣颂》中描摹的境界，就永远地让人向往，因而具有了普遍和永恒的意义。

王安石有一首感慨风云际会的词作《浪淘沙令》，兹录以备参考、欣赏：

> 伊、吕两衰翁，历遍穷通，一为钓叟一耕佣。若使当时身不遇，老了英雄。
>
> 汤、武偶相逢，风虎云龙，兴王只在笑谈中。直至如今千载后，谁与争功！

# 怨歌行　　班婕妤

新裂齐纨素，皎洁如霜雪[1]。裁为合欢扇，团团似明月[2]。出入君怀袖，动摇微风发[3]。常恐秋节至，凉风夺炎热[4]。弃捐箧笥中，恩情中道绝[5]。　　——《文选》卷二七

**注释** [1] 新裂：新裁，即新织成。齐：地名，今山东，这里是说做扇子所用布料的产地。当时以齐地所产纨素最为有名。纨素：精细的白绢。[2] 合欢扇：绘有合欢图案花纹的团扇。团团：圆貌。[3]“出入”二句：以扇自喻，言得宠时出入郎君怀袖，微风轻拂，舒心宜人。[4]“凉风”句：凉风吹走炎热，不再需要团扇；言年老色衰，宠爱被人夺去。[5] 弃捐：舍弃，弃置。箧笥（qiè sì）：泛指箱子。小箱称笥，方形竹编者称箧。中道：半途。

**译文** 刚刚织成的齐地丝绢，洁白得像霜雪一样。裁下一块做成合欢扇，团圆得像一轮明月。扇子出入于君王的怀袖之中，轻摇之间发出阵阵凉风。我常担心秋天到来，秋风的清凉就会夺走炎热。到那时，精美的团扇就被弃置在匣子里，主人对团扇的恩情就会中道断绝。

## 夕殿萤飞思悄然，可怜飞燕倚新妆

班婕妤是汉成帝的嫔妃，其具体姓名今不可知。在古代女性文学家的行列里，班婕妤是有文字记载、生平可考的第一位女文学家。

班婕妤出身于汉代有名的楼烦班氏。班氏本楚令尹子文之后，楚国灭亡以后，班氏迁居山西北部一带，逐渐以畜牧而富甲一方。班婕妤父亲班况做了越骑校尉，常居京城。班婕妤正好处于班氏由富而贵的当口，其入宫为妃也促成班氏的进一步显贵。此后，班彪、班固、班超、班昭等，都彪炳史册。所以，班婕妤在班氏发迹过程中也作出了重要贡献。

由于出身优越，有着良好的文化教养，所以，班婕妤不

仅美貌，擅长诗赋，而且还坚守礼制，以理制情，体现出大家闺秀的良好素养，因而得到汉成帝的厚爱。10余年后，赵飞燕姐妹得宠而好妒，后宫因此险象丛生，是非甚嚣尘上，对此，班婕妤贤淑自适，明哲保身，她急流勇退，以伺候太后为名退居长信宫，开始了退隐的生活。其流传千古的诗赋《怨歌行》(又名《团扇歌》)、《自悼赋》、《捣素赋》可能都作于退隐之后。

在《怨歌行》中，班婕妤以团扇自喻，抒写自己始受宠幸、终遭弃捐的不幸命运，通篇都贯穿着比喻、象征的意蕴。首先，她说制作团扇的素绢是产自齐地，这其实是她出身名门的自喻；扇子洁白如雪，又是她品性高洁的自喻。其次，她的扇子名为“合欢扇”，而且团圆如月，象征自己初入后宫、得到皇帝宠爱的美好；扇子在轻摇之间都会带着微风、散着微凉，这是她与君王之间亲密关系的体现。再次，她常害怕秋天来了，天气变凉，扇子就没用了，其实她不怕天气变凉，她是怕皇帝不再需要自己的清凉和舒心，怕皇帝移情别恋，自己被弃置一边，无人理会。最后，她写道，如果秋天真的来了，那团扇的命运就是弃置于箱奁中，无人问津。这个“秋天”，就是赵飞燕姐妹，她们不正在得宠吗?她们卷起强劲的凉风，夺走了皇帝，班婕妤只能是被搁置一旁，冷落在青灯秋草之中了。

《怨歌行》中层层委婉的比喻，将团扇的命运和个人遭际完全结合在一起，似乎都在写物，又似乎都在写人，物我之间浑然不分，体现出极为精巧的构思，尤其是用团扇遭弃来比喻女子如玩物般被弃置，新奇而警策，可谓前无古人的创造。屈原以男性视角，创造性地构思了美人香草喻，班婕妤也以女性视角，同样创造性地拈出了团扇之喻，他们都为不同性别的抒情主人公提供了一个宣泄情感的理想窗口，同样都成为永恒的经典。漫长的历史中，像班婕妤这样能独创经典女性抒情手法的女作家，实属凤毛麟角。

更进一步来看，班婕妤的团扇之喻对女性命运的咏叹，其实也是张扬着女性的主体价值，同时也批判着男权的自私和狭隘，因而，其团扇主题也超出了宫怨的范围，而具有了更为普遍的女性人文意义。

## 北征赋　　班彪

隮高平而周览，望山谷之嵯峨[1]。野萧条以莽荡，迥千里而无家[2]。风猋发以漂遥兮，谷水灌以扬波[3]。飞云雾之杳杳，涉积雪之皑皑[4]。雁邕邕以群翔兮，鹍鸡鸣以哜哜[5]。游子悲其故乡，心怆悢以伤怀[6]。抚长剑而慨息，泣涟落而沾衣[7]。揽余涕以於邑兮，哀生民之多故[8]。夫何阴曀之不阳兮，嗟久失其平度[9]。谅时运之所为兮，永伊郁其谁愬[10]？

——《文选》卷九

**注释:** [1] 隮（jī）：同“跻”，登上。高平：高平县，在安定郡。周览：环顾。嵯（cuó）峨：山势高峻。[2] 萧条：空旷。莽荡：旷远。迥：辽远。[3] 猋：同“飙”，暴风。漂遥：风疾貌。[4] 杳杳：深昏貌。皑皑：形容雪洁白。[5] 邕（yōng）邕：雁鸣声。鹍（kūn）鸡：形似天鹅的大鸟。哜（jì）哜：众鸟鸣叫声。[6] 怆悢（chuàng liàng）：悲伤。[7] 慨息：感慨叹息。涟落：泪流不断貌。[8] 於（wū）邑：同“於悒”，忧伤哽咽。多故：多患难。[9] 阴曀（yì）：阴晦起风，喻天下昏乱。平度：正常的法度。[10] 谅：确实。伊郁：忧怒烦闷。愬：同“诉”。

**译文:** 登上高平城举目四望，只见群山高峻巍峨。旷野萧疏茫无边际，迢迢千里没有人烟。疾风劲吹四处飞扬，溪水倾泻翻起波澜。我穿越浓云密雾，涉过皑皑积雪。群雁鸣叫着向南飞翔，鹍鸡哜哜地悲鸣。游子怀念着故乡，内心充满着悲伤。抚摸宝剑长声叹息，泪水涟涟沾湿了衣裳。我擦拭着眼泪，内心沉郁，为百姓的多灾多难而深深痛心。为何世道如此昏乱、不见光明呢？是因为国家法度已经长久地失去了其基本规则。这确实是由时运造成的，向谁去倾诉满腔的忧伤呢？

## 班彪的陇右行踪

班彪是班婕妤之侄。从《后汉书·班彪传》的记载来看，班彪时期的班氏已经是一个以儒学传家的望族了，他本人也有着深厚的儒学素养，是当时的著名学者；只不过由于生逢新莽之乱，所以班彪曾经有一段流离天水、依附河西的经历。其《北征赋》就写于新莽地皇四年（23）之后（估计在地皇五、六年），他从长安前往河西的途中。

此时的班彪才20出头。如果按照正常情况，这个年龄段的班彪极有可能担任朝廷郎官之职，但因新莽末年政局混乱，他未能按照正常程序出仕，而是前往依附天水的隗嚣割据势力，又因见隗嚣不足成器，遂返回长安，然后又从长安出发前往河西，依附于河西的窦融。

从赋文来看，班彪西出长安，经瓠谷（在长安西）、云阳（今陕西淳化县）、栒邑（今陕西旬邑县），爬过今甘肃宁县境内的长坡——赤须坡，进入义渠（今甘肃宁县），过泥阳（宁县境内）、彭阳（今甘肃镇原县境内），再沿长城西进，经过朝那（今甘肃平凉西北），到达高平（安定郡治，今宁夏固原）。这条路线，基本与古代丝绸之路东段的北线重合。在高平，他写下了《北征赋》，然后继续西进，抵达河西。

班彪每过一地，都会联想起该地发生的历史事件。如在义渠，他会联想到义渠王与秦宣太后的糜烂往事；在泥阳，他看到陇上羊归的情景，便想起“日之夕矣，牛羊下来”的诗句。登上长城，他想起蒙恬修筑长城的巨大工役，以及蒙恬被杀的惨痛结局；经过朝那，他想起匈奴南侵，攻杀北地都尉的往事。站在高平城上，他看到固原一带旷野萧条、白雪皑皑的情景，不免恋家思亲、抚剑伤怀，而且，对战乱中百姓的苦难生活表示了深切的担忧，“哀生民之多故”。最后，班彪对造成如此破败、乱离景象的势力进行了强烈的控诉，表达了渴望和平安定的正义呼声。我们节选的这段文字，正是班彪控诉战乱、表达思乡情怀的部分。在纪行赋中，能将个人情感与沿途景色这样融洽地结合起来，抒写出动人的乡情，发出正义的呼声，都是难能可贵的。而经过刘歆（《遂初赋》）、班彪等人的精心撰构，纪行赋的规模、体制也最终确定了下来，成为后世文人颇好写作的一类赋体，而且也佳作迭出，颇具气象。

## 两都赋序[1]　　班固

大汉初定，日不暇给。至于武、宣之世[2]，乃崇礼官，考文章，内设金马、石渠之署[3]，外兴乐府协律之事[4]，以兴废继绝，润色鸿业。

故言语侍从之臣[5]，若司马相如、虞丘寿王、东方朔、枚皋、王褒、刘向之属[6]，朝夕论思，日月献纳；而公卿大臣，御史大夫倪宽、太常孔臧、太中大夫董仲舒、宗正刘德、太子太傅萧望之等[7]，时时间作。或以抒下情而通讽谕，或以宣上德而尽忠孝，雍容揄扬，著于后嗣，抑亦雅颂之亚也[8]。故孝成之世[9]，论而录之，盖奏御者千有余篇[10]，而后大汉之文章，炳焉与三代同风。

——《文选》卷一

**注释** [1] 两都：西汉京城长安（西京）和东汉京城洛阳（东京）。[2] 武、宣：汉武帝、汉宣帝。汉赋在武、宣之世最为繁荣。[3] 金马：金马门，汉宦者署门之别称；因该门旁立有铜马而得名，为上书与待诏之所，隶少府。石渠：石渠阁，汉代宫中藏书处，在未央宫北。[4] 乐府：汉代管理乐舞演唱教习的机构。协律：考校音乐的律吕。《汉书·礼乐志》："（汉）武帝定郊祀之礼，乃立乐府，采诗夜诵，有赵、代、秦、楚之讴。以李延年为协律都尉。"[5] 言语侍从之臣：通过言语随行侍奉在帝王身边的臣子。[6] 司马相如：字长卿，成都人，汉赋最负盛名的作家。虞丘寿王：即吾丘寿王，字子赣，赵地人，官至光禄大夫侍中，当时即以善赋名。东方朔：字曼倩，平原人，西汉文学家，官至太中大夫。枚皋：字少儒，枚乘子，

螭虎之士，爰该六师[3]，暨南单于、东胡、乌桓、西戎、氐、羌侯王君长之群[4]，骁骑十万[5]。元戎轻武，长毂四分[6]，雷辎蔽路，万有三千余乘[7]。……将上以摅高、文之宿愤，光祖宗之玄灵[8]，下以安固后嗣，恢拓境宇，振大汉之天声[9]。兹可谓一劳而久逸，暂费而永宁也。乃遂封山刊石，昭铭盛德[10]。

——《文选》卷五六

**注释** [1] 永元：东汉和帝年号，永元元年，即公元89年。窦宪：字伯度，平陵人，汉和帝母窦太后之兄，故称“元舅”。和帝年幼，窦太后临朝，以窦宪为侍中，大击匈奴，大获成功。和帝成年后，诛杀窦宪。[2] 执金吾：官名，执金革以御非常。耿秉：字伯初，茂陵人，与窦宪大破匈奴，封美阳侯。述职：向天子陈述职守，喻指到职。巡御：巡视边防。治兵：练兵治军，这里指出兵作战。朔方：汉武帝所设郡，今内蒙古鄂尔多斯地区。[3] 鹰扬：奋扬如鹰。校：将校。螭（chī）虎：龙与虎，喻勇猛凶悍。爰：于是，助词。该：整备。六师：六军，指天子之军。[4] 南单于：当时匈奴分南北，因在大漠之南，故名。南匈奴降汉，东汉设匈奴中郎将以监护之。东胡：种族名，在匈奴之东，故名，今称通古斯族。乌桓：部落名，东胡别种，汉初为匈奴所灭，退居乌桓山，因以为号。氐、羌，皆西戎种族名。[5] 骁骑（xiāo qí）：英勇的骑兵。[6] 元戎：大型战车。轻武：轻型战车。长毂（gǔ）：兵车。毂，车轮中心的圆木，借指车。四分：四面分开。[7] 雷辎：犹雷车。乘（shèng）：四马拉的兵车，一辆为一乘。[8] 摅（shū）：抒发，纾解。高、文之宿愤：指汉高祖、汉文帝对匈奴的愤怒。高祖有白登被围的惨败，文帝时匈奴火烧回中宫（代地行宫），游骑至于甘泉，文帝为此而“拊髀思颇、牧”。玄灵：神灵。[9] 后嗣：后代子孙。恢拓：扩张，开拓。天声：国家声威。[10] 封山：在山上筑坛祭天。刊石：刻铭于石。昭铭：以铭文显耀于后世。

**译文** 永元元年秋七月，大汉王朝的长舅、车骑将军窦宪，……与执金吾耿秉，到任后巡察边防，在朔方训练军队。队伍迅猛如雄鹰疾飞，战士强悍如螭虎奔驰。于是整备各军，以及南单于、东胡、乌桓、西戎、氐、羌诸侯王君长的军队，总共十万勇猛的骑兵。大型战车、轻车、兵车等分四路开进，车声雷鸣，遮蔽大路，总计一万三千余辆。……对上而言，（这次军事行动）可以纾解高祖、文帝被匈奴侵侮的旧恨，使祖宗的神灵感到光荣；对下而言，可以巩固以后的国基，开疆拓土，振奋汉朝的声威。这可谓是用一次的辛劳换来长久的闲逸，用暂时的费力换来永久的安宁。于是我们登山祭天，刻石记功，以昭示、铭刻大汉的威德。

## 瀚海雄风

本文即著名的“燕然勒铭”。东汉永元元年（89），窦宪率领汉军以及南匈奴、东胡、西羌等联军征伐北匈奴，在稽落山（今蒙古国杭爱山）与北匈奴主力决战，取得大胜；然后继续进军，至私渠比鞮海（今俄蒙边界的乌布苏诺尔湖），再获大胜，此次征伐也取得了决定性的胜利。于是，窦宪等登上燕然山（也在杭爱山），在去塞三千里之遥的地方，勒石刻功，由班固撰写铭文，以颂扬窦宪功业，彰显大汉声威。

本年，班固57岁，他名垂青史的《汉书》早已完成，他也因此赢得了盛世文名。作为一介文人，能参与到国家重大的政治活动之中，并用自己的笔来铭记这个活动，无论如何，都应是班固最为得意和辉煌的时刻。因此，他用自豪的笔触、昂扬的词调和典雅精练的语言，来渲染和记述这次重大的历史事件。

班固先赞扬统帅窦宪和耿秉，接着颂美将校与战士，他们如鹰之扬、如虎之奔，他还铺写各类战车，车声雷鸣，声势浩大。中间描写汉匈接战以及汉军的大胜，文末点明了本次大胜的重要意义，那就是“摅高、文之宿愤，光祖宗之玄灵”，和“安固后嗣，恢拓境宇，振大汉之天声”，既要为汉皇室雪耻，也要借此以恢宏疆土，安定国基，振奋国威。

铭文的关键在叙事的精准和风格的庄重典雅，对于班固这样的文豪而言，这是毫不费力的；又因为本次勒石的目的是显扬功业和汉帝国的赫赫声威，于是，班固多用场面宏大、语调铿锵、语感色彩浓烈的字词，如“凌高岗”“绝大漠”“跨安侯”“乘燕然”“玄甲耀日”“星流彗扫”等。

除文章学意义之外，本文还是具有重大见证意义的历史文献。在今存勒石记功碑文里面，《封燕然山铭》是最早的。《封燕然山铭》标志着延续200年的汉匈战争终于画上了句号，这场旷日持久、生灵涂炭的战争，终于以汉帝国的完胜收了场；终止和远离战争，无论如何都值得肯定。《封燕然山铭》虽然仅仅是一篇文字，但它对于鼓舞中华民族精神、强化民族向心力，也有着积极的历史意义。何况，在漫长的文学史中，“燕然勒铭”已经成了文人心中神圣的向往，成了鼓励士子积极追求、建功立业的经典文学意象。

对于汉匈战争，班固和汉朝人有他们的态度，他们认为是敌我之争。今天，当我们站在中华民族的立场上来看时，我们认为，汉匈战争只不过是中华民族内部的矛盾和斗争。历来北方民族的南侵，固然有着当权贵族膨胀、掠夺的原因和残酷杀戮的恶习，但根本的动力还是北方民族生活的需要。北方苦寒，游牧的文明程度较低，整体生活水准也低。可是，这并不能否定他们对于较高文明和较好生活的向往，因此，他们骑马南下，以寻求更好的生活环境、生活方式，这完全可以理解。只不过，中原汉族在北方民族的武力胁迫之下，倍感屈辱，不甘接纳，加之长久以来形成的华夏优势，所以他们便武力拒斥，这其中最典型的莫过于汉匈之战。两千多年间，这样的民族发展情势一直在循环往复着，这是残酷的，也是我们所不愿见到的。从今天中华一家的角度来看，中华文化海纳百川、有容乃大的包容气度，才是推动真正解决这些矛盾、斗争的最深沉之力；中华文化的高水准，才是融化一切其他文化的最核心的向心力。

附缀一则消息。据报道，2017年，蒙古国成吉思汗大学和我国内蒙古大学联合考古，在广袤的燕然山里面发现了大片刻石文字，考古专家认为，这就是当年班固勒石记功的《封燕然山铭》，据说有260余字，已识读220余字。从字数来看，这与班固铭文不合，但考虑到刻石风化漫灭等因素，文字残缺便极有可能，所以我们姑信其真。其实，清代以来在距离杭爱山不远的天山东部，接连发现了汉匈战后留下的石刻，有些上距燕然勒铭只有四年。

## 毛诗序　　卜子夏[1]

诗者，志之所之也[2]，在心为志，发言为诗。情动于中而形于言[3]，言之不足，故嗟叹之，嗟叹之不足，故咏歌之，咏歌之不足，不知手之舞之，足之蹈之也。

情发于声，声成文谓之音[4]。治世之音安以乐[5]，其政和；乱世之音怨以怒，其政乖[6]；亡国之音哀以思，其民困。故正得失，动天地，感鬼神，莫近于诗。先王以是经夫妇[7]，成孝敬，厚人伦，美教化，移风俗。

——《文选》卷四五

注释：[1] 毛诗：毛氏所传的《诗经》。汉代《诗经》有齐、鲁、韩、毛四家，今存者仅毛诗，其他三家皆佚。毛诗序，即作于毛氏《诗经》前的序言，历来称之为“大序”（区别于各篇之前的序，称“小序”）。其作者，郑玄《诗谱》记载为卜子夏，范晔《后汉书·儒林传》记载为东汉卫宏。萧统《文选》显然是沿袭郑玄的记载。卜子夏：孔子著名弟子，姓卜，名商，字子夏，精于《诗》《乐》。[2] 志：思想感情，揆诸文意，应该是指那些较为正面的、能说得出、道得明的思想和感情。[3] 中：心中。[4] 文：宫、商、角、徵、羽五声交织而成的曲谓之文。[5] 治世：太平时代，与“乱世”相对。和：和谐。[6] 乖：背离，不和谐，与“和”相对。[7] 经：治理。

译文：诗，是用来表达思想感情的，藏在心里是思想感情，用语言表达出来就是诗。感情激动时就需要用语言表达，语言不足以表达就发出感叹，感叹不足以表达就引声长歌，引声长歌还不足以表达，就情不自禁地手舞足蹈起来。

情感抒发出来成为声音，有规律的声音就是音乐。盛世之乐安宁祥和，其政治平和；乱世之音哀怨而愤怒，其政治反常；亡国之音忧郁哀伤，其百姓困苦。所以，纠正得失，感动天地，感化鬼神，最有效的是诗歌。也因此，先王用诗歌来经营夫妇之道，促成人们孝敬父母、长者，也使人伦更为笃厚，使教化变得淳美，使风俗更加淳朴。

## 言志为先是《大序》

《毛诗序》是写定于汉代的《诗经》序言，各篇前均有序，只不过第一首诗《关雎》前的序言较长，论述很宏观，像是给《诗经》写的总序，故通常将这篇序称为“大序”，而将其他诗歌前的短序称为“小序”。其作者，《昭明文选》载录为孔子弟子子夏，还有说是东汉学者卫宏。

“诗言志”是《诗大序》的诗论核心，也是中国诗学的“开山的纲领”（朱自清语）。所谓“志”，多为人们心中正面的、积极的、侧重于理性化的情感和认知。“诗言志”，其实是要求诗歌不能随意言情，而是要写正面、积极、理性的那部分感情和认知。显然，这样的规定不利于诗歌自由抒情。进而，《诗大序》要求用诗歌来“经夫妇，成孝敬，厚人伦，美教化，移风俗”，这赋予了诗歌以极强的政教、功利色彩，与自由抒情基本不沾边。

《诗大序》可看作是汉代诗学的典型，也是我国古代政教文学观的代表。它是对先秦以来儒家诗学的一个高屋建瓴的总结，其对诗歌进行的宏观、抽象思考与阐发是极为可贵的，所赋予诗歌的时代使命也完全值得我们借鉴，毕竟，文学不能与现实绝缘，也不能不问世事、只顾自娱自乐，但是，《诗大序》也存在着严重约束诗歌自由抒情的局限，这需要我们甄别和扬弃。

从文学史来看，“诗庄词媚”早已尽人皆知，但是，之所以形成“诗歌庄重”的局面，不仅仅是诗、词两种诗体的功能问题，更主要的因素还是诗学传统。中国诗歌，自先秦以来就承担着庄严的使命，孔子删诗隐寓深衷，《诗经》之所以呈现出“温柔敦厚”的风貌，与孔子的编辑必然有关；《诗大序》也规定了诗歌不能随意抒情，而是要“发乎情，止乎礼义”，要承担讽谏国政的任务。于是，诗歌只能是朝着“庄重典雅”的方向发展了。由此可见，《诗大序》对中国诗歌乃至文学是产生了极为深远的影响的。

## 归田赋　张衡

于是仲春令月[1]，时和气清。原隰郁茂，百草滋荣[2]。王雎鼓翼，鸧鹒哀鸣[3]。交颈颉颃，关关嘤嘤[4]。于焉逍遥，聊以娱情[5]。

尔乃龙吟方泽，虎啸山丘[6]。仰飞纤缴，俯钓长流[7]。触矢而毙，贪饵吞钩[8]。落云间之逸禽，悬渊沉之鲨鰡[9]。

于时曜灵俄景，系以望舒[10]。极般游之至乐，虽日夕而忘劬[11]。感老氏之遗诫，将回驾乎蓬庐[12]。弹五弦之妙指，咏周孔之图书[13]。挥翰墨以奋藻，陈三皇之轨模[14]。苟纵心于物外，安知荣辱之所如[15]？ ——《文选》卷一五

**注释：** [1] 仲春：农历二月。春季三月分别称孟春、仲春、暮春（或季春）。令月：美好的月份。[2] 原：平原。隰（xí）：低湿之地。郁茂、滋荣：均指草木茂盛。[3] 王雎（jū）：即雎鸠，因《诗经·王风·关雎》有“关关雎鸠，在河之洲”语，故称“王雎”。鸧鹒（cāng gēng）：黄莺。[4] 交颈：亲昵相依之状。颉颃（xié háng）：上下翻飞。上飞曰颉，下飞曰颃。关关嘤嘤：鸟鸣声。[5] 于焉：于此。聊：姑且。[6] 尔乃：于是。方泽：大泽。龙吟、虎啸两句，是说自处江湖，如龙在泽，如虎在山，自由自在。[7] 纤缴（zhuó）：系于箭尾的细丝。[8]“触矢”二句：言鸟不高飞则中箭，鱼若贪饵必上钩。[9] 落：射落。逸禽：飞鸟。悬：钓起。渊沉：潜于深渊。鲨鰡（shā liú）：鱼名。[10] 曜（yào）灵：太阳。俄景：倾斜的日影。俄：斜。系：继而。望舒：神话中月亮的驾车之神，这里指月亮。[11] 般游：游乐。劬（qú）：劳累。[12] 老氏之遗诫：《老子》第十二章有“驰骋畋猎，令人发狂”之语。回驾：回车，返回。蓬庐：茅舍。[13] 五弦：指琴。妙指：妙旨，指深妙的琴音。周孔：

周公、孔子。[14] 翰墨：笔墨。藻：辞藻。三皇：传说中的伏羲、神农、黄帝。轨模：仪轨、模式。[15] 物外：世俗的功利世界之外。如：往，到。

**译文** 正值仲春佳日，气候温和，景色清新。原野上林木繁茂，百草丰盈。雎鸠展翅试飞，黄鹂轻快鸣叫。它们忽上忽下，叫声不停。此时的我逍遥自在，暂且来愉悦心情。

我从容吟啸，如同龙在大泽、虎在丘山一般舒畅自在。时而仰空飞射，时而俯身垂钓。飞鸟触箭丧生，游鱼因贪饵上钩。射落云中飞鸟，钓起深渊中的鲨鰡。

日影西斜后，继而素月东升。尽情享受这游玩的欢乐，到日暮时分都不觉疲倦。想起老子的遗训，我转车返回蓬庐。弹起五弦妙琴，讽诵圣贤经典。挥毫撰文，逞展文采，陈述三代圣王的规范。姑且安心于世俗之外，还知道什么荣辱得失呢！

## 数术穷天地，文章壮汉声

张衡与司马相如、扬雄、班固并列为“汉赋四大家”，他的《二京赋》与班固的京都赋都是汉赋的典范之作，最能体现汉代壮阔的盛世景观，而他的抒情小赋则是汉赋发展史上具有风向标意义的作品，不仅篇制短小，清丽抒情，而且还赋写田园，主题清新，对后来赋体文学产生了深远的影响。因此，张衡是一位有着很高成就的赋家。

但是，张衡的成就绝不止于此，他还是我国早期罕有的有着卓越成就的科学家，在天文学、数学、地震学、地图学等领域都有杰出的成就。他锐精研思，极富创造性地发明了候风地动仪和漏水转浑天仪，观察并记录了 2500 多颗恒星，著《灵宪》以阐发天文思想，提出“浑天说”，为当时“论天三家”之一，这些都极大地推动了早期天文学的发展；他还改进历法、算法，提高了回归年和朔望月数据的精准度，为中国天文历法的发展作出了重大贡献。所以，东汉崔瑗评价张衡是“数术穷天地，制作侔造化”（《河间相张平子碑》），应该说，张衡是当得起这个评价的。张衡还对当时荒谬而盛行的谶纬之说进行了严厉、激烈的批判，要求将图谶之书“一禁绝之”(《驳图谶书》)，可见，作为科学家的张衡有着理性而深刻的眼光。

张衡潜心向学，才高于世，但毫无骄色，而且淡泊名利。他为官常累年不迁，如他初仕南阳主簿即达9年之久，两次任太史令总计14年之久，但他都淡然处之。大将军邓骘再三邀请张衡出仕，被张衡拒绝；邓骘是邓太后长兄，当时汉安帝年幼，朝政由邓骘把持，如果张衡想要迅速升迁，这肯定是个绝好的机会，但张衡始终未答应。由此，我们能看出，张衡是一位极富才华、绝顶聪明而又极有创新精神的文人、士大夫和科学家，他有着古今科学家所有的一切优秀品质：不慕荣华、不贪利禄、潜心钻研、锐意求新。

从这个角度再来看张衡的《归田赋》，那我们就能明白，为什么文学史上的田园主题最早能在张衡笔下出现（虽然不很充分），为什么赋史转变风向标意义的作品会出现在张衡笔下，为什么早期七言诗的罕见作品（《四愁诗》）也出于张衡笔下，因为张衡实在是一位太富于创新的全才！

《归田赋》中的张衡，是那么欣喜地扑向阳春的原野！在他眼中，天朗气清，四野青青，鸟儿欢腾，都能充分地让他游目骋怀，娱情怡兴。身在原野，就如同龙在深渊、虎在丘山一样自得其所，自得其乐。他一会垂钓，一会弋射，乐而忘返，直到夕阳西下、素月东升时，才返回蓬庐。这是天性绽放的淳朴的张衡。但是，张衡还是冷静、理性而又抱负的学者，所以，他很快地从尽情游玩中收回了心。他知道，这不是什么河清九州的理想治世，这是宦官、外戚交替弄权的时世，既然“无明略以佐时”，那就独善其身吧！于是，游玩之后，他打开书卷，挥毫染翰，又沉浸在自己的文学和思想世界中了，纵身世事之外，管他是非荣辱！由此，我们能看到一个纯真的、热爱自然的，有抱负和责任心的张衡，也能看到一个自励的、自我克制的，兼具文人和科学家素质的张衡。我们常说的“科技人文”，在张衡身上得到了和谐的统一与平衡。

# 古诗十九首[1]·庭中有奇树

庭中有奇树[2]，绿叶发华滋[3]。
攀条折其荣[4]，将以遗所思[5]。
馨香盈怀袖，路远莫致之[6]。
此物何足贵？但感别经时。

——《文选》卷二九

**注释** [1] 古诗十九首：是东汉后期文人五言诗，原本零散流传，萧统择其十九首编入《文选》，遂成习称。[2] 奇树：犹言“嘉树”，美好的树木。[3] 发华滋：花开得正繁盛。滋：繁盛。[4] 荣：花。古代称草本植物之花为“花”，木本植物之花为“荣”。[5] 遗（wèi）：赠送。[6] 致：送到。

**译文** 庭院中有棵嘉美的树，浓密的绿叶衬着繁花。我攀着树枝折一枝花，想要送给思念的人儿。花香充满襟袖之间，可路途遥远我如何送达？这花也没什么珍贵，只是我们已离别得太久，太让我思念了而已。

## 蔼然天成是《古诗》

《古诗十九首》是东汉末年一批流寓京城的失意文人所写，作者姓名早已湮没，萧统编选《文选》时，从不少同类作品中选录了 19 首，统称“古诗”，后世遂称“古诗十九首”。这些诗作是清一色的游子思妇的哀歌，语言直白，情感哀婉幽怨，表达委婉曲折，尤其是在借景抒情方面，具有高度的艺术成就，似乎就在不经意之间，自然而然地将感情曲尽其妙地表达了出来，确有“蔼然天成”的艺术效果。南朝诗学批评家钟嵘曾评价这组诗是“一字千金”，著名文学思想家刘勰也许之为“五言冠冕”，都有充分理由。如果再考虑到政教主导的汉代文坛本来就少有文人诗，即便仅有的几首文人诗也成就很低的现实，那么，《古诗十九首》的出现，就显得更为可贵，它们代表了汉代文人诗歌的最高成就，也代表了早期五言诗的最高成就。

本诗以庭中花树起兴，全诗围绕着花树意象来布局。花树光泽郁茂，其实也是象征、烘托着主人公朝气蓬勃的青春年华。这美好的花朵啊，摘下一朵吧！摘下来时，便会立即想到：要不送给他吧？他一定会喜欢的！或许是她怕被人看见，所以她将花藏在袖中，有馨香盈袖。可是，心上人远在他方，花实在难以送达。于是，她理性地失望了，因为她明白，这花不足贵，没必要寄，也终究寄不到，只不过啊，只不过离别已经太久，她太想念他了！

这首诗纯任兴象，语言不事雕饰，本色天然，表达情思委婉，将思念之情与庭中花树妙合无垠地结合在一起，使得情感深沉却不激越，直抒胸怀却不发露直白，完整浑融，不可句摘，深得温柔敦厚的诗教之旨。这样的自然、质朴、混融、完整的风格，就是汉魏古诗的统一风格，也是早期文人五言诗所追求的最高境界。等到后来的平仄、对偶越来越细致和严格时，诗歌风貌就完全变了，少了自然、质朴的风格和通篇的兴象之寄，而是更着力地雕琢一两句诗，诗歌可以句摘了，而且名句越来越多了，这类诗就是“近体诗”，与以《古诗十九首》为代表的“古诗”相对，分别代表了中国文人诗歌发展的两个最重要的阶段。

## 论盛孝章书　　孔融

《春秋传》曰：“诸侯有相灭亡者，桓公不能救，则桓公耻之。”[1]今孝章实丈夫之雄也，天下谈士依以扬声[2]，而身不免于幽絷，命不期于旦夕[3]。吾祖不当复论损益之友，而朱穆所以绝交也[4]。公诚能驰一介之使，加咫尺之书[5]，则孝章可致，友道可弘矣[6]！……惟公匡复汉室，宗社将绝，又能正之[7]。正之术，实须得贤。……昭王筑台以尊郭隗[8]，隗虽小才而逢大遇，竟能发明主之至心，故乐毅自魏往[9]，剧辛自赵往[10]，邹衍自齐往[11]。向使郭隗倒悬而王不解[12]，临难而王不拯，则士亦将高翔远引[13]，莫有北首燕路者矣[14]。 ——《文选》卷四一

**注释:** [1] 春秋传：这里指《春秋公羊传》。《传》谓邢国为狄所灭，身为霸主的齐桓公不能救援，这是桓公的耻辱。[2] 丈夫之雄：男子汉中的杰出者。天下谈士依以扬声：天下士大夫靠盛孝章的评论而得以扬名。[3] 幽縶（zhí）：被捕入狱。命不期于旦夕：命悬于旦夕。期：预料。[4] 吾祖：指孔子，孔融是孔子的后裔。论损益之友：《论语·季氏》："益者三友，损者三友。友直、友谅、友多闻，益矣；友便辟、友善柔、友便佞，损矣。"朱穆：东汉人，著有《绝交论》。[5] 驰：飞速派遣。一介：一个。咫（zhǐ）尺之书：简短的书信。咫，八寸。[6] 友道：交友之道。弘：发扬光大。[7] 惟：思量。匡复：扶正，恢复。宗社：宗庙社稷，借指国家政权。宗庙为皇帝祭祖之地，社稷为皇帝祭天祭地的地方，宗社断绝意味着政权覆灭。[8]"昭王"句：燕国被齐国打败，燕昭王与郭隗（wěi）商议吸引人才，以郭隗为引子，为郭隗筑台，尊之为师。此后，魏之乐毅、赵之剧辛、齐之邹衍都投奔燕国，燕国以此打败了齐国。[9] 乐毅：魏国人，燕昭王任之为上将军，为燕伐齐，下齐七十余城，封昌国君。[10] 剧辛：赵国人，有贤才，与乐毅合谋破齐。[11] 邹衍：齐国人，阴阳家，主张"大九州"学说，燕昭王以"师"礼相待。[12] 向使：假使。倒悬：倒挂，形容处境危急。[13] 远引：远远地避开。[14] 北首：北向。燕国在北，故称入燕为北向。

**译文:**《春秋公羊传》说："诸侯互相侵灭，齐桓公不能解救危亡者，那桓公应引以为耻。"如今盛宪（字孝章）确为丈夫中之杰出者，天下的清谈之士都要依靠他来显扬声名，而他却不免于牢狱之灾，生命危在旦夕之间。如果见死不救，那我的老祖先孔子也就不用再谈什么损益之友，而朱穆作《绝交论》也就确有必要了。曹公您如能派一介使者，修书一封，那么盛孝章可以招聘来朝，交友之道因此也可得到弘扬。……您正在匡复汉朝皇权，在汉朝宗庙即将断绝之时，您能扶正它。扶正天下之道，在于得到贤才之助。……燕昭王筑黄金台以尊崇郭隗，郭隗虽然才能不大，却能得到这样好的知遇，最终是宣扬了明主可求贤才的诚心。因此，乐毅自魏而往，剧辛自赵而往，邹衍自齐而往。假如郭隗在倒悬之困时，燕

昭王不予解救，那么其他士人也必将远走高飞，没有人会北上前往燕国了。

## 文章惊世俗，谈笑侮王公

孔融为“建安七子”之一。他能诗善文，亦以儒学闻名。尽管身处东汉后期混乱的政局中，但他不甘做一个碌碌自保的庸官，在任北海相时，他修城邑、立学校、举贤才、表儒术，企图有所作为。黄巾之乱起，孔融一介儒士、短于经济之才的不足便显现出来，他被黄巾军围攻，后又被袁谭攻破，只好逃奔、避难。曹操主政时，任孔融为太中大夫。由于孔融尽忠汉室，所以看不惯曹操的跋扈与谋篡，经常言辞激烈地批评曹操，所言之事也越来越敏感、尖锐，最终被曹操以“招合徒众”“欲图不轨”“谤讪朝廷”等罪名处死。

有一个例子，颇能说明孔融对曹操的刻薄。《后汉书·孔融传》记载，官渡之战后，袁绍的大本营邺城被攻破，袁家妇女多被掳掠，其中曹丕私娶袁熙妻子甄氏。孔融看不惯了，他修书一封与曹操，称：“武王伐纣，以妲己赐周公。”曹操看后，不明白故事来由，问孔融“出何经典”，孔融的回答让曹操语塞：“以今度之，想当然耳。”孔融的意思是，按照今天的事情悬想，当时差不多就是这样。今天的啥事呢？不就是袁家妇女被曹操的得胜者集团瓜分了吗？你曹操不就是把甄氏赐给了曹丕吗？

显然，孔融辛辣地戳中了曹操极不愿明说的事情。儿子曹丕私自娶妻，也没什么大不了的事，可是，经孔融这么一说，似乎曹丕娶甄氏与曹操也关联了起来，这不仅是无中生有的挑事生非，更是对曹操的无形的羞辱。对于曹操这样雄才大略之人来说，你可以直接批评，可以武力挑衅，只要是丈夫所为，或许都不会让曹操起杀心，甚至还会赢得曹操的赏识和尊重，而类似孔融这样无中生有地使绊子和羞辱，曹操是极为反感的。是他委任了孔融，孔融却不仅不感恩，而且还侮辱他，所以最终他处死了孔融。

孔融的耿直和言辞激烈在为他带来坎坷仕途的同时，却也体现出了士大夫节操。这也是后世文人同情和尊重孔融的重要原因。比如苏轼，就将曹操杀孔融，与汉景帝杀周亚夫、司马昭杀嵇康、唐太宗杀李君羡等同起来，为孔融叫屈喊冤（《孔北海赞并序》）。当孔融把这种节操渗透在文章中时，文章就具有了“体气高妙”“杂以嘲戏”（曹丕语）和“以气运词”（刘师培语）的特点。

我们节选的是建安九年（204）孔融向曹操推荐盛宪（字孝章）的文字。盛宪是会稽人，汉末任吴郡太守，素负声名。孙策、孙权据有江东之后，为加强统治，先后对江东士人进行了镇压。盛宪恰在此时以疾辞官，在孙权看来，这就是不合作，就是变相的拒绝，所以他嫉恨盛宪，将其逮捕下狱，盛宪因此危在旦夕。孔融与盛宪熟知，得知盛宪处境后，他激于情谊，上书请曹操伸出援手，征召盛宪入朝，以救其危难。

孔融并没有以私情去请求曹操，而是立足于道义展开说辞。他援引《春秋公羊传》的事义，说齐桓公为春秋盟主，如果齐桓公对弱小之国见死不救，那就是盟主无能，也是盟主之耻。由此推理，身为中国北方盟主的曹操，如果对于盛宪这样的素负盛名却困顿倒悬之人见死不救，那就有失盟主身份，也不利于弘扬“友道”；其实孔融更直接的意思是，那就是盟主之耻，只不过他不便于明说而已。

孔融还说，曹公您正在致力于中兴汉室，中兴的关键在人才。救一盛宪，能为曹公您赢来爱才得贤的美名，也能赢来人才辐辏的良好局面。他还以燕昭王筑黄金台以招徕贤才为例来说明。应该说，这是说到曹操的心坎里了。此时的曹操，不正在雄心勃勃地致力于统一天下吗？而且，曹操素来惜才爱才，极为用心地维护着自己惜才爱才的美名，当孔融这么说时，曹操确实是难以推却了。

孔融用一反一正的事理，使曹操没有拒绝的理由，而只有听从的份。应该说，这是极巧妙、高明的说辞。事实也证明，孔融是达到了目的，曹操也确实是发出了征召令，但是，征召令尚未到达，盛宪即已被孙权所害，以致孔融这高明的说辞没能有更好的故事延续下去，殊为遗憾。

## 苦寒行　　曹操

北上太行山，艰哉何巍巍[1]！羊肠坂诘屈，车轮为之摧[2]。树木何萧瑟[3]，北风声正悲。熊罴对我蹲[4]，虎豹夹路啼。溪谷少人民，雪落何霏霏[5]！延颈长叹息[6]，远行多所怀。我心何怫郁[7]，思欲一东归。水深桥梁绝，中路正徘徊。迷惑失故路，薄暮无宿栖[8]。行行日已远[9]，人马同时饥。担囊行取薪，斧冰持作糜[10]。悲彼《东山》诗，悠悠使我哀[11]。

——《文选》卷二七

**注释** [1] 太行山：蜿蜒于河南、山西、河北境内的巨大山脉。曹操此行，自邺城（今河北临漳县）出发，进攻高干据守的壶关（今山西长治市西南），故言“北上太行山”。巍巍：高耸的样子。[2] 羊肠坂：在今山西壶关县东南，因萦曲如羊肠，故称。诘屈：盘旋曲折。摧：损坏，折断。[3] 萧瑟：风吹树林发出的声响。[4] 熊罴（pí）：熊和罴，皆为猛兽，罴是熊类动物中体形最大的一种。[5] 溪谷：山中低洼有水处，一般多有人居；而曹操言“少人民”，是表明战乱频仍，生计艰难，以致百姓稀少了。霏霏：雪花纷纷扬扬的样子。[6] 延颈：伸长脖子。[7] 怫（fú）郁：愁闷。东归：回师东方。[8] 故路：原来的道路。薄暮：向晚，傍晚。[9] 行行：慢步行走。通常形容走走停停，徘徊不进的样子。[10] 斧冰：持斧破冰。糜：粥。[11] 东山：《诗经·豳风·东山》，是一首描写多年出征在外的士兵，在返乡途中思念家乡的作品。古人以为，该诗是赞扬周公的，“周公东征，三年而归，劳归士。大夫美之，故作是诗也”。曹操引此，或有自比周公之意。悠悠：深长。

**译文** 往北攀登太行山，山势高峻，攀登艰难。羊肠坂陡峭曲折，车轮因此而损坏。树木萧萧作响，北风劲疾，风声悲凉。熊罴在对面蹲着，虎豹啼号于道路两旁。溪谷之中少有人居，大雪飘落纷纷扬扬。引颈眺望，不觉长声叹息，远行之人多所感怀。我心中充满着忧伤，想要返回东边的故乡。河流水深，桥梁断绝，我们在中途徘徊。困惑之中迷失了道路，临近天黑却无处栖宿。日日前行路途已远，人困马乏，饥肠辘辘。挑起行囊拾捡柴火，以斧破冰舀水做饭。悲伤之中，想起了周公东征时的《东山》之诗，更引起了心中的深深感伤。

## 大家风范，英雄气派

本文出自魏武帝曹操手笔。

自从建安五年（200）官渡之战以来，曹操虽然取得了战役的决定性胜利，但袁绍的残余势力袁谭、袁尚依然在负隅顽抗，因此，曹操一直处于追剿作战之中。建安十年（205）正月，曹操攻克邺城，袁谭被攻杀，袁尚投奔乌桓，这才初步解决了袁绍势力。但是，袁尚已投奔乌桓，距离遥远，追剿不易，而壶关距邺城不远，那里还盘踞着袁绍的外甥、并州牧高干，威胁不小。所以，本年十月，曹操调转马头，开始了剿灭高干的征程。曹操先是派遣李典、乐进等攻打高干，但高干死守壶关天险，久攻不下，于是次年春天，曹操率军亲征壶关。在向壶关进军的途中，他写下了这首沉郁悲凉的诗歌。

壶关为上党郡治所在。“上党从来天下脊”，这里是从中原、京洛进入晋东南地区的战略通道，从来都是兵家必争之地，著名的秦赵长平之战就发生在这里。曹操要进攻壶关，就必须走“太行八陉”中的“白陉”而别无选择，“白陉”最著名的形胜莫过于“羊肠坂”。在羊肠坂一带，太行山势如刀劈斧削，极为险峻，而且两山对峙，道路狭窄，从山底盘旋到山顶，有“七十二拐”，是典型的易守难攻。

当曹操统领大军攀登羊肠坂时，适逢初春时节太行山区的大雪纷飞。羊肠坂本就陡峭艰险，再加上纷纷扬扬的大雪，更增加了行军的艰难。就连曹操这样身经百战、无所畏惧的英雄，都不由得感慨万分。诗的起首“北上太行山，艰哉何巍巍”两句，一下子把读者引入到了巍巍太行的艰险雄奇之中。羊肠坂陡峭湿滑，车轮都因之摧折，深险的峡谷之中，人居稀少，野兽出没，雪花飘飞。他举首眺望，只见断崖重重，小径曲折，回想起自己重任在身，而且连续地辗转作战，于是不免浩然喟叹，思欲东归。

行进中，桥梁断绝，大雪埋没了道路，所以，大军居然迷路了。一般而言，大军出行，必备向导，就这，都使得曹操大军迷了路，更可见此行艰险之状。徘徊间，已经是山中日暮了，风雪的夜晚，军人无处栖宿！人困马乏之际，还得拾捡柴火，凿冰取水来做饭。这是何等艰苦的军旅生涯！由此，曹操不禁想起《诗经·豳风·东山》之诗。《东山》是周公东征胜利之后，战士在返乡途中所作。或许，曹操也渴望这次出征能够迅速地凯旋，那样的话，他也可以在归途中轻松地作诗以纪念了。但是，目前的他们还在与太行山路作着艰苦的斗争呢，那更为艰巨的浴血战斗尚未开始呢，所以，曹操也不免哀叹，“悠悠使我哀”。

这首诗，是典型的建安文学“慷慨悲凉”的风貌。曹操志在经邦济世、统一天下，这样的宏伟抱负和英雄气概，使他的诗歌中总是充满着盛壮、慷慨的激情。但是，王室衰微，军阀割据，战乱频仍，生灵涂炭，却又使得曹操眼中的景色总是布满着悲凉的底色，所以，发之于诗歌，便又天然地带上了悲凉的情调。当面对着军人艰难行军、凿冰取水、夜无止宿的艰苦情况时，更会引起曹操对世路艰难、生民多难的慨叹。这样的慨叹，不是出于一己私情，而是出于对这个能代表国家统一的正面力量的悲悯，因而让我们倍感崇高。

由此，再去思考，曹操是建安时代北方士大夫的主心骨，也是北方权力的轴心，所以，他的品格和风格，就代表了当时北中国的品格和风格。当一批批的人才源源不断地汇聚到曹操帐下时，曹操会必然影响甚至引导他们的人生行为和文学创作。他“昼则讲武策，夜则思经传”，文治武功之下，坚实地奠定了建安文学的主基调。所以，曹操诗歌的

"慷慨悲凉"，不仅是他个人的风格，也是引导和代表了建安风骨。是他，促成了整个建安时代的文治武功和学术文化。

## 鹦鹉赋　祢衡

感平生之游处，若埙篪之相须[1]。何今日之两绝，若胡越之异区[2]？顺笼槛以俯仰，窥户牖以踟蹰[3]。想昆山之高岳，思邓林之扶疏[4]。顾六翮之残毁，虽奋迅其焉如[5]？心怀归而弗果，徒怨毒于一隅[6]。苟竭心于所事，敢背惠而忘初[7]？托轻鄙之微命，委陋贱之薄躯[8]。期守死以报德，甘尽辞以效愚。恃隆恩于既往，庶弥久而不渝[9]。

——《文选》卷一三

**注释**[1] 游处：朋友。埙篪（xūn chí）：埙、篪皆古代乐器，二者合奏时声音相应和，因常以喻兄弟和睦。相须：互相等待。[2] 胡越：胡地在北，越地在南，比喻相距遥远的地方。[3] 笼槛（kǎn）：拘囚禽兽之处，多指鸟笼。窥：偷看。户牖（yǒu）：门窗。踟蹰（chí chú）：徘徊犹豫。[4] 昆山：昆仑山。鹦鹉是从西域进贡而来，故"想昆山"即鹦鹉思念故乡。邓林：神话中的树林，夸父逐日，弃杖所化。扶疏：枝叶繁茂的样子。[5] 六翮（hé）：鸟翅中的正羽，用以指鸟翼。奋迅：精神振奋。焉如：哪里去。[6] 弗果：未能达成。怨毒：怨恨。隅（yú）：角落。[7] 背惠：背弃以前的恩惠。两句言鹦鹉设想自己尽忠于当下的主人，不敢忘记主人当初的恩惠。[8] 轻鄙、陋贱：均指微贱、卑贱。[9] 恃：依仗。庶：或许。弥久：长久。渝（yú）：改变。

**译文**（鹦鹉）感叹平日往来的好友，如同埙篪一般互相依赖和应和。为何今日两地隔绝，像胡地、越地那样相隔万里？它顺着樊笼俯仰，窥着门窗在笼内徘徊。怀念那高峻的昆仑山，思恋那繁茂的邓树林。回顾一下自己已被剪毁的羽翼，虽有奋飞之心，又怎能做到呢？想回到故乡却难以实现，只能徒然地在笼中怨恨。现在只有尽心恭奉主人，怎甘忘记当初所受的恩惠呢？将这卑微的生命和鄙陋的身躯都托付给主人吧。希望报答恩惠，死而后已；也甘愿言无不尽，以献款诚。过去承蒙主人厚爱，效忠之心永不改变。

## 黄祖才非长者俦，祢衡珠碎此江头

祢衡是建安年间的青年狂士，他年少有才辩，“忠果正直，志怀霜雪”（孔融语），但尚气刚傲，目空一切。由于个性与孔融接近，所以两人关系密切。孔融极力地将时年24岁的祢衡推荐给曹操，可当曹操召见祢衡时，却遭到拒绝。于是，曹操出于羞辱、报复的心理，召祢衡为击鼓吏。没想到的是，这个血气方刚的年轻人，居然敢在大庭广众之下裸身地击鼓骂曹！对此，曹操欲杀之，但不愿因此而污了自己爱才的美名，于是，他将祢衡遣送至荆州刘表处，企图借刘表之手处死祢衡。在荆州，祢衡前恭后倨，以致对刘表侮慢无礼。刘表再将祢衡送至江夏太守黄祖处，黄祖性急，不堪祢衡辱骂，遂处死了祢衡。

从《后汉书·祢衡传》的记载来看，祢衡几乎是与整个官场的人为敌，他每到一地，都树敌不少，似乎周围的人都对祢衡不满，大多欲杀之而后快。在曹操遣送祢衡往荆州时，临行饯别，祢衡却姗姗来迟，这使得饯别的人都十分不满，所以，在座的人都不起身，以表示对祢衡的不满和蔑视。祢衡落座后，大声痛哭道：“座者为冢，卧者为尸。尸冢之间，能不悲乎？”他把四周的座位看作是坟冢，把座中之人看作是行尸，而且还哭声喊着说出来！这是无一例外地树敌，是最不合理的应事方式。他可以才华很高，可以因此而高傲，但因一件事而得罪四周所有人，显得简单粗暴，反映出幼稚的情商和不知变通的个性。

在江夏，祢衡在黄祖大会宾客的客座上，大骂黄祖说：“死公！云等道？”死家伙，为什么不早说呢？黄祖因此下令杀之。等黄祖反悔、想收回命令时，却发现祢衡已经被杀。

原来黄祖的主簿官对祢衡怀恨在心，等黄祖令一下，主簿官便以最快的速度执行，处死祢衡，生怕黄祖收回命令。这也反映出，祢衡在江夏又得罪了一大堆人。人都希望有才，如祢衡这样，年仅26岁即已获得那么高的才名，这说明他确实有着耀眼的才华，但是，无论何等高的才华，总得符合正常的交接处世之道，以赢得较多驰骋才华的空间，而不是处处树敌，越来越缩小施展才华的空间，甚至是缩小自己的生存空间，那样的话，即便有再大的才华也毫无用武之地。

《鹦鹉赋》就是作于江夏期间。黄祖之子黄射大宴宾客，座上恰好有人献上一只从西域带来的鹦鹉，黄射便让祢衡作赋，以美其事。这是祢衡的拿手好戏。就文论文，他确是高手，文采不亚于“初唐四杰”之一的王勃。不过，就其“狂”而言，整个汉魏六朝，似祢衡如此之狂的人也极为罕见，更不要说时代较晚、性情较为温和的王勃了呢。

赋中，祢衡先是描写鹦鹉之美。鹦鹉姿容奇丽，机灵聪慧，情趣高洁，芳声远扬。显然，他是以鹦鹉之美要影射人物之美，鹦鹉越美，人物也越美。于是，他笔头一转，用鹦鹉的命运来寄予人物之命运。中原贵族派人西渡流沙、跨越昆仑，去张网捕捉鹦鹉，鹦鹉遂成了笼中囚鸟。它羽翅被剪，“流飘万里”，“载罹寒暑”，被牢笼着来到了中原。离家万里后，“母子永隔”，“伉俪生离”，或母子分离，或伉俪永别，“眷西路而长怀，望故乡而延伫”，非常思念故乡。

其实，这哪里是写鹦鹉呢？这分明是写祢衡他自己！他“想昆山之高岳，思邓林之扶疏”，希望返回故乡的自由天地中，可是，“心怀归而弗果，徒怨毒于一隅”，回归终究无望！祢衡有俊才，可一直辗转于许昌、荆州、江夏间，仕途黯淡，一挫再挫，而寄人篱下、离家万里之痛，却时时逗留在心头；尤其是他那颗年轻的、曾经几度被严重侮辱和伤害过的心灵，使他会更为敏感地因物感怀、思念故乡。所以，他在鹦鹉的身上寄予了鲜明的命运之叹。正是在这层意义上，这篇咏物赋具有了强烈的感人力量。

虽然从社会的角度来说，祢衡的个性还存在着严重的缺陷，但就文章本身而言，我们却能实实在在地感受到年轻才人敏感、脆弱的心灵，和他四处碰壁、屡被侮辱和伤害的凄惨遭际。就这点而言，祢衡是一位值得同情的桀骜不驯的文人。

## 七哀　王粲

西京乱无象，豺虎方遘患[1]。复弃中国去，委身适荆蛮[2]。亲戚对我悲，朋友相追攀[3]。出门无所见，白骨蔽平原。路有饥妇人，抱子弃草间。顾闻号泣声，挥涕独不还[4]。"未知身死处，何能两相完[5]？"驱马弃之去，不忍听此言。南登霸陵岸，回首望长安[6]。悟彼下泉人，喟然伤心肝[7]！

——《文选》卷二三

**注释** [1] 西京：指长安。乱无象：紊乱无秩序。豺虎：指董卓部将李傕、郭汜。初平元年（190）董卓作乱，劫持汉献帝迁都长安；初平三年，吕布杀董卓，李傕、郭汜作乱于长安，烧杀掳掠。遘：同"构"，造，作。患：祸害。[2] 中国：中原地区。委身：托身。适：往，到。荆蛮：古人称南方民族为蛮，荆州在南方，故称"荆蛮"。[3] 追攀：形容离别时依依惜别的情景。[4] 挥涕：挥洒涕泪。[5] 完：保全。谓母子两相保全。[6] 霸陵：汉文帝刘恒的坟墓，在长安东。岸：高地。[7] 下泉：《诗经·曹风·下泉》，写曹国臣子感伤周王室衰微，小国得不到保护，因而怀念周初比较安定的社会局面，其中有"洌彼下泉，浸彼苞稂。忾我寤叹，念彼周京"等语。《毛诗序》云："《下泉》，思治也。曹人……思明王贤伯也。"喟（kuì）然：伤心的样子。

**译文** 西京长安混乱无道，豺狼虎豹横行为患。我逃离中原之地，投奔荆州以躲避祸难。亲戚伤感地送别我，朋友依依不舍地拉着手不放。出了都门别无所见，只见白骨成堆遮蔽平原。途中遇见一位饥饿的妇女，抱着自己的婴儿丢弃在草丛间。她回头听见婴儿的哭泣声，却狠心地挥泪离去。"不知道自己会饿死于何处，怎能母子二人都保全？"我打马离去，实在不忍心听这样凄惨的语言。南行登上霸陵岸，回头再望望长安。我深切懂得《下泉》诗作者的心情，不禁喟然长叹，催心伤肝。

## 慷慨以任气，磊落以使才

汉献帝初平三年（192），董卓劫持汉献帝，屠戮朝臣；其部将李傕等纵兵作乱，关中人民流徙避祸，惨遭杀戮、饿死者不计其数。也就在本年，仅仅16岁的王粲被逼无奈离开长安，南下投奔荆州的刘表。在灞水南岸，王粲写下了这首记录行程见闻的沉痛诗篇，也是传扬千古的名篇。

诗开篇就是对战乱的强烈控诉。“西京乱无象，豺虎方遘患”，以董卓、李傕为代表的凉州军团，在王粲看来，就是豺狼虎豹，就是这场战乱的始作俑者，他们的残忍好杀激起了京洛士大夫的强烈愤慨。作为刚过束发之年的青年，王粲有着可贵而深刻的理性，他依依惜别，离开家乡，登上了流寓的漫漫征程。“出门无所见，白骨蔽平原”，平原上到处都是累累白骨，这是何等触目惊心的惨痛现实啊！写出这样的诗句，是需要怎样的理性、怎样的勇气？不是有“文质彬彬，温柔敦厚”的诗教吗？将令人惊悚的累累白骨呈现在读者眼中，完全不合温柔敦厚的诗教！一个16岁的青年，有这样的勇气和胆识，不能不令人钦佩！

更有甚者。王粲还描写了饥饿的妇女狠心丢弃婴儿的场景。可怜天下父母心，如果没有非正常原因，哪一个母亲会忍心丢弃自己的骨肉？王粲笔下的这位妇女，就是因为“未知身死处，何能两相完”，因为明知自己会饿死，婴儿也必然难逃厄运，所以她才决心丢弃婴儿，希望有人捡走，让婴儿多一重活下来的可能。王粲用诗笔具体描绘这个残忍的镜头，就是将我们最不愿看到的、无论如何都会触痛我们的场景撕裂给我们看。毫无疑问，不管是怎样的读者，都会被这描写深深触动，因为它具有太深沉的现实感染力。作为亲眼目睹这一幕的见证者，王粲更是“不忍听此言”“喟然伤心肝”，体现出仁民爱物的仁者情怀。

今天来看，王粲“出门无所见，白骨蔽平原”的诗句，与曹操“白骨露于野，千里无鸡鸣”、曹植“中野何萧条，千里无人烟”等诗句，其控诉对象都是董卓之乱。这是乱世里士人带血的控诉、正义的呐喊和崇高的叹息，它们之被经久传颂和高度评价，正是因其正义、崇高的本色感情；而如果我们在这样的诗歌里，去寻求精致的艺术形式，显然是多余。

由此，再去思考，当一个时代呈现出如此严重的战乱和生离死别时，诗人们就应该严肃地反思和批判这样的现实，而不能无视和逃避，更不应还去吟风弄月。建安作家们正是正视现实、描写现实，慷慨抒情，所以，他们合奏出了中国诗史上的嘹亮强音——“建安风骨”，并且以这样正能量的创作精神哺育着一代又一代的文学，成为中国文学优秀传统中极为重要的组成部分。相比而言，新文学史上的“鸳鸯蝴蝶派”“新月派”等，尽管其艺术形式都极为精致，但其创作的主基调、主境界却总是较低，没能从更大、更高的视野上进行更为“人本”的写作，因为在我们看来，天下苍生的命运才是最大、最重要的“人本”。

也正是在这层意义上，我们虽然对描写一己之情、追求个性人格的作品都给予较高评价，但在核心价值层面，我们还是更倾向于那些能在整个时代的透视之下，抒写家国天下之情怀、悲悯黎民百姓之苦难的文学。这并不意味着要文学全都去写壮怀、写苦难，因为那样就又成了清一色的“高大全”；也并不意味着只要写壮怀、写苦难就是好诗，因为毕竟诗歌是“有意味的形式”，诗歌还需要精致的艺术表达；但是，在核心价值层面，我们也必须立场坚定地给那些描写歌唱时代、赞美或悲悯百姓生活的作品以肯定。

# 登楼赋　王粲

遭纷浊而迁逝兮[1]，漫逾纪以迄今。情眷眷而怀归兮，孰忧思之可任[2]？凭轩槛以遥望兮，向北风而开襟[3]。平原远而极目兮，蔽荆山之高岑[4]。路逶迤而修迥兮，川既漾而济深。悲旧乡之壅隔兮[5]，涕横坠而弗禁。昔尼父之在陈兮，有归与之叹音[6]。钟仪幽而楚奏兮[7]，庄舄显而越吟[8]。人情同于怀土兮，岂穷达而异心。

——《文选》卷一一

**注释** [1] 纷浊：喻指社会动乱不安。迁逝：迁徙流亡，这里指流寓荆州。[2] 任：承受。[3] 北风：来自北方的风，这里指故乡之风。[4] 荆山：在湖北南漳县。[5] 壅（yōng）隔：阻塞隔绝。[6]“尼父”两句：孔子周游列国时，在陈地断粮，思念故乡，叹曰：“归与！归与！”见《论语·公冶长》。尼父，孔子字仲尼，尊称“尼父”。[7]“钟仪”句：钟仪为春秋时楚国的宫廷琴师。楚、郑交战，楚败，钟仪被郑国俘虏，郑国将钟仪献给晋国。晋侯视察时发现了钟仪，钟仪自称伶人，晋侯遂命钟仪弹琴。钟仪所奏皆为楚调，晋侯以为钟仪不忘故土，赦钟仪归。事见《左传·成公九年》。[8]“庄舄（xì）”句：庄舄是战国时越国人，为官于楚国，卧病。楚王曰：“舄，故越之鄙细人也，今仕楚执珪，贵富矣，亦思越不？”派人探视，发现庄舄病中呻吟，语言皆为越声。

**译文** 自遭逢战乱、流寓荆州以来，已经过了十二年的时光。我深情地思念着故乡，这种思念的忧愁谁能承受？凭栏遥望北方家乡，让家乡的风吹开我的衣襟吧。这里平原辽阔，极目之处是荆山的峰峦。回家的路曲折、漫长，而且还江河阻隔，难以渡过。每当想起故乡遥远、难以返回时，我便不由得泪落难禁。以前孔子在陈国断粮，就感慨说要回归故乡；楚人钟仪被晋国囚禁，却依然弹奏楚地的音乐；越人庄舄在楚国做官，病中却仍然吟唱越地的歌谣。可见，怀念故乡是人之共情，难道会因其仕途的困顿或通达而有所不同？

## 乡泪客中赋登楼

本段出自“建安七子”之“冠冕”王粲的手笔。王粲出身名门，年少成名，却遭逢战乱，不得不流寓荆州（治府襄阳），依附刘表。从兴平元年（194）至建安九年（204），王粲寓居荆州。在此期间，他有才不得施展，郁郁失志，加之故土难回，于是，一次偶然的登楼，便触发了他浓重的乡情，他随即挥毫染翰，写下了这篇千古名赋。

也许，十多年的背井离乡，对于今天的人们来说几乎是不可想象的，事实上，他总共煎熬了十七年，直到赤壁之战后，曹操任用了王粲，才结束了他的流寓生涯。所以，他登楼眺望的，无非就是他心心念念的家乡。家乡在北方，那就朝北望吧，希望北来的风能吹开胸襟。或许，这北风正是从家乡吹来的吧？那这就是十多年里仅有的从家乡带来的缥缈信息啊！可以看出，王粲对故乡的渴望到了什么程度！但他知道，故乡毕竟路远山高，天长水阔，而且时局动荡，自己一叶飘零，托身无处，只能是感慨万端、泪落难禁了。

《登楼赋》语言清丽，直抒胸臆，却又委婉动人。有些地方直写对家乡的思念，有的借景物烘托思念，有的借古人思乡的典故来致意。这无非都是人们普遍的思维和感受，可他用真挚的深情将这些内容有机地融为一体，一篇之中，三致其志，感人至深。而且，他不仅写个人的遭际，也抒写对和平时代的渴望，体现出他作为士大夫的可贵良知。这点，在其流寓之初的《七哀诗》中有着更为清晰的反映，如“西京乱无象，豺虎方遘患”，“出门无所见，白骨蔽平原”，“百里不见人”，等等，成为建安文学控诉战乱、悲天悯人的典型代表。

另外，《登楼赋》篇幅较短，相比起一味逞辞、以巨丽为美的汉大赋来说，其清丽可人、委婉抒情、感人至深之程度，可谓相去悬绝。此时的王粲，不用去迎合好大喜功的统治者，不用借此来印证自己的文采，他根本不在乎逞辞，因为他有太多的感情要抒写；而汉大赋的巨丽之美，在山河破碎的时代根本就不值一提，于是，动人的感情在他的笔下汩汩流出，清丽短小的抒情小赋在他的笔下得到有力的栽培，赋史发展的转变时刻已然到来。从这个角度来说，王粲《登楼赋》也有着鲜明的赋史意义，刘勰许之为“魏晋赋首”，完全当之无愧。

## 与魏文帝笺[1]　　繁钦

时都尉薛访车子，年始十四，能喉啭引声，与笳同音[2]。……即日故共观试，乃知天壤之所生，诚有自然之妙物也。潜气内转，哀音外激，大不抗越，细不幽散[3]，声悲旧笳，曲美常均[4]。……此孺子遗声抑扬[5]，不可胜穷，优游转化，馀弄未尽[6]。既其清激悲吟，杂以怨慕[7]，咏北狄之遐征，奏胡马之长思[8]，凄入肝脾，哀感顽艳[9]。是时日在西隅，凉风拂衽[10]，背山临溪，流泉东逝。同坐仰叹，观者俯听，莫不泫泣殒涕，悲怀慷慨[11]。

——《文选》卷四○

注释 [1] 魏文帝：即曹丕。本文作于建安二十二年（216）（依据高华平《繁钦〈与魏文帝笺〉的写作时间及相关问题》的考证），本年曹丕尚未登帝位，亦未即位太子，而是以世子、五官中郎将的身份留守谯郡。[2] 都尉：官名。薛访：人名。车子：车夫。喉啭：用喉咙的振动而婉转发声。笳：胡笳，古代竖吹管乐器，分三、四、五、六孔，竹木制成。汉代流行于塞北、西域一带，近似于竖笛。[3] 抗：高。越：超过。幽散：断绝。[4] 常均：指一般曲调。均，古代乐器的调律器，调音之清浊或高低。[5] 孺子：儿童，这里指少年薛访。遗声：犹言余音。[6] 弄：乐一曲曰弄。[7] 清激：声音清亮激越。怨慕：伤感思念。[8] 咏北征、胡马思：古歌曲名。北狄，古代北方的少数民族。胡，先秦时东北地区的少数民族。[9] 顽：愚钝之人。艳：美好之人。[10] 隅（yú）：角落，日在西隅即夕阳西下。拂衽（rèn）：吹拂衣襟。[11] 泫（xuàn）：水滴下垂的样子，特指垂泪。殒（yǔn）：同“陨”，落下。慷慨：情绪激动的样子。

**译文** 时下都尉薛访的御手，才刚十四岁，能从喉咙发出婉转的乐声，与笳音相同。……当日我们一同观听，方知天地之所生，确有自然奇妙之人。他胸腔运气，发出哀怨之声，高音不过头，低音不绝声；歌声悲凉有过于胡笳，乐曲优美超过平时的演奏。……这孩子余音袅袅，随声抑扬，优游不迫，变化无穷，曲尽而余音不散。到了清扬激越之处，悲吟中略带怨慕之情，他歌咏北狄远征、胡马长思等古歌时，凄楚动人，令人肝肠寸断，无论顽钝还是聪慧之人，都会被感动的。此时正值日暮黄昏，凉风习习，吹拂衣襟，背山临溪，泉水涓涓而流。我们一同屏息聆听，仰天长叹，无不涕泗横流，感怀慨叹。

## 哀感顽艳，以悲为美

繁钦是建安时代较为有名的文人，也是曹丕的心腹之一，其《与魏文帝笺》作于建安二十二年（216）。这年，曹操西征刘备，繁钦随征，曹丕则留守谯郡（曹氏故里）。西征途中，繁钦给曹丕写了这份带有邀功意味的书信。曹丕《叙繁钦》也提及此事：“上西征，余守谯，繁钦从。时薛访车子能喉转，与笳同音。钦笺还与余盛赞之，虽过其实，而其文甚丽。”

写信的起因是，太常府鼓吹署在物色音乐人才时，发现都尉（可能是协律都尉）年仅 14 岁的车夫有着极好的音乐天赋，繁钦便满腔热情地将这个车夫推荐给曹丕，希望讨得酷爱胡乐的曹丕的欢心。于是，他极力地描写车夫音乐水平之高，并说连黄门鼓吹署的高手胡温都甘拜下风。虽然繁钦的文章写得漂亮，但其目的却没有达到，因为就在繁钦为曹丕物色人物的同时，曹丕自己也在积极的行动着。曹氏“三代立贱”，每到一地“必四处掠夺美色”（周勋初《文史探微》语），所以，曹丕此时已经物色到了一位 15 岁的少女孙琐，“厥状甚美，素颜玄发，皓齿丹唇”，曹丕准备“谨卜良日，纳之闲房”(《答繁钦书》)，显然，曹丕已准备将孙琐纳妾了。估计孙琐也是一位比较精通音乐的人，所以他不需要繁钦推荐的驾车少年。

尽管繁钦的直接目的没有达到，但其描写却为我们留下了一段难得的音乐史佳话。首先，驾车少年能“喉转引声，与笳同音”，这是非常早的音乐发声记载，这是难能可贵的。“喉转”是纯粹通过喉咙发声，还是借助于乐管发声，论者解释不同。有人认为，“喉转”与蒙古人的“呼麦”(“蒙古喉音”)相似，又有人认为“喉转引声”是早期胡笳发声的写真。无论如何，繁钦的描述都是有重要参考价值。

其次，繁钦在描写车夫音乐的感人程度时，拈出了一个极富表现力的词语：“哀感顽艳”。这个词语，成为描写音乐的经典之笔，也在此后的文学批评中产生了重要影响，后来评价温庭筠、李商隐、纳兰性德等人的诗词时，大多用这个评语。“顽”指愚与痴，“艳”则指美与贤，无论贤愚美丑，都会受到感发和激动。很显然，繁钦是在形容凄清、感伤而又悠长、浓情的音乐效果，但就其影响而言，给我们印象最深的却是其中浓郁张扬的凄美意识。

繁钦的概括是有代表意义的，能代表汉魏六朝时期“以悲为美”的审美倾向。钱锺书先生曾在《管锥编》中论述道，六朝音乐以悲为上，就这点而言，繁钦的“哀感顽艳”应该是最能反映六朝音乐之以悲为美的风尚的。在文学领域，繁钦所在的建安时代，就是典型的以悲为美的风尚，刘勰所谓“世积乱离，风衰俗怨，并志深而笔长，故梗概而多气”，可为印证。可以说，中国音乐、诗学等领域中，把“以悲为美”奉为审美主调的，就是汉魏六朝，建安时代尤其典型。繁钦的一个语词(“哀感顽艳”)，确实是透视出了时代思潮的折光。虽然繁钦邀功未能成功，但他无心插柳，却为中国文化留下了一个凝练着重要讯息的语词。

# 为袁绍檄豫州[1]　陈琳

司空曹操祖父中常侍腾[2]，与左悺、徐璜并作妖孽[3]，饕餮放横，伤化虐民[4]。父嵩，乞丐携养[5]，因赃假位，舆金辇璧，输货权门[6]，窃盗鼎司，倾覆重器[7]。操赘阉遗丑，本无懿德[8]，僄狡锋协，好乱乐祸[9]。……

操便放志专行，胁迁当御省禁[10]，卑侮王室，败法乱纪[11]，坐领三台，专制朝政[12]，爵赏由心，刑戮在口[13]，所爱光五宗，所恶灭三族[14]。……操又特置发丘中郎将、摸金校尉，所过隳突，无骸不露[15]。……

历观载籍，无道之臣[16]，贪残酷烈，于操为甚。幕府方诘外奸，未及整训[17]，加绪含容，冀可弥缝[18]。而操豺狼野心，潜包祸谋[19]，乃于摧挠栋梁，孤弱汉室[20]，除灭忠正，专为枭雄[21]。

——《文选》卷四四

**注释：** [1] 袁绍：字本初，汝南人，汉末军阀。豫州：刘备，此时任豫州刺史（又称豫州牧）。[2] 司空：官名，曹操于建安元年官拜司空。中常侍：官名，可出入禁中，东汉中常侍例由宦官担任。腾：曹腾，曹操祖父，于汉桓帝有拥立之功，备受恩宠。[3] 左悺（guàn）、徐璜（huáng）：均为汉桓帝时的宦官，与桓帝合谋诛杀梁冀，恃宠骄横，任中常侍。妖孽（niè）：祸害。[4] 饕餮（tāo tiè）：传说中的凶兽，比喻恶人。放横：无法无天。伤化：败坏世风。[5] 父嵩：指曹嵩，曹操父亲，系曹腾养子，官至太尉；曹腾为曹操养祖父。《三国志》裴松之注："嵩，夏侯氏之子，夏侯惇之叔父，太祖于惇，为从父兄弟。"乞丐：乞求。携养：提携抚养。[6] 因赃假位：以不义之财换取官位。舆、辇：均指用车搬运。输货权门：当指曹嵩在"灵帝时，货贿中官，及输西园钱一亿万，故位至太尉"（华峤《后汉书·曹嵩》）。[7] 窃盗：窃据，非法占有。鼎司：最高职权，这里指三公之职。重器：指国家。[8] 赘阉遗丑：谓曹操为宦官的后代。赘阉，言宦官如赘疣。懿（yì）德：美善的才德。[9] 僄狡（piào jiǎo）：轻疾勇猛。锋协：锋利。[10] 胁迁当御省禁：指建安元年曹操迎汉献帝由洛阳迁都许昌之事。[11] 卑侮：鄙视轻侮。败法：败坏法纪。[12] 坐领：安坐统领。三台：李善注引《汉官仪》："尚书为中台，御史为宪台，谒者为外台。"此指最高政府机构。[13] 爵赏：封爵奖赏。由心：出自私心。刑戮：刑罚杀戮。在口：取决于一句话。[14] 光：光耀。五宗：五族，五臣注："五宗，谓上至高祖，下至玄孙也。"三族：父族、母族、妻族。古代有夷三族之刑。[15] 发丘中郎将、摸金校尉：指掘坟掠金的官员。隳（huī）突：破坏，骚扰。[16] 载籍：史书。无道：违背仁德，暴虐残忍。[17] 诘：责问，惩戒。外奸：域外奸邪之人，此指辽东公孙瓒，其与袁绍连年混战。整训：整顿和训练军队。[18] 加绪：过分，有余。含容：包含容纳。弥缝：弥补缝合，谓弥补过失，自我悔改。何焯云："绍不听郭图、沮授言，天子在曹阳，去邺甚近，不肯奉迎，乃为曹所先。及见诏书每下，有不便于己者，始悔其失。故檄中极意弥缝之。"（《义门读书记》）[19] 豺狼野心：比喻用心狠毒。潜包祸谋：即包藏祸心。[20] 摧桡（náo）：摧毁挫败。栋梁：喻国家重臣，此指太尉杨彪等。孤弱：孤立削弱。[21] 忠正：忠诚正直之臣，指议郎赵彦等。枭雄：凶猛顽强的人。

**译文** 司空曹操的祖父中常侍曹腾，与左悺、徐璜都是邪恶之人，贪婪凶残，放荡邪辟，伤害教化，虐杀民众。其父曹嵩如乞丐一般被曹腾收养，凭借行贿而窃取官位，车载金玉输送给权势之门，因此窃取到太尉之职，妄图颠覆国家政权。曹操本是宦官的后代，本来就没有好的德行，轻佻狡猾，幸灾乐祸，唯恐天下不乱。……

曹操便任意独断专行，挟持汉献帝和百官迁都许昌。他轻视、欺侮朝廷，败坏法纪，领受三公的爵位，独揽大权，爵位赏赐随心所欲，处罚杀戮随口说了就算，被其宠爱则五族之内的人都得到好处，被其厌恶则父、母、妻三族都遭到诛灭。……曹操还设置了发丘中郎将和摸金校尉的官职，其经过的地方，冲击破坏，尸骸无不暴露在外。……

通观史籍所载，暴虐的奸臣，贪婪残酷者，曹操是最突出的一个。将军袁绍正在讨伐外敌，还未来得及教训曹操，对其特意宽容，希望其能自我悔改。但是曹操狼子野心，暗藏叛乱阴谋，想要排斥朝廷重臣，孤立、削弱王室力量，除灭忠诚正直之臣，以成其枭雄专权之势。

## 古今骂曹第一檄文

建安四年（199），盘踞在邺城的大将军、都督冀、青、幽、并四州军事的袁绍，在击败公孙瓒之后，动员了10万大军，准备进攻曹操和汉献帝所在的许昌。此时的曹操，已经挟天子以令诸侯近 4 年时间了，四年间，他兼并吕布，蚕食袁术的地盘，拥有兖州、徐州全境及豫州、司隶的部分领地，实力大增，再加上独得的政治优势,俨然成了北中国境内的最强大的诸侯之一。袁绍野心勃勃，企图统一北方，所以，他就不得不与曹操决战。为此，他发兵 10 万进攻许昌，其实也就是官渡之战的前奏。

袁绍发兵之前，还想争取摇摆不定的刘备。刘备表面上依附曹操，但去就尚在疑犹之间，于是，袁绍让“章表殊健”（曹丕语）的陈琳撰写檄文，向豫州刺史刘备发出劝说和出兵的命令。此举不仅争取到了刘备的支持（官渡之战中，刘备偷袭许昌南部，为曹仁所败，其行动显然是支持袁绍的），而且还成就了一篇传扬千古的骂曹檄文。

从历史发展的实际来看，曹操毫无疑问是汉末最杰出的人才，他的雄才大略、足智多谋、慧眼识人、大胆用人，打造了曹魏集团的雄厚实力，为结束汉末战乱、促进国家统一作出了重要贡献。相较而言，袁绍志大才疏、刻薄寡恩、刚愎自用，不能很好地听取意见，也不能很好地用人，因而，其失败在情理之中。但是，对于作为袁绍谋臣的陈琳来说，他为袁绍作檄文，必须将袁绍写成当时最优秀的诸侯，将曹操写成穷凶极恶、死有余辜的权奸；这是檄文撰写的基本要求，并不能完全说明陈琳的政治倾向或认识能力问题。

在文中，陈琳将袁绍的征讨视为挽救危难、粉碎篡逆的正义之举，将曹操的任何政治行动都视为奸臣篡权的演习，极尽夸张、铺排之能事以诋斥曹操。其中最有名的就是痛骂曹操三代，说曹操是“赘阉遗丑”，即曹操是宦官之子。宦官怎么会有儿子呢？这样的辛辣挖苦，确实是刻薄之极。但是，考虑到古代宦官的恶名昭彰，考虑到士大夫对宦官的极端蔑视，我们就能体会到，陈琳此骂，确实是骂到了曹操最忌讳、最软弱、最没底气之处，也最可能赢得摇摆不定的士人的支持。陈琳接着说，袁绍假曹操以兵权，可曹操忘恩负义，专权专威，杀戮士人；后来曹操挟持汉献帝迁都许昌，是其专制朝政的开端。他还说，曹操为了搜刮民财以养活军队，还进行了大规模盗墓勾当，说曹操不仅亲自参与盗掘梁孝王墓，还设立“发丘中郎将”“摸金校尉”两个专门负责挖坟的官职。所以，陈琳得出结论，历来关于“无道之臣”的记载中，“贪残酷烈，于操为甚”，曹操是最坏的典型。文章还赞扬了袁绍的正义之举和雷霆行动，并号召各路诸侯剪除曹操，以建立功勋。

应该说，限于檄文特定的政治属性，其间的是非观念是完全偏激的，我们可以不予理会，但是，从文章写作的角度来说，陈琳显然是高明的、成功的。陈琳没有凭空杜撰，而且还把曹操的每一次重要政治活动都解读出凶残、专权、阴谋篡权的意味，这样的解读很能混淆视听甚至蛊惑人心，也难怪曹操第一次读到本文时，感到了深深的震惊。据《三国志》裴注记载，当时曹操正患风疾，卧病在床，读完本文后，遽然说：“此愈我病。”檄文遽然能让曹操的风疾病愈，可见对曹操的震惊程度。而且在后来的民间文化中，曹操成了典型的白眼奸臣，陈琳这篇檄文之骂绝对有推波助澜之功效。

官渡之战后，袁绍集团灰飞烟灭，陈琳也被俘虏。曹操怎么处置这位曾经辛辣骂自己的人呢？他不但没有处死陈琳，也没有给陈琳穿小鞋，而是惜才爱才、重用了陈琳。不过，对于陈琳的檄文之骂，曹操并未忘却，他责问陈琳：“卿昔为本初移书，但可罪状孤而已，恶恶止其身，何乃上及父祖邪?”（《三国志·王粲传》附《陈琳传》）你当初为袁绍做檄文，骂我就可以，为什么要骂我的祖宗呢？曹操是大度的，但是，无论如何大度，对于陈琳连骂三代的事实，却还是难以释怀。所以，尽管重用了陈琳，但他还是要把该说的话说给陈琳，因为他不吐不快。

# 出师表　　诸葛亮

臣本布衣，躬耕于南阳[1]，苟全性命于乱世，不求闻达于诸侯。先帝不以臣卑鄙，猥自枉屈[2]，三顾臣于草庐之中，咨臣以当世之事，由是感激，遂许先帝以驱驰。后值倾覆，受任于败军之际，奉命于危难之间：尔来二十有一年矣[3]。先帝知臣谨慎，故临崩寄臣以大事也[4]。受命以来，夙夜忧叹，恐托付不效，以伤先帝之明；故五月渡泸，深入不毛[5]。今南方已定，兵甲已足，当奖率三军，北定中原。庶竭驽钝[6]，攘除奸凶，兴复汉室，还于旧都[7]。此臣所以报先帝而忠陛下之职分也。

——《文选》卷三七

**注释**　[1] 南阳：今河南南阳市。诸葛亮出生于琅琊阳都（今山东沂南县），父亲去世后，他随叔父到荆州，叔父去世后，便在南阳隐居耕读。刘备三顾茅庐，当即在此地。[2] 猥：谦词，等于说“辱”，指降低身份。[3] 倾覆：指建安十三年（208），刘备为曹操所败，遣诸葛亮出使孙吴，以联吴抗曹。二十一年：诸葛亮遇刘备于建安十二年，至此建兴五年（227），共二十一个年。[4] 寄臣以大事：指刘备让诸葛亮辅佐后主刘禅事。[5] 五月渡泸：指建兴三年（225），诸葛亮率军南征，讨平南中诸郡的事变。泸：金沙江。不毛：不毛之地，这里指云南武定县、四川会理县一带。[6] 驽钝：形容才力庸弱。驽，劣马；钝，钝刀。[7] 兴复汉室：刘备自称汉皇室后裔，以蜀汉承汉统，故云。旧都：指两汉都城长安、洛阳。诸葛亮把攻占这两地说成“还旧都”。

**译文**　臣本为平民，亲耕于南阳之野，苟且活命于乱世，不求显达于诸侯。先帝不嫌臣出身卑微，屈驾前往，三顾茅庐，垂问以天下大事。臣因此感激，答应要为先帝奔走效劳。后来赶上长坂坡大败，臣受命于败军之际，至今已有二十一年。先帝知臣谨慎，所以临终托付国事于臣。受命以来，日夜忧虑叹息，惟恐托付之事不见成效，而损害先帝的英明。因此，五月渡过泸水，深入不毛之地。现在南方已平定，国家武器充足，就应当鼓励、统帅三军，北定中原；希望能竭尽所能，铲除奸雄，兴复汉室，还都京洛。这是臣报答先帝、忠于陛下的本职所在。

## 出师一表真名世

本段节选自诸葛亮《出师表》(一般称“前出师表”)。蜀汉建兴五年(227),驻军汉中的诸葛亮振军北伐,出兵之前,他给常住成都的后主刘禅写了这封谆谆告诫的上书,再三强调刘备对自己的知遇之恩和临终托付,表示了“竭尽驽钝”以报答先帝、忠于后主的忠诚,并规劝后主采纳良言,和辑臣吏,励志自振,使他能专心致志于北伐大业。全文以议论为主,历叙创业之艰难,以激励刘禅赤诚守业;又详写刘备三顾茅庐、与诸葛亮君臣遇合之事,倍示自己披肝沥胆之虔诚。短短600余字的文章,提及13处“先帝”、7处“陛下”,处处贯穿着忠君报恩的赤诚。这既体现了诸葛亮作为人臣的纯粹德操,也体现了其作为一介士大夫的高风亮节,因此而感动了古代的士大夫群体,赢得了高度的赞誉,本文也成为千古名文,杜甫的诗句“出师一表真名世,千载谁堪伯仲间”,就是对这个现象的精到概括。

文章还体现了“攘除奸凶,兴复汉室,还于旧都”的坚定信心。这难能可贵,因为蜀汉仅据有益州一地,国小力弱,实现这个目的的可能性很小;诸葛亮敢于如此自信地去做,除了对刘备托孤的感激和忠诚之外,还有他勇毅自任、富于才干的自身因素。历史地看,自从三顾茅庐、诸葛亮示以“隆中对”之后,蜀汉其实是较大程度地实现了隆中路线的。在《隆中对》中,诸葛亮提出了“跨有荆、益”,即分头从荆州、益州出军,以钳形攻势进取关中的战略设想;这被认为是蜀汉的立国战略。蜀汉也确曾一定程度地实现了这个战略,只不过因关羽的骄傲和矜功,才丢失了荆州,破坏了这个态势。在荆州、夷陵接连战败后,诸葛亮用整整五年的时间休养生息、整军经武,才发动了由他独立主持的第一次北伐。因此,本文与《隆中对》相互辉映,是诸葛亮殚精竭虑、精忠为国的生动写照。

然而，纷繁的三国历史，聚讼纷纭之处实在太多。比如，有人对《隆中对》中蜀汉的立国战略提出异议，认为是战略错误导致关羽失荆州；有人对诸葛亮北伐提出质疑，认为诸葛亮长于治国理政，短于应变将略，以致北伐屡败；有人提出诸葛亮北伐是“以攻为守”，是弱者的生存方略；有人认为诸葛亮气度褊狭、任人唯亲，未能人尽其才、才尽其用。

当历史的云烟消散、千帆过尽之后，我们再来品读诸葛亮《出师表》，或许这里面的内容其实才更接近他本真的性情和品格。他“复兴汉室”的理想和承诺，才是他最大的北伐动因。无论他北伐过程中犯了怎样的错误，但毫无疑问，他是三国时期最好的治国、理军、外交之才（没有之一），司马懿、张郃、郭淮等都明显不及。其北伐屡败，根本原因是蜀汉国小力弱，转战于秦岭崇山峻岭之中的蜀军补给难继；战争最终拼的是综合国力，蜀国最弱，败局是注定的。即便如此，诸葛亮仍然前赴后继，忠心无悔，“鞠躬尽瘁，死而后已”，最终累死于五丈原军营。对于任何一个伟大的历史人物，我们都不能求全责备，即便诸葛亮这样的全才，也有他智力不及之处，尤其是当我们旁观成败、闲说是非时，更应该做一个有“理解之同情”的宽容者。这样去想，那我们所能看到的，就更多是诸葛亮纯粹的人格、峻洁的品格、强毅的信念和无私奉献的精神。而这些，都渗透在前、后《出师表》的字里行间，它们超越了历史，迎面破空而来。

# 与朝歌令吴质书　　曹丕

每念昔日南皮之游[1]，诚不可忘。……高谈娱心，哀筝顺耳。驰骛北场，旅食南馆[2]。浮甘瓜于清泉，沉朱李于寒水[3]。白日既匿，继以朗月。同乘并载，以游后园。舆轮徐动，参从无声[4]。清风夜起，悲笳微吟[5]。乐往哀来，怆然伤怀。余顾而言，斯乐难常，足下之徒，咸以为然。今果分别，各在一方，元瑜长逝[6]，化为异物。每一念至，何时可言！

方今蕤宾纪时[7]，景风扇物[8]，天气和暖，众果具繁。时驾而游，北遵河曲，从者鸣笳以启路，文学托乘于后车[9]，节同时异，物是人非，我劳如何！

——《文选》卷四二

**注释** [1] 南皮：地名，在今河北省。曹丕的南皮之游，《三国志集解》引《魏志》云："文帝为五官中郎将，射雉于南皮，即此。"曹丕于建安十六年（211）正月任五官中郎将，故一般认为曹丕的南皮之游应在此年。对此，学界尚有不同意见。本文依照《三国志集解》的记载。[2] 北场：城北骑射的场所。南馆：城南接待宾客的场所。[3] 甘瓜：甜瓜。朱李：李子的一种。[4] 参从：骖从，陪同乘车的人。[5] 笳：类似笛的一种乐器，从西域传入。[6] 元瑜：阮瑀，字元瑜，建安七子之一，卒于建安十七年。[7] 蕤（ruí）宾：古乐十二律中的第七律。古人律历相配，十二律配十二月，谓之律应。蕤宾位于午，在五月，故代指农历五月。[8] 景风：南风，"八风"之一。《史记·律书》："景风居南方。景者，言阴气道竟，故曰景风。"扇物：促使万物生长。[9] 文学：官名。汉代于州郡及王国置文学，或称文学掾，或称文学史，为后世教官所由来。魏武帝置太子文学。托乘：跟随乘车。后车：副车，侍从之车。

**译文** 每想起往昔南皮之游，确实让人难以忘怀。……我们高谈阔论，心情舒畅，清筝悠扬，悦耳动听。驰马射猎于城北校场，聚会宴饮于城南馆舍。甜瓜浮于清泉之上，红李沉于寒水之下。白日西沉，朗月东升。我们同乘共载，赏玩月夜后园的美景，车轮徐徐转动，宾客寂然无声。清风入夜吹起，悲笳呜咽低吟。欢情易逝，悲哀随来，令人怆然伤怀。于是我回头感慨：这样的兴致恐怕以后难以为继吧？你们也都以为然。如今，我们果然分别，天各一方，阮瑀已经永远离去，化为异世鬼神。每想及此，便不禁想：我们何时才能重聚呢？

如今时当仲夏，南风吹拂万物，天气和暖，众果皆繁。我有时驾车出游，沿着黄河北岸弯曲而行，侍从鸣笳开路，文学官乘副车跟随。季节虽同，时势已异，景物虽在，人事已非，我心更其悲伤！

## 私怀区区写性灵

本文是魏文帝曹丕写给其心腹吴质的书信，时间在建安二十年（215）五月，曹丕28岁。当时曹操正率军西征汉中的张鲁，曹丕驻军于孟津关（今河南孟津县）。孟津是著名的黄河渡口，曹丕在此为曹操留守战略通道，军旅闲暇时，他也偶尔抒发其婉约的文人情怀。

就曹丕来说，其根本身份是太子、帝王、政客，文人身份充其量只不过是他的一个侧面而已，但就历史影响而言，曹丕似乎更像是个文人，因为他的诗文比曹操、曹植的更清新，也更私情化。曹操、曹植的诗文中总是盛满着天下、苍生、理想、抱负，而曹丕则更醒目地呈现了一介文士的私己情怀，诸如孤独、念友、因景起兴、感慨生死、黯然神伤等，具有浓郁的文人气。其实，在政治上，曹丕放弃了曹操时期的“唯才是举”，改用九品中正，为了平抑尚书权力而首设中书省，大力抑制宗王势力等，这些措施无论成效是否积极，但确实都产生了重要的历史影响。其著《典论》一书，企图垂诸青史，更是体现出宏大的文化理想。应该说，相比曹操、曹植而言，曹丕虽然似乎不显山露水，但其实是一个实力派的政治家和作家。

吴质才学通博，是曹丕十分信赖的文臣，尤其是在曹丕、曹植争太子的过程中他立有大功，因而备受器重，与司马懿、陈群、朱铄一起并称曹丕“四友”，官高位重。吴质也因此怙威肆行，飞扬跋扈，对此，史书颇有微词。基于此，曹丕、吴质间的书信往来，既有很高的文学水平，也有微妙的政治讯息，比如他给曹丕的书信备示款诚，而给曹植的书信则虚与委蛇等。

朝歌，在今河南鹤壁市南淇水边上，为商朝古都。曹丕写此信时，吴质刚从朝歌令调任元城（今河北大名县）令，曹丕仍称朝歌令，大概是习用旧称之故。在信中，曹丕集中回忆了他任五官中郎将时，与吴质等一起赴猎于南皮的情景（应该在建安十六年五月）。南皮在漳水下游的渤海之滨（今河北沧州），距离邺城五百余里；曹丕等不惜驱驰五百里地而射猎，可见其训练军队的决心之大。当然，曹丕的帐中从来都少不了高才文人，这也必然会助长他们的雅兴，于是，他们白天驰逐校场，高谈阔论，夜晚披着月光去后园游玩，月夜清笳给人印象尤深。连曹丕自己也感慨：这样往返千里校猎军队、乘月游园，可能很难再有了！所以，他油然而生乐往哀来的慨叹，尤其是想起当时游园的阮瑀早已去世，曹丕更不免物是人非、不胜今夕之感。

五年之后，又一个烟花烂漫的五月，曹丕驻马黄河北岸的孟津渡口，惆怅地追忆往事、怀念故人。这样的心思，不像是一个军旅倥偬的青年将领，更不像是一个处心积虑、争权谋利的政客，而是一个多愁善感、黯然神伤的多情才子和文人。其清词丽句的文字，就着真挚的感情轻轻流淌、娓娓诉说。此刻，所谓的金戈铁马、江山社稷和理想壮怀，早已被过滤掉了，诉说出来的是那动人心弦的多愁善感。从这个角度来说，曹丕其实是建安文学中特别性情化的人，用沈德潜的话，就是“便娟婉约”“有文士气”。如果放在文学史的长河中来看，曹丕这样的“文士气”，既是对汉代文人言必政教之风的变革，也是对后世文人感物伤怀思路的开启；不管后世文人的感物伤怀能多大程度地受曹丕的影响，但理论上看，至少曹丕是这类思路的最早作者之一，也是最有可能产生影响的作者之一。

# 送应氏（其一）　　曹植

步登北邙阪，遥望洛阳山[1]。洛阳何寂寞，宫室尽烧焚。垣墙皆顿擗[2]，荆棘上参天。不见旧耆老[3]，但睹新少年。侧足无行径，荒畴不复田[4]。游子久不归，不识陌与阡[5]。中野何萧条，千里无人烟。念我平常居，气结不能言[6]。

——《文选》卷二〇

注释 [1] 北邙阪：北邙山坡。北邙山在洛阳城北，是汉代王公贵族陵墓群集之地，也是汉代以后文人最易感慨兴衰的地方。阪（bǎn），同“坂”，斜坡。[2] 垣墙：院墙、围墙。顿擗（pǐ）：崩倒，倒塌。[3] 耆老：老人。耆，六十岁以上的人。[4] 侧足：斜着脚。荒畴：荒芜的田地。田：耕种。[5] 陌、阡：阡陌，泛指田间小路。南北方向的称陌，东西方向的称陌。[6] 平常居：平时一起生活的人。这里以应氏口吻表述，或许应氏曾居洛阳。气结：胸中郁塞，说不出话来。

译文 登上北邙山坡，回望洛阳的南山。洛阳城是那么寂寥凄凉，宫殿被焚烧尽净。到处断壁残垣，遍地荆棘。不见往日的父老，只看到陌生的少年。道路毁坏，侧足难行，昔日的良田变成了荒原。田野是那么萧索，千里之内荒无人烟。想起我平时的居所，心头郁结难以为言。

## 少年心事，丈夫情怀

本诗是曹植送别应玚、应璩兄弟而作。应氏兄弟出身于汝南的一个仕宦世家，其叔父是东汉著名学者应劭，应玚还名列“建安七子”中，在当时以辞赋擅名。建安年间，应氏兄弟初来邺城，曹操闻其名，征辟应玚为丞相府掾属。建安十六年（211）正月，曹操封曹丕为五官中郎将、副丞相，封曹植为平原侯，随即委任应玚为平原侯庶子。可见，应玚起初是曹植的属官，这也说明，当时曹植与应玚兄弟有着较多交往。

建安十六年七月，曹操率领钟繇、夏侯渊等西进，讨伐关中的半割据势力马超，曹植、应氏兄弟随行。行至洛阳，可能是为了加强其大本营邺城的守卫工作，曹操改任应氏兄弟为五官中郎将文学，应氏兄弟遂从洛阳赴邺城，去辅佐留守邺城的五官中郎将曹丕。由此可知，应氏兄弟与曹植关系密切的时间仅为半年，此后，他们便成为曹丕的腹心；在曹丕、曹植争太子的过程中，他们尽心尽力为曹丕谋划，某种程度上，此后的他们，成了曹植的对立面；但在此刻的洛阳分别之时，曹植还是那么真诚、热情地为应氏兄弟置酒送别。

曹植《送应氏》共二首，其中第一首主要写洛阳见闻，第二首写惜别之情。我们选的是第一首，也是建安诗歌中直接描写惨痛现实的名篇。在诗中，曹植极力描写洛阳城的残破与荒败。他登上洛阳城北的邙山回望洛阳，但见“宫室尽焚烧。垣墙皆顿擗，荆棘上参天”。曾经壮丽的皇宫和朱门大户，都只剩下断壁残垣，而且到处都布满荆棘。这哪里是曾繁华两百年的帝都啊？两百年间的财富积累，都被董卓付之一炬。初平元年（190），残暴的董卓挟持汉献帝迁都长安，并下令焚烧洛阳城，玉石俱焚之下，洛阳的繁华也灰飞烟灭。21年之后，曹植所看到的洛阳还是如此凋残，说明在政权动荡、军阀混战的时代，位居“天下之中”的洛阳，也难以在短时间内繁荣起来。曹植的描写，带着沉痛的心绪和强烈的感情，饱含着对董卓军团的严厉批判和控诉。这对于一个刚行冠礼的20岁的青年来说，是难能可贵的。

接着，曹植抒写对生民的悲悯。“不见旧耆老，但睹新少年”，“中野何萧条，千里无人烟”，这是洛阳焚烧后百姓生活的惨状，千里旷野之中竟无人烟！或许，这有诗歌夸大的成分，但其表达效果却是直抵读者的灵魂，因为这是任何一个有良知的、有责任心的人都会为之颤栗、为之心痛的现实！而且，曹植还想起了自己平时的居所，身为相门公子，他住在深宫广殿之中，优游富贵，可是，相比之下，洛阳百姓却流离失所、千里无人烟，这让曹植感到惭愧、痛苦，满怀的悲悯之情。如果联系王粲《七哀》，我们能看出，16岁的王粲，20岁的曹植，都尚处于人生的发轫期，但他们却有着如此沉痛的关切和悲悯的情怀，发出如此正义和崇高的呼声，这不能不令人感佩！我们也不得不承认，建安风骨高标诗史，绝不是简单的艺术辞采的因素，建安诗歌之所以有“风骨”，关键还在于作家有壮盛的情怀和崇高的品格。

由曹植诗想起了一副对联：“但愿人皆健，何妨我独贫。”出自清代宁波中医范文甫之手。这是一位医者的心声，只要天下人都建康，自己甘受贫穷也无妨。这与杜甫“安得广厦千万间，吾庐独破受冻死亦足”的呼声可以相应和。他们爱戴苍生的心怀，与曹操、曹植、王粲等人为代表的建安诗歌精神，何其一脉相承！我们不能说文学中的关爱苍生主题始自建安作家，但在诗歌中加强、醒目和集中地表现这种感情，却是建安诗歌首次做到的。所以，建安作家们是继承了中国思想中仁民爱物的情怀，并像一个中转站、加强站，把这种情怀给接续和强化了，而且还用感人的艺术形式传播开来，哺育和滋养着后世文人士子的灵魂。就此而言，我们应该礼敬建安作家们。

## 与杨德祖书[1]　　曹植

辞赋小道，固未足以揄扬大义，彰示来世也[2]。昔扬子云，先朝执戟之臣耳，犹称壮夫不为也[3]。吾虽德薄，位为藩侯[4]，犹庶几勠力上国，流惠下民[5]，建永世之业，留金石之功[6]，岂徒以翰墨为勋绩，辞赋为君子哉[7]！若吾志未果，吾道不行[8]，则将采庶官之实录，辩时俗之得失[9]，定仁义之衷，成一家之言[10]，虽未能藏之名山，将以传之于同好[11]。非要之皓首，岂今日之论乎[12]？其言之不惭，恃惠子之知我也[13]。

——《文选》卷四二

**注释：**[1] 杨德祖：杨修，字德祖，弘农华阴人，出身汉魏名门弘农杨氏，其父为太尉杨彪。杨修博学多才，历任郎中、丞相府（曹操）主簿，因为在立嫡之争中支持曹植，最终于建安二十四年（219），被曹操以“漏泄言教，交关诸侯”的罪名处死。[2] 小道：犹言小技。固：本来。揄扬：宣明，阐明。大义：大道理。彰示：显示。[3] 扬子云：扬雄，西汉著名辞赋家、学者。先朝：指汉朝。执戟之臣：指官职卑下。扬雄曾任黄门郎，职位不高，而郎官，“皆执戟而侍也”（李善注语）。壮夫不为：语出扬雄《法言·吾子》：“或问：‘吾子少而好赋？’曰：‘然。童子雕虫篆刻。’俄而曰：‘壮夫不为也。’”[4] 藩侯：分封的诸侯王。诸侯屏藩王室，故言藩侯。[5] 庶几：希望。勠（lù）力：协力，合力。上国：外藩对帝室的称呼。流惠：施惠。[6] 永世之业：千秋万代的功业。金石之功：不朽的功勋。功勋刻之于金属或石头，可传不朽。[7] 岂徒以：难道仅仅以。翰墨：笔墨，指文章。勋绩：功绩。君子：指文质相称。[8] 果：实现。道：指政治主张或政治理想。行：通。[9] 采：采集。庶官：众官。实录：指秉笔直书之文。《汉书·司马迁传赞》：“其文直，其事核，不虚美，不隐恶，故谓之实录。”辩：通“辨”，辨别。时俗：当代风俗。[10] 衷：正。成一家之言：建立自己一家的学说。语出司马迁《报任安书》：“究天人之际，通古今之变，成一家之言。”[11]“虽未能”二句：语出司马迁《报任安书》：“仆诚已著此书，藏诸名山，传之其人，通邑大都。”同好：志趣相投的人。[12] 要（yāo）：邀，约。皓首：白头，年老。今日之论：指以上言论。[13] 惭：羞愧。惠子：惠施，名家重要学者，庄子的好友。惠施死后，庄子缺少了辩论的知音，说：“自夫子之死也，吾无以为质矣，吾无与言之矣。”（《庄子·徐无鬼》）

**译文：**辞赋是小技艺，本来就不足以显扬大道理，对后世不会有明显影响。以前的辞赋家扬雄，他只是汉朝的一个执戟侍卫，都还称大丈夫不写作辞赋。我虽然德行浅薄，地位也仅是藩侯，可还是希望尽忠朝廷，施惠于百姓，建立不朽的功业，流传金铭石刻的丰功伟绩，难道仅仅以写作为功绩，靠辞赋做君子吗？如果我的志向不能实现，主张不能施行，那我将采选史官的实录，辨别时代风俗的得失，确定仁义的准则，完成一家之言的著作，虽然不能藏在名山，也要传给志同道合的人。若非我们相约做白首到老的挚友，哪能发今天这通议论！大言不惭，幸仰仗你像惠子深知庄子那样地了解我。

## 岂有文章惊海内

本文是曹植写给杨修的书信。杨修出身弘农杨氏，是太尉杨彪之子，博学多才，机智过人。建安初年，曹操任杨修为相府仓曹主簿，负责相府内外之事。此时的杨修才 20 出头，曹操以之为丞相主簿，显然是委以重任。但是，杨修在有才的同时，却又自恃名门、自负聪明、桀骜不驯，所以，尽管他一直在曹操幕府工作，可仕途却始终不显。

让杨修出大名的主要原因，是他与曹植的密切交往。按常理，杨修长曹植 17 岁，这样的年龄差距使他们很难有深入交往，但事实是，他们之间的关系确实非同寻常。据记载，是以“才捷”而得到曹操“爱幸”的曹植“来意投修，数与修书”，杨修也“不敢自绝”(《三国志・曹植传》裴注引《典略》)，也就是说，风华正茂的曹植来拜见杨修，多次写信给杨修，杨修也不敢断绝与曹植的交往。

在我们看来，曹植仰慕杨修的才华，前往拜访杨修，自觉性情相投，所以表现得极为真诚和主动；杨修也明白，曹植的天赋肉眼可见，所以他们的交往有爱才惜才、性情相投之处。但是，杨修也有他的顾忌，毕竟曹植是相门公子，而且是曹操诸子中极为耀眼的一个，与曹植交往太为密切，会让曹操作何想？曹丕又会如何看待他？这是杨修不能回避的现实。不过，从事情的发展来看，杨修最后还是下定决心，选中了曹植作为挚友，并以之为潜力股。他们不仅饮酒论文，而且还积极谋划、运作，杨修不断为曹植出谋划策，以争取曹操更多的青睐；而这样的争取，必然会构成对曹丕的威胁，也必然会进一步挑动、加剧曹丕、曹植之间的竞争。

当曹植因不自雕饰、任性驰马而失去曹操的信任后，曹操决定立曹丕为世子。这时候，杨修的存在，就是埋在曹丕、曹植兄弟之间的一颗地雷，因此，为了身后曹氏兄弟关系的稳定，曹操在他去世的前半年，下令以“交构”罪处死了杨修，即以搬弄是非的罪名处死了杨修。说到底，是杨修干预了帝王（曹操俨然帝王）家事，这在古代是极为忌讳之事。

曹植的《与杨德祖书》，就是建安二十一年（216）写给杨修的信，当时曹植25岁，杨修42岁。书信的主旨在论文。曹植历数王粲、陈琳、徐干、刘桢、应玚、杨修等人的文章，认为他们各有所长，不分轩轾，“人人自谓握灵蛇之珠，家家自谓抱荆山之玉”，这是建安文坛的基本盛况。就这点而言，曹丕、曹植等都有论及，后来学者论述亦丰，特色不甚凸显。曹植最鲜明的观点，就在我们节选的这段文字中。曹植有着极强的功名心，一心想着建立丰功伟绩，所以，他认为辞赋仅仅是“小道”，不足以阐扬大道；他首选的是建立铭金刻石的不朽功勋，如果退而求其次，那就是完成阐发思想的“一家之言”，藏之名山，传诸同好，他最最不愿选择的是辞赋。曹植还说，如果不是视杨修为皓首同期的挚友，他是不会说出这些似乎有点大言不惭的话的。这也能体现出，此时杨修、曹植间的关系极为密切和融洽。

显然，青年的曹植热情奔放，有着极高的功名期待，所以，心思不在他本已天才秀出的文学事业上，他有点瞧不上文学。但是，历史没有给他建功立业的机会，他自己的个性才华也并不适合去率军征战和管理国家，所以，他的功名期待始终没有丝毫的实现；历史给他的是，接踵而来的苦难和刻骨铭心的孤独。在苦难与孤独之中，曹植终于破茧成蝶，他痛苦地游走在文学的世界，徘徊于虚幻和现实之间，像一朵含泪的玫瑰，执着地、幽怨地绽放于凄风苦雨中；那曾经被他瞧不起的文学，居然成了他晚期生涯的唯一伴侣，成了他抚慰心灵、抒写悲情的唯一窗口。这又是何其悲壮的讽刺！还好，曹植的生花妙笔，确实是划破了中古文学的天幕，开启和奠定了六朝唯美、浓情的文学风貌，真正成为了文坛的一代宗师，用黄节的话来说，就是“六代以前，莫大乎陈王矣”（《曹子建诗注·序言》）。

# 洛神赋　曹植

其形也，翩若惊鸿，婉若游龙[1]。荣曜秋菊，华茂春松。髣髴兮若轻云之蔽月，飘飖兮若流风之回雪[2]。远而望之，皎若太阳升朝霞；迫而察之，灼若芙蕖出渌波[3]。秾纤得中，修短合度[4]。肩若削成，腰如约素[5]。延颈秀项，皓质呈露[6]。芳泽无加，铅华弗御[7]。云髻峨峨，修眉联娟[8]。丹唇外朗，皓齿内鲜。明眸善睐，靥辅承权[9]。瓌姿艳逸[10]，仪静体闲。柔情绰态[11]，媚于语言。奇服旷世，骨像应图[12]。披罗衣之璀粲兮，珥瑶碧之华琚[13]。戴金翠之首饰[14]，缀明珠以耀躯。践远游之文履，曳雾绡之轻裾[15]。

恨人神之道殊兮，怨盛年之莫当。抗罗袂以掩涕兮，泪流襟之浪浪。悼良会之永绝兮，哀一逝而异乡。

——《文选》卷一九

**注释** [1] 翩：鸟疾飞。惊鸿：惊飞的鸿雁。婉：蜿蜒曲折。[2] 髣髴：同“仿佛”，依稀、隐约。飘飖（yáo）：动荡不定，这里指洛神飞翔。[3] 迫：靠近。灼：鲜明，鲜艳。芙蕖：荷花。渌（lù）：水清澈。[4] 秾纤：犹言胖瘦。秾，花木繁茂，这里指丰腴。得中：恰到好处。修短：指高矮。合度：合乎标准。两句言洛神胖瘦适中，高矮恰好。[5] 削成：指轮廓鲜明。约素：一束白绢。[6] 延、秀：均指修长。[7] 芳泽：化妆所用的油脂。铅华：古时将铅烧成粉，可作化妆敷面之用。御：用。[8] 云髻峨峨：如云高耸的发髻。联娟：微曲貌。[9] 善睐：美目顾盼。靥（yè）辅：颊边的微窝，酒窝。权：通“颧”，颧骨。酒窝在颧骨下的颊边，似乎承托着颧骨，故曰承颧。[10] 瓌姿：美好的姿态。瓌，同“瑰”。艳逸：美而不俗。[11] 绰：舒缓柔美。[12] 骨像应图：骨骼相貌符合图画中的仙女之姿。[13] 罗衣：轻软丝织品制成的衣服。珥：珠玉耳饰，这里指佩戴。瑶、碧：皆指美玉。华琚：有花纹的佩玉。[14] 翠：翡翠。[15] 践：踩，此指穿。远游：远游履，古代鞋子之一种。文履：带有花纹的鞋。雾绡：轻纱。裾：裙。

**译文** 她的形态，像惊鸿一样蹁跹，像游龙一样柔婉，像秋菊一样荣盛，像春松一样光灿。她时隐时现如轻云笼月，飘忽不定似回风旋雪。远远望去，好像朝霞中的太阳一样皎洁；近处观看，好像清波上的荷花那样明艳。她肥瘦适中，高矮合度；两肩轮廓分明，好像削成一般；腰肢袅娜柔软，好像一束白绢。她颈项修长，肌肤白皙，不用施膏涂粉，便自然芬芳。高髻如云，眉毛弯长。朱唇鲜丽，皓齿亮洁，美目流盼，酒窝鲜明。她丰姿美好飘逸，举止文静安详，性格温柔宽和，语言妩媚动人。她的服装稀世少有，骨骼状貌完全符合图画中的仙女形象。她穿着璀璨的罗衣，戴着精镂的佩玉；头上是金翠首饰，身上是闪光的珠玑，脚上穿着远游的花鞋，腰间系着轻软的裙裾。

人与神的道路差别明显，虽然我们都当盛年，却也难偿所愿。她举起罗袖掩面哭泣，泪落如雨。这样美好的邂逅将永不再有，一别之后我们注定会天各一方。

## 洛神依依心事违

1800多年前的建安年间（196—220），军阀割据，战乱频仍，以“三曹”和“七子”为代表的一批作家直面现实，慷慨抒情，他们“慷慨以任气，磊落以使才”，倾诉着悲天悯人的苍凉深情，表达着期盼和平的沉郁呼声，具有令人钦佩的正义和崇高感。他们的作品辞采华茂，文质彬彬，是文学史上第一次集中涌现的大量、高质量、具有强烈正义感的文人诗歌，因而被誉为“建安风骨”。以作品成就之高、影响之大而言，“建安风骨”中最典型的作家非曹植莫属。

曹植，字子建，曹操之子。作为贵公子，早年的曹植过着裘马轻狂的生活，诗歌华丽，感情热烈；但是，在曹丕即位之后，曹植受到了严厉的压制，他心情苦闷，欲诉无门，发而为诗，或愤激，或沉郁，感人至深。在艺术上，曹植集此前诗歌之大成，既体现了《诗经》“哀而不伤”的庄雅，又蕴含着《楚辞》窈窕深邃的奇谲；既继承了汉乐府的现实主义传统，又保留了《古诗十九首》温丽悲远的情调，最终形成了自己“骨气奇高，辞采华茂，情兼雅怨，体被文质”的独特风格，成为屈原之后，李、杜之前最重要的诗人。

《洛神赋》是曹植的代表作。该赋是黄初三年（222）曹植赴洛阳朝觐后，在返回自己封地鄄城的途中，经过洛水，因“感宋玉对楚王神女之事”而作。宋玉《神女赋》《高唐赋》描写了楚襄王梦会巫山神女之事，处于苦闷中的曹植也借此发挥，描写了他想象中洛水女神的形象。在曹植的笔下，洛水女神容颜惊世，奇服旷世；她习礼明诗，仪态万方，风华绝代；她寄情于曹植，曹植也热切地爱慕洛神，但由于人神道殊，所以他们只能是各安所居、绵绵思慕了。曹植描写的女神容颜惊艳，而曹植所用文辞的惊艳程度，也丝毫不亚于女神之容颜，甚至让人惊为天人：“翩若惊鸿，婉若游龙。荣曜秋菊，华茂春松。髣髴兮若轻云之蔽月，飘飖兮若流风之回雪。”这样华美、流丽、温婉、雅致的文句，让人不得不由衷佩服其惊采绝艳的文学才华，难怪谢灵运许之“才高八斗”呢。

应该说，曹植作品最显著的特点就是文采惊艳，也即钟嵘评论的“辞采华茂”，他是一个醉心于琢磨文采的文学巨匠。这一特点，事实上是开启了以讲究文采为主要特点的六朝文学的序幕，曹植是六朝文学的开风气之先者，同时也是六朝文学之成就最高、影响最大者。所以，所有的六朝文学评论家没有不膜拜曹植的。南宋张戒曾言：“诗成于子健，盛于李、杜，坏于苏、黄。”意思是，中国文人诗歌真正成熟的代表是曹植。这毫无疑问。

我们还想交待的是，曹植赋洛神，到底想表达什么样的情思？是“感甄”吗？如果是“感甄”，那说明曹植与甄妃之间有着不伦关系，这是无论如何都难以令人相信的。“感甄”只能是小说家的无稽之言。是纯粹的爱情故事吗？这不是没可能，但以唐前作家描写女性的普遍倾向而言，作家通常是通过描写女性而有所寄托，这种可能性最大。所以，有人说《洛神赋》是用来抒写曹植的失意苦闷的，洛神是曹植理想的化身，曹植与洛神之“人神道殊”，也意味着曹植抗争的失败和他对冷酷现实的控诉。要之，曹植的洛神形象，就像是达芬奇笔下蒙娜丽莎的微笑一样早已成为永恒的经典，其隽永的含义，人们可以从不同的角度去索解。古人曾感叹“一篇《锦瑟》解人难”，其实也可以感叹“一篇《洛神》解人难”。

另外，在书画领域，《洛神赋》也是最流行的题材之一，如鼎鼎大名的顾恺之《洛神赋图》，为十大传世名画之首。书法如王羲之、王献之、苏东坡、宋高宗、赵孟頫、鲜于枢、祝允明、姚绶等，均有手书《洛神赋》传世。这些，都在不断地丰富和缔造着洛神传奇。

# 七哀诗 曹植

明月照高楼，流光正徘徊。上有愁思妇，悲叹有余哀。借问叹者谁？言是宕子妻[1]。君行逾十年，孤妾常独栖[2]。君若清路尘，妾若浊水泥。浮沉各异势，会合何时谐[3]？愿为西南风，长逝入君怀[4]。君怀良不开，贱妾当何依[5]？

——《文选》卷二三

**注释** [1] 宕（dàng）子：游子，这里指思妇的丈夫。[2] 逾：过。栖：居，宿。[3]“君若清路尘”以下四句：夫妻如尘与泥，本为一体，可如今丈夫如浮扬的轻尘，自己像水底的浊泥，浮沉各异，会面不知能在何时。[4] 逝：去，往。[5] 良：实在，诚然。何依：这里指依靠谁。

**译文** 明月照耀高楼，流转的月光如思绪般徘徊。楼上有位满怀愁绪的妇人，声声叹息伤感断肠。这个叹息的妇人是谁呢？她是游子的妻。夫君远行已逾十年，留下我一人空闺独守。夫君好像路上轻扬的飞尘，我就像浊水中沉底的淤泥。浮升沉沦天差地别，汇合到一起要等到何时？我愿化作和煦的西南风，远远地飞进夫君的胸怀。夫君的胸怀实在不给打开，我当依托谁去度过一生？

## 中年心事浓如酒，奈何君怀良不开

这首诗应当是写于曹植生命的后期。曹植后期的生涯是苦闷的，他从受宠爱的贵公子变成了失意王孙，接连遭受曹丕的打压，其好友丁仪、丁廙兄弟也被杀害了，“文帝即王位，诛丁仪、丁廙并其男口”（《三国志·陈思王植传》），曹彰暴薨于洛阳，曹植自己也动辄得咎，诚惶诚恐。流传甚广的《七步诗》，无论其是否真为曹植所作，但至少能反映出曹植受打压甚至迫害的事实。

曹植的封地也不停变换，“号则六易，居实三迁”（曹植《迁都赋序》）。曹操初封曹植为平原侯（建安十六年［211］），再封临淄侯（建安十九年）；曹丕封曹植为鄄城侯（黄初二年［221］），继封雍丘王（黄初四年）；曹叡封他为浚仪王（太和二年［228］），最后落脚为东阿王（太和三年）。曹植实际赴任的有四处：鄄城、雍丘、浚仪、东阿。封地的频繁变更，使曹植满腹幽怨，他似乎一直奔波于朝觐、赴任的途中，或者忙碌于封地家园的修建中；一个窝还没来得及捂热，就得赶往下一个，况且还是“连遇瘠土，衣食不继”（曹植《迁都赋序》）。

面对这样的生存境况，曹植后期的心态是非常郁闷、愤激和痛苦的。他有《野田黄雀行》，表达友人被杀、自己无力施救的郁愤；他有《赠白马王彪》，表达对曹丕猜忌、迫害的强烈不满；他有《九愁赋》，抒写心中难以排遣的浓重愁情；他有游仙诗，借幻想来疏解心中的苦闷；他还有《美女篇》《洛神赋》等，寄心君王，在表达人生失意的同时，还残留着对君王的幻想。因此，他晚期的诗文主题，无不与这种境遇相关。

这首《七哀诗》，就是委婉地表达幽怨、失落甚至于近乎绝望的心态。在诗中，曹植从月光写起，“流光正徘徊”，月光如水，泻满大地，但月光似乎不会来去徘徊的；之所以有月光徘徊的感受，显然是因为动荡不安的内心。很明显，他是借徘徊的月光来反映动荡的情怀。月满高楼，楼上悲叹者是谁呢？那是荡子之妻。荡子出行已十余年了，十余年间，音讯杳无，留下闺中妻子独守空房。长期的守候也使得闺中人明白，夫君如同清扬的飞尘高高在上，而自己却如同浑水中的浊泥永远地沉沦在下，他们浮沉异势，永难和谐地汇合在一起。言下之意，这样长久的等待，等待的是空旷的未来，等来的是明确的绝望。即便如此，闺中妻还不死心，还希望自己如同西南风一般，远远地飞向夫君的胸怀，她是那么真诚又厚道啊！可是，“君怀良不开，贱妾当何依”，夫君胸怀紧闭，她又有什么希望呢？

毫无疑问，这么一位忠贞、真诚又厚道的独守空闺的妇女，举世可贵，其品格值得完全肯定。从楚辞美人香草的写作传统来看，自先秦以来，夫妻关系常常被当作为君臣关系的比拟和投射，因此，描写夫妻关系，其实就是在描写君臣关系。从这个角度来看，曹植笔下的这位闺中人，显然就是其自我写照；闺中人的品格，显然就是曹植自己的品格；闺中人的对荡子夫君的绝望，以及绝望之后残留的希望，都可以看成是曹植对国君（曹丕，或者曹睿）的绝望，以及残存的对国君的隐隐幻想。

从本质上来说，曹植要写对曹魏国君的近乎幻灭的态度，其实是非常敏感而易招祸患的，但是，曹植发扬美人香草的传统，委婉隐幽地表达出来，“发乐府之奇，驱屈宋之辞”（黄节语），显得含蓄蕴藉，风流绵密，可谓深得骚人精髓。

## 命运论　　李康

夫忠直之迕于主，独立之负于俗[1]，理势然也。故木秀于林[2]，风必摧之；堆出于岸，流必湍之[3]；行高于人，众必非之[4]。前监不远，覆车继轨[5]。然而志士仁人，犹蹈之而弗悔，操之而弗失，何哉？将以遂志而成名也[6]。求遂其志而冒风波于险途，求成其名而历谤议于当时[7]。彼所以处之，盖有算矣[8]。子夏曰：“死生有命，富贵在天。”[9]故道之将行也，命之将贵也，则伊尹、吕尚之兴于商、周[10]，百里、子房之用于秦、汉[11]，不求而自得，不徼而自遇矣[12]。道之将废也[13]，命之将贱也，岂独君子耻之而弗为乎？盖亦知为之而弗得矣。——《文选》卷五三

**注释** [1] 迕（wǔ）：逆犯。独立：不依赖别人而自立。负：背负，违背。[2] 秀：特出。[3] 堆：土堆。湍：激流，这里指冲刷，冲毁。[4] 非：非议。[5] 监：通“鉴”，前车之鉴。覆车继轨：紧跟着翻车。[6] 遂志：实现抱负、志向。[7] 谤议：非议。[8] 算：计谋，算计。[9] 两句语出《论语·颜渊》，意谓生命富贵皆由命中注定。[10] 伊尹：伊挚，辅佐商汤的开国功臣；吕尚：姜子牙，辅佐周文王、周武王的开国功臣。[11] 百里：百里奚，辅佐秦穆公称霸西戎的重要功臣。子房：张良，汉初三杰之一，辅佐刘邦建立汉朝的功臣。[12] 徼（yāo）：通“邀”，求。[13] 废：止。

**译文** 忠贞正直则会冒犯君主，超然独立则不合世俗，其理势必如此。所以树木高出于森林，风必刮断它；土墩突出于河岸，急流必冲刷它；德行超出于常人，人们必会非议他。前车之鉴不远，后人已重蹈覆辙。然而志士仁人却依然行之无悔，坚持操守而不丢，为何？因为要实现志向、成就美名。若求实现志向，就得冒风波于险途；若求成就美名，就得经受当时谤议。可他们却能泰然处之，就是因为他们在图谋久远。子夏说：“死生有命，富贵在天。”所以，道将要推行、命将要富贵时，则伊尹、吕尚重用于商、周，百里奚、张良重用于秦、汉，不去苛求却能自然得到，不去邀请却能自然相遇。道将要废止时，命将会卑贱，难道君子仅仅以之为耻而不去追求吗？其实他们明白：即便追求也得不到。

## 人能弘道奈命何

本文作者李康，可能是《文选》中生平资料最少的作

家。我们仅从李善注中得知，李康字萧远，中山（今河北定州）人，性格耿介，不合俗，魏明帝赞赏其文，任之为寻阳长，以病卒。其他信息极少。就是这样一个几乎湮没于历史风尘中的人物，却留下了一篇（也是唯一）如此波澜壮阔的文字——《命运论》，让人不禁感慨。

文章集中论析运、命、时对人生际遇的影响。大致来说，他所谓"运"主要与时代治乱相关，"命"与仕途穷通相关，"时"与人生贵贱相关。在他的认识里，大前提是命有定数，难以违抗，如伊尹、姜太公、百里奚、张良等都生逢其运，所以能出将入相；周幽王、叔孙豹等早有灾祥征兆（时运不济），故死于非命；这样的命定，人们无需太过愤激，得认命。但是，也有部分志士仁人为了遂志成名，奋不顾流俗，皎然前行，这里面既有对天命的一定程度的顺从，也有为了志向而甘冒风险、甘受谤议的叛逆。总体上，李康还是认可"死生有命，富贵在天""积善余庆""既明且哲，以保其身"的人生训诫。

在我们看来，这样的命运观其实有着较多的合理成分，尤其是放在古代认识局限的背景下，放在君臣关系无常、士人遭际完全系于君主好恶的背景下时，士人既看不透命运的本质，又渴望积极有为、不随波逐流，于是就会出现既相信命定、又甘冒风险之叛逆的命运观。更为可贵的是，由于生性耿介、不合流俗，所以，李康心中蕴藏着许多愤激情愫，于是他便在文中借题发挥，极力抨击官场、世情中的种种丑恶，将"苟合之士"的无事无非、趋利逐势的嘴脸，与"忠直之士"的"木秀于林"、矢志无悔的形象，进行了鲜明的对比，极大地增强了文章的感染力。

《命运论》两千余字，在《文选》中确为长文，但由于议论风发，思理致密，语势贯珠，文气畅达，因而读来感觉气势如虹，波澜壮阔，尤其是在对句比例如此之高的文章中，能做到这样的行文气势，殊为不易，所以钱锺书先生赞叹说，本文足以"左挹迁袖，右拍愈肩"（《管锥编》），即完全可以比肩于司马迁、韩愈，这确实是极高的评价，钱先生还说是“物好恨少”，言下之意，李康所存的文字太少了，颇感遗憾。这样评价，我们完全认同。

从主题的角度来说，如果把本文放在古代描写、辨析命运的文章系列中来看，则本文的价值就更为凸显了。孔子有“人能弘道，无如命何”的慨叹，庄子在思考命运时有“梦蝶”的传奇，司马迁发出了“常言道，天道与善人，是耶非”的质疑，命运总是让这些睿智之士百思而不得其解。而从宋玉《九辩》悲叹士人坎坷失路之后，“士不遇”的主题成为文人普遍的写作倾向，贾谊《吊屈原赋》、东方朔《答客难》、董仲舒的《士不遇赋》、司马迁的《悲士不遇赋》、扬雄《解嘲》、皇甫谧《守玄论》、刘孝标《辩命论》等，都在讨论穷达出处、富贵贫贱等人生问题，都有着对命运的深长思考。他们生性耿介，不求苟合，所以他们批判世情的凉薄，慨叹才难为用，但这些文章大多是以对话、抒情、铺写为主，议论较少，思辨性较弱；相比而言，李康的《命运论》对命运的辩证思考最深入、对浇伪士风的批判最严厉，因而思想性最鲜明。

# 咏怀诗　　阮籍

独坐空堂上，谁可与欢者？
出门临永路[1]，不见行车马。
登高望九州，悠悠分旷野[2]。
孤鸟西北飞，离兽东南下[3]。
日暮思亲友，晤言用自写[4]。

——《文选》卷二三

注释 [1] 永路：长路。[2] 悠悠：旷远貌。[3] 离兽：失群之兽。[4] 晤言：对坐而谈。用：以。写：解除，消除。整句意思是，通过与亲友晤谈来排解忧愁。

**译文** 我孤零零地坐在这空空的厅堂之上，没有人能与我略解惆怅。出门踏上漫漫长路，竟看不见任何的行人车马。登上高处遥望九州大地，只见茫茫原野一派空旷。孤独的鸟儿朝西北飞去，失群的走兽惊慌地奔向东南。日暮时分我更加思念亲友，无法会晤只能写诗以诉衷肠。

## 旷世孤独寄咏怀

阮籍，字嗣宗，“建安七子”阮瑀之子，“竹林七贤”之首，曹魏后期著名文学家，中国历史上放达派的宗主。阮籍一生十分复杂。作为曹魏功臣之后，在政治倾向上他自然地支持曹氏宗亲；但现实的政治情况是司马氏掌权，并打压和拉拢士大夫，所以，阮籍便采取了依违的态度，尤其是在高平陵事变之后，他不涉是非，只求明哲保身。即便如此，司马昭还是逼他写了《劝进表》；对阮籍来说这是极为艰难的，从此，他辛苦营造的依违两可、不涉是非的形象坍塌了，他成了怂恿、支持司马氏篡权的士人。写完《劝进表》之后的两个月，他便苦闷而卒。

文学上，阮籍的代表作是82首《咏怀诗》。在中古以前的作家中，如此大量写五言《咏怀诗》的唯有阮籍。这些诗，或隐晦寓意，或志在讥刺，充满着浓郁的哀伤情调和生命意识，形象地展现了魏晋之际一代知识分子痛苦、抗争、绝望的心路历程，具有深刻的思想意义和认识价值，为五言诗的发展做出了重要的贡献；尤其是“厥旨渊放，归趣难求”“言在耳目之内，情寄八荒之表”的隐晦特征，使其《咏怀诗》成为古代罕见的政治朦胧诗，也成为阮籍文学的根本性风格。

本诗的主旨是孤独。在孤独彻心的阮籍眼里，他的世界无处不孤独：堂是“空堂”，路是“永路”，鸟是“孤鸟”，兽是“离兽”，屋内无人“与欢”，屋外的大道居然也不见车马！阮籍真的没朋友吗？不可能，因为阮籍是“天下谁人不识君”的名士；那他还孤独什么？他孤独的是没有倾心相交的朋友。在高压政治之下，士大夫们谨小慎微、如履薄冰，有的临场变节，有的忙于逢迎，要寻找一个思想、立场和性格上都能投合的人实在很难，即便“竹林七贤”之中，也仅有嵇康可以与语，但嵇康性格峻烈，早已被司马氏视为眼中钉，根本不便于终日盘桓；那些世俗的、蝇营狗苟的求进之徒，他根本就不屑一顾。所以，他登高望远，却只见悠悠旷野和亘古天地；他率意独驾，却走上歧路口而穷途一哭；他披衣徘徊，却只落得忧思伤心；洋洋士林，朗朗乾坤，竟空无一人可与过从。于是，孤独的悲凉之感便弥天漫地而来，渗透在他诗歌的角角落落，散发出沉郁忧伤的情愫；而且，这情愫带着恒久的时光味道，穿越旷古的历史，韧性地破空而来，强固地感染着每一颗孤独的心灵。

至此，不禁想起了陈寅恪先生的诗句：“一生负气成今日，四海无人对夕阳。”这是陈先生反思生平之语。陈先生以一代史才，洞烛中古历史，倡导学术自由，其“负气”一词，确是含义隽永。由此，再联系阮籍“登高望九州，悠悠分旷野”之诗，我以为，陈先生的诗句恰好成为心事重重的阮籍登高望远时心情的注脚。

## 与山巨源绝交书[1]　　嵇康

所谓达能兼善而不渝，穷则自得而无闷[2]。以此观之，故尧、舜之君世，许由之岩栖[3]，子房之佐汉，接舆之行歌[4]，其揆一也[5]。仰瞻数君，可谓能遂其志者也[6]。故君子百行，殊途而同致，循性而动，各附所安。故有处朝廷而不出，入山林而不返之论。且延陵高子臧之风[7]，长卿慕相如之节[8]，志气所托，不可夺也[9]。

——《文选》卷十三

**注释** [1] 山巨源：山涛，字巨源，河内人，“竹林七贤”之一，历任西晋大鸿胪、侍中、吏部尚书、太子少傅、左仆射等职，颇受司马氏重用。[2] 两句语出《孟子·尽心上》“穷则独善其身，达则兼济天下”，和《周易·乾卦·文言》“遁世无闷，不见是而无闷”。渝：改变。[3] 尧、舜：传说时期的明君。君世：为君于世，即统治天下。许由：尧时的隐士，尧欲让天下给许由，许由不受，逃至箕山隐居。岩栖：住在岩石上，借指隐居。[4] 子房：张良，字子房，“汉初三杰”之一，辅佐刘邦平定天下，功封留侯。接舆：春秋时楚国的隐士。行歌：指接舆行走而歌，以讥刺孔子。《论语·微子》：“楚狂接舆歌而过孔子曰：凤兮凤兮，何德之衰！往者不可谏，来者犹可追。已而已而，今之从政者殆而。孔子下，欲与之言。趋而辟之，不得与之言。”[5] 揆：原则，道理。[6] 遂：实现。[7] 延陵：指延陵季子，吴公子季札，春秋晚期著名的贤者，因封于延陵，故称。子臧：春秋时曹国公子欣时。曹宣公卒，曹国人欲立欣时为君，欣时拒不接受。季札贤德，父兄欲立其为嗣君，季札自比子臧，拒不接受。[8] 长卿：司马相如，字长卿。相如：蔺相如，战国时赵国大臣。据《史记·司马相如列传》载，司马相如“少时好读书，学击剑……相如既学，慕蔺相如之为人，更名相如。”[9] 夺：改变。

**译文** 人常说，通达时既能造福天下也能坚持初衷、不改心志，仕途不畅时能自足自得而不感忧闷。由此看来，尧、舜之所以统治天下，许由之所以栖居岩穴，张良之所以辅佐刘邦建立汉朝，接舆之所以借行歌来劝说孔子，其原则是一致的。仰望这几位君子，可以说他们都能够实现其各自的志向。所以，君子可以行为不同，但其实质都是殊途同归，即他们都是遵循本性来行动，各得所安。所以也就有居朝廷而不出，入山林而不再离开的议论。又如延陵季子赞赏子臧的高风，司马相如钦慕蔺相如的气节，这种基于志向、气质而形成的寄托，是不能以强力改变的。

## 义不负心论绝交

本节出自魏晋之际著名思想家、文学家、艺术家嵇康的手笔。在曹魏末年的士林中，阮籍、嵇康向来并称，但阮籍放达、谨慎、躲避是非，是那个时代苦闷的典型，嵇康性格峻烈、言辞大胆、思想激烈，是那个时代士大夫的精神领袖和人格坐标。他不仅才高貌美，天赋卓绝，兼善众艺，而且还宽简大量，超迈不群，所以在当时几乎一呼百应，影响极大。

嵇康以一己之力为个性、为人格、为思想自由而向统治者挑战的精神，古往今来都极为罕见，可谓绝响；嵇康的琴曲《广陵散》《风入松》等早已失传，但传说犹在，可谓绝响；嵇康被诬以言论放荡甚至谋反罪诛，临刑前有三千太学生请愿，死后有无数志士仁人为其呼冤、追挽和赞叹，其光芒万丈的人格魅力史上罕见，亦可谓绝响。可以说，嵇康现象本身就是绝响，是让人无限神伤和怅惘的历史绝响。

《与山巨源绝交书》是嵇康写给山涛的绝交信。其缘起是山涛自吏部选曹郎升任散骑常侍后，便推荐嵇康担任已空出来的吏部选曹郎。嵇康是曹魏姻亲，有着亲曹立场，所以他鄙视司马氏集团，多次拒绝任职。此情之下，山涛不知趣地推荐嵇康出任选曹郎，这使嵇康以为山涛不理解他，而且以为两人之间有着巨大的原则性距离，于是便写了这封绝交信来阐明自己的立场。

节录的这段文字，大致能代表嵇康的基本立场，其核心在“君子百行，殊途同致，循性而动，各附所安”四句，意思是君子之行各有不同，但求心安而已。对于嵇康而言，人生一世，最值得看重的并非职位、名气，钱财更是等而下之，他最看重的是心灵的自由和人格的尊严。他深思熟虑，说不任职的原因有“必不堪者七，甚不可者二”（详见书信，文繁不赘）；即便他勉强任官，那也会限制自己的人生自由，甚而招致祸患，于国于家均无好处。在书信的末尾，嵇康交代了自己的困境：年华老大，儿女尚幼，辛勤抚养自己的母亲、哥哥新近去世，因而他心情极差；余生的意愿仅仅是“教养子孙”，与朋友“叙离阔”，“浊酒一杯，弹琴一曲，志愿毕矣”。

应该说，嵇康的所谓“绝交”，实在有点轻描淡写，至少丝毫看不到现在人绝交时的决绝与激烈。其实，这恰恰是嵇康君子人格的体现。表面上看，山涛好意推荐嵇康任职，嵇康却白眼绝交，似乎很不近情理，但这背后其实都有着政治因素。山涛之推荐，除了表现友善之谊外，也表现了他为司马氏拉拢嵇康的努力；嵇康之拒绝并因此绝交，除了他觉得两人有原则性距离之外，还有他不喜山涛出于政治立场的拉拢，更有他借此而向司马氏的表白。因此，这封绝交书，既是给山涛的提醒，也是给司马氏的告白，或者说更侧重在后者。进一步说，嵇康的绝交，既有着护持自由人格、遵从本心的初衷，也有着明显的、深层的政治因素。

有意思的是，嵇康临死前，却告诫儿子嵇绍曰："巨源在，汝不孤矣。"言自己去世之后，山涛会护佑、提携嵇绍的。后来，在山涛的举荐下，嵇绍出任西晋侍中，为保卫晋惠帝，他挺身挡箭雨而死，为此，血溅晋惠帝裳衣，晋惠帝长时间不愿洗去血渍。这就是有名的"嵇绍不孤"和"嵇侍中血"的典故。嵇氏父子，一个与山涛绝交，与司马氏不合作甚至被司马氏杀害；一个受山涛提携，为司马氏尽忠而死；一个是司马氏的叛逆者，一个是司马氏的忠臣；而且，父亲临死时，还要把孤子托付给已经绝交了的山涛，这说明，嵇康在绝交书里的表述，其实只是思想原则的陈述，是给司马氏的交代，而实质上无损于他们之间的友情，他们属于典型的义气之交、君子之交。

本文词锋爽利，语调清峻，思理绵密，志高文伟，是魏晋时期说理文的典型，能代表魏晋说理文的成就。

## 酒德颂

刘伶

有大人先生[1]，以天地为一朝[2]，万期为须臾[3]，日月为扃牖[4]，八荒为庭衢[5]。行无辙迹，居无室庐，幕天席地，纵意所如。止则操卮执觚，动则挈榼提壶[6]，唯酒是务，焉知其余。

有贵介公子，搢绅处士[7]，闻吾风声，议其所以。……

先生于是方捧罂承槽，衔杯漱醪[8]。……兀然而醉，豁尔而醒[9]。静听不闻雷霆之声，熟视不睹泰山之形。不觉寒暑之切肌，利欲之感情。俯观万物，扰扰焉如江汉之载浮萍[10]。二豪侍侧焉，如蜾蠃之与螟蛉[11]。

——《文选》卷四七

**注释** [1] 大人先生：语出阮籍《大人先生传》，阮籍的“大人先生”指如《庄子》中至人、真人一类的得道高士，也可能指阮籍自己；刘伶此处的“大人先生”指刘伶自己。[2] 天地：此指自开天辟地以来的历史。[3] 万期（jī）：万年。期：一周年。[4] 扃牖（jiōng yǒu）：门窗。[5] 八荒：古人以四方四隅为八荒。庭衢（qú）：院落。[6] 卮（zhī）：圆形盛酒器。觚（gū）：酒杯。挈榼（qiè kè）：挈，提。榼，酒器。[7] 贵介公子：高官家的子弟。搢绅：缙绅，有官职的或做过官的人。处士：隐士。[8] 罂（yīng）：瓮，酒坛子。槽：酒器上倒酒的出口。漱醪（shù láo）：喝浊酒。醪，浊酒。[9] 兀然：无知觉状。豁尔：突然清醒的样子。[10] 扰扰焉：乱哄乱挤的样子。江汉：长江与汉水，泛指大江大河。[11] 二豪：指贵介公子和搢绅处士。蜾蠃（guǒ luǒ）：一种寄生蜂。螟蛉（míng líng）：《诗经·小雅·小宛》：“螟蛉有子，蜾蠃负之。”意思是，蜾蠃捕捉螟蛉存放于己巢，产卵于它们的身体上，孵化后就以螟蛉为食。本句意谓，贵介公子、搢绅处士与官场的关系，就如同蜾蠃与螟蛉的关系一样。

**译文** 有位德高望重的先生，把自有天地以来的时间看作一日，将万年之久视为瞬息，以日月为窗户，以八荒为庭院路径。他行走不留足迹，居住没有房屋，以天为帐，以地为床，无拘无束，任意往来。静时手不离杯，行则提壶携酒，唯酒是好，别无他念。

有一位尊贵公子，和一位宽服隐士，听到我的嗜酒之名，便品头论足不已。……此时的“先生”，正手捧酒瓮，面对酒槽，频频举杯。……他醉了毫无知觉，醒来后头脑清醒；侧耳不闻迅雷之声，细看不见泰山之形；感觉不到寒暑触肌的冷热，也没有利益和欲望等感情。他府观万象，只见万象纷乱，犹如江河中漂荡的浮萍。公子和隐士立于我旁，我视之如蜾蠃与螟蛉。

## 风流千古刘伶醉

刘伶在“竹林七贤”中官位最低，任职时间亦最短。他身材矮小，相貌丑陋，“土木形骸”，在那个颇为看重相貌、尊严的时代，尤其是在与丰神俊朗的嵇康相比时，他确实相形见绌太多了。据史书记载，他“澹默少言，不妄交游”，恬静自守；不过，在嗜酒这一点上，他与阮籍同病相怜，且有过之而无不及，所以，推测是阮籍介绍刘伶加入了“竹林之游”。即便预入“竹林”，刘伶也极少有活动记载。大概在竹林之游的二十年后（278），他才出任老朋友、建威将军王戎的参军，但很快被罢官，终老于家。

刘伶之著名，主要是他嗜酒、颂酒，用他自己的话来说，是“天生刘伶，以酒为名”，是“唯酒是务”。他出行常携酒，让随从带着铁锹，说：“我若醉死了，你们就地掩埋而已。”妻子劝他戒酒，他却哄骗妻子，借祭祀而自斟自饮，说：“妇儿之言，慎不可听。”为了喝酒，刘伶抛弃了礼节、尊严和功名，完全沉浸在饮酒的“其乐陶陶”中了。《酒德颂》描绘的正是这样的一幅场景：“大人先生”德高望重，他超越了时空的限制，与造化同游，任意来去；而这样的放浪形骸，却引起了“公子”“处士”的不满，他们品头论足，横加指责；但是，“大人先生”根本不予理会，依然故我地酩酊大醉，“先生”是通过这样的方式来表达他对物议、指责的蔑视！在刘伶看来，醉眼蒙眬中的人间万象，只不过是江汉浪涛中无足轻重、随波逐流、毫无个性特色的浮萍而已，只有醉中的自己随意所适，无忧无虑，那才是生命本该有的样子！

按理，古人借酒成礼，借酒助兴、浇愁，故喝酒本极为常见，无甚奇特之处。但是，魏晋时期文人痛饮酒，甚至沉湎于酒，极为常见，乃至于成为士大夫竞相崇尚的风流韵事。正因其普遍性和程度之重，因而饮酒也就成了这一时期士人文化的特点。孔融诗云“座中客常满，樽中酒不空”，曹操诗有“何以解忧，唯有杜康”，阮籍据说可以连醉四十余日，陶渊明的诗篇篇有酒，而最典型者莫过于刘伶，他的生命就寄托于酒，酒就是他的生命。

当这样过分的饮酒成了时代文人的特点时，我们就能看出，魏晋文人其实比历史上任何时代都更追求个性化的自我，追求生命的本真。他们反感于礼教的繁复和虚伪，所以，就出现了嵇康为了生命的尊严而以死抗争的绝响，出现了阮籍苦闷中的“穷途一哭”，出现了刘伶这样彻头彻尾地以酒为生命支柱的“醉侯”，甚至还有孔融，为了酒而冒犯曹操，称“天垂酒星之曜，地列酒泉之郡，人著旨酒之德”。应该说，饮酒是深入地融入了魏晋士大夫的生命里，体现了他们的人生思想和人生态度，进而也融入了他们的诗篇和文章中，所以鲁迅先生敏锐地指出：魏晋风度及文章与药及酒之间有着密不可分的关系。

也正是从这个意义上，“魏晋风度”深刻地体现了魏晋时期“人的觉醒”。魏晋士大夫尊重本我，张扬个性，肯定人情，循性而动，都想活出个自我面貌来。类似的例子在《世说新语》中比比皆是，不胜枚举。在“人的觉醒”的基础上，他们对于文学、艺术也都有了系统的新认识，比如充分肯定诗歌的“缘情”和辞采华美，追求绘画的“气韵生动”，引导书法走向妍美、流丽，于是，中古文艺英姿勃发的新时代即将到来！用宗白华先生的话来说，这是“中国政治上最混乱、社会上最苦痛的时代，然而却是精神史上极自由、极解放，最富于智慧、最浓于热情的一个时代，因此也就是最富有艺术精神的一个时代”。

如果从这个高度去看刘伶那些背情越礼、嗜酒贪杯的行为，那么，我们也能得出结论，即：刘伶是那个时代有思想、有追求的叛逆而率真的士大夫，他是用醉酒的方式追求和践行着崭新的理想人格，他是“魏晋风度”的代表人物之一。

# 思旧赋　　向秀

将命适于远京兮，遂旋反而北徂[1]。济黄河以泛舟兮，经山阳之旧居。瞻旷野之萧条兮，息余驾乎城隅。践二子之遗迹兮[2]，历穷巷之空庐。……栋宇存而弗毁兮，形神逝其焉如。……悼嵇生之永辞兮[3]，顾日影而弹琴。托运遇于领会兮[4]，寄余命于寸阴[5]。听鸣笛之慷慨兮[6]，妙声绝而复寻。停驾言其将迈兮，遂援翰而写心[7]。

——《文选》卷一六

**注释** [1] 将命：奉命。远京：指洛阳。旋反：返回。北徂（cú）：指北渡黄河，赴山阳凭吊嵇康。徂：往。[2] 二子：指嵇康和吕安。[3] 永辞：长逝。[4] 托运遇于领会：指命运遇合。运遇：命运际遇。[5] 余命：指嵇康临刑前剩余的一点生命。寸阴：片刻。[6] 慷慨：悲凉激昂。[7] 援翰：握笔。

**译文** 我奉命远赴洛阳，返程时再向北进发，乘船渡过了黄河，经过了当年山阳的旧居。眺望着萧条的旷野，我停车在城之一隅，踏着嵇康、吕安的遗迹，来寻访他们留在陋巷中的空屋。……屋宇尚在，可他们却早已去世，难以寻觅。最让人心痛的是，嵇康在永别前，顾视日影、平静弹琴的那一刻！人生的缘分际遇都有赖于无常的遇合，往后余生都托付给这短暂的光阴。听着这悲凉的笛音，断断续续，袅袅不绝，仿佛又听到了嵇康弹奏的那绝世清音。车驾该重新起程了，我拿起笔写下这沉重的心情。

## 广陵绝响遗恨长

向秀是“竹林七贤”之一，与嵇康、吕安友善。在“七贤”中，向、嵇二人年纪相仿，关系最好。嵇康寓居河内山阳县二十年，其间向秀曾长期陪伴，他们优游于竹林，有时也灌园、锻铁，相得益彰。但是，由于吕安之兄吕巽的恶人先告状，使得本已引起司马昭反感的嵇康、吕安二人被诛杀。嵇康的罪名是“言论放荡，非毁典谟，帝王者所不宜容”(《晋书·嵇康传》)，其实就是嵇康的言行越过了司马氏所能容忍的底线，故杀之以儆士人。嵇康《与山巨源绝交书》中的“非汤、武而薄周、孔”，确实是触动了司马氏的统治思想，“大将军闻而怒焉”，于是司马昭借吕安、吕巽的兄弟衅隙，狠下杀手，除掉了眼中钉。

嵇康被杀之后，向秀不得已应举赴京，后为散骑常侍。在应举后的归途中，他特意渡过黄河去山阳县，寻访、凭吊嵇康故居。这样的路线安排，体现出他对嵇康之死的念念不忘，尤其是嵇康临刑前“顾视日影而弹琴”的一幕，更是历历在目，所以，他满怀沉郁与悲凉。当“日薄虞渊，寒冰凄然”的薄暮中，传来了邻人嘹亮悠扬的笛音时，他实在情不自禁，便援笔写心。他对生命的感慨也令人同情：“托运遇于领会兮，寄余命于寸阴”，即命运无常，太不可控、不可琢磨，余生无多，且行且过吧。这带有浓浓怅惘甚至近乎幻灭的思绪，反映出他对嵇康的切切思念，以及他因嵇康之死而造成的思想困境。

本赋篇幅很短，感情沉郁，却欲言又止，不能畅所欲言。这是向秀当时所面临的高压政治环境所导致的。嵇康之死，是具有士林风向标意义的事件。从此之后，再也不会有人能像嵇康这样有影响力和号召力，能掀起士林的舆论哗然者。如向秀，由于没有勇气与司马氏不合作，所以，他低下了头，收敛行迹，入朝为官了。因此，虽然他对嵇康仍然耿耿于怀，对嵇康之死非常不满，但他在凭吊嵇康的同时，却不能发出一点点让司马氏看不惯的言论来，于是便出现了这样的篇幅短小、欲言又止、遮遮掩掩的情形。鲁迅先生《为了忘却的记念》一文中写道：“年轻时读向子期《思旧赋》，很怪它为什么只有寥寥的几行，刚开头又煞了尾。”其实正是看准了这个特点。

本赋是今存最早悼念嵇康的文学作品，嵇康临刑前的“顾视日影”“索琴弹琴”等细节，也以本赋的记载为最早。

从此，嵇康之临刑自若、气定神闲乃至《广陵》一绝，就成了历史时空中的绝版风景。那是一介文士在用生命向权贵挑战，是对权贵的终极蔑视，最大限度地彰显了中国士人的凛凛风骨。向秀做不到这些，但他有着对这些可贵品质的高度肯定，有着对嵇康的深切怀念和对嵇康之死的终古之愤，就已经算是很可贵了。

## 《三都赋》序　　皇甫谧

玄晏先生曰[1]：古人称“不歌而颂谓之赋”[2]。然则赋也者，所以因物造端，敷弘体理[3]，欲人不能加也。引而申之，故文必极美；触类而长之，故辞必尽丽[4]。然则美丽之文，赋之作也。昔之为文者，非苟尚辞而已[5]，将以纽之王教，本乎劝戒也[6]。

——《文选》卷四五

**注释** [1] 玄晏先生：皇甫谧自号。[2] 不歌而颂谓之赋：《汉书·艺文志·诗赋略》：“不歌而诵谓之赋，登高能赋可以为大夫。言感物造端，材知深美，可以图事，故可以列大夫矣。”诵，朗读。赋，铺陈。[3] 因物造端：因物起意，是文辞之端绪。敷弘：广布，极力铺陈。体理：人情物理。[4] 引而申之：指演绎推理。触类而长之：指想象联想。[5] 苟：草率。尚辞：崇尚华丽词藻。[6] 劝戒：讽谏。

**译文** 玄晏先生说：古人称“不能入乐歌唱而只宜于诵读的文体是赋”。既然如此，那么，赋就是借助外物以发端，铺排盛大之美以呈现事理，别人想要再增益辞采也不能的文体。描写时要引申、铺排，所以整篇文章便极为华美；内容要分类推广，所以辞采便极为富丽。因此，美丽之文便是赋了。以前的作文之人，不勉强崇尚文辞，而是从劝诫的角度出发，以文章来联系王道教化。

## 文章光陇右，针灸冠中华

本文是著名陇籍学者皇甫谧为左思《三都赋》作的序言。

在陇右学术文化的长廊里，皇甫谧是神一般的存在；在中国文化的星河中，皇甫谧也是耀眼的亮星之一。他是著名学者，经、纬、历法、舆地无不博洽，在史学上的贡献尤大，“晋时著书之富，无若皇甫谧者”（李巨来《书〈古文尚书〉冤词后》），其浩繁的著述中，多数是史学著作，而且这些史学著作在中古时期影响很大；他是著名医学家、我国针灸的鼻祖，其《针灸甲乙经》确立了千年针灸的基本规范；他布衣终身，矢志著述，朝廷五次征召均不出仕，成为西晋学者风范的典型；他循循善诱，门下挚虞、张轨、牛综、席纯皆为有晋名臣；他还是一位有情怀的文人，是少有的入选《文选》的陇籍文人。应该说，皇甫谧其人、其文、其学、其术，足以代表古代陇右文化的高度，是陇右文化的名片。

说皇甫谧是有情怀的文人，可以从《三都赋序》的写作来印证。左思耗时十年完成《三都赋》后，时人却评价不一，也不甚重视，于是，左思便找到了皇甫谧，希望借皇甫谧的崇高声望来为自己延邀声誉。皇甫谧也没有辜负左思的苦心，为之“嗟叹”并欣然作序。当皇甫谧序发布之后，此前的是非褒贬便都迅速消歇了，那些“相非贰者，莫不敛衽赞述”（《世说新语·文学》），原来的批评者都改成“赞述”的态度了。可以推理，皇甫谧之序三都，既有出于文学立场的赞赏，也有奖掖后学的善良初衷；这是一代名儒应有的风范。他确实为《三都赋》的传播起到了关键作用。

节选的这段引文，主要是陈述对大赋的看法。皇甫谧认为，大赋就是要铺陈巨丽之美，无论其篇制之宏大，还是辞采之富丽，都是必要的、应该的；但同时，他还认为，仅仅这样的形式美还不够，大赋还要“本乎劝诫”，还得承担美颂王化的时代使命。应该说，这样的认识合于汉赋的实际，是正确的。但如果联系“辞人之赋丽以淫”来看，联系西晋文坛“繁文绮合，缛旨星稠”的现实来看，当时文学的主流就是辞采繁缛，而皇甫谧能鲜明倡导“本乎劝诫”的略显保守的赋学观，也有其可贵之处。

如果再扩展视野来看，皇甫谧出身的安定郡以至陇东一带，自汉以来就是大族的摇篮，如皇甫氏、梁氏、胡氏、傅氏、张氏、牛氏等，多是纵横中古的大族，他们冠盖蝉联，名儒辈出，典型如皇甫谧、傅玄、牛弘，都是登上时代学术文化高峰的人物。还有出身安定的著名思想家王符，尽管家世贫寒，但却得到名将皇甫规的赞赏和礼遇。应该说，王符、皇甫谧、傅玄、牛弘等组成了中古时期陇东学者的灿烂星河。而他们学术的整体特色，就是注重经世致用，思想略显保守。由此，我们也能得出结论：似皇甫谧这样略显保守的文学思想，其实也是陇右文化整体略显保守的特色的反映。

## 杂诗　　傅玄

志士惜日短，愁人知夜长。摄衣步前庭[1]，仰观南雁翔。玄景随形运[2]，流响归空房。清风何飘飖，微月出西方。繁星依青天，列宿自成行[3]。蝉鸣高树间，野鸟号东厢[4]。纤云时仿佛，渥露沾我裳[5]。良时无停景，北斗忽低昂[6]。常恐寒节至，凝气结为霜。落叶随风摧，一绝如流光。

——《文选》卷二九

**注释** [1] 摄衣：提起衣摆。[2] 玄景：黑影，这里指黑夜里的雁影。[3] 列宿：星宿，特指二十八宿。[4] 东厢：东院墙。[5] 渥露：浓露。[6] 北斗忽低昂：谓斗转星移。

**译文** 志士叹息光阴的短暂，愁人深知秋夜的漫长。撩起衣襟散步于庭院，抬头仰望那南归的大雁。黑色的雁影逐渐前移，声声哀鸣却留在了空房。清风飘荡在夜空，隐约的残月挂在西方，满天的星斗排布在天幕上。秋蝉在高树间低吟，野鸟在东墙边鸣叫。浮云轻盈，若隐若现；露气浓重，沾我裳衣。这美好的时光啊，一刻都不停留；那璀璨的星光啊，低昂之中已斗转星移。我常怕寒气到来，严霜降下，到那时，木叶随风凋落，青春的生命便会像流光般一去不回。

## 刚正不阿方为本色

本诗作者傅玄出身于北地傅氏。自汉至唐，北地傅氏从来都是名门望族，他们坚持以儒学传家，立身持正，冠冕蝉联，形成了崇重儒学、兼及名法的家学和刚直、耿介的家风，成为陇右历史上最典型的世家大族。傅玄既是思想家，也是文学家，还是刚正不阿、直言敢谏的政治家。其《傅子》为中古时期的重要子书，最能代表傅氏家学风貌；其诗歌今存100首左右、赋60篇左右（均多有残篇），是整个六朝存赋最多的作家，也是西晋作家存诗最多者之一；作为积极有为的政治家，傅玄任散骑常侍、司隶校尉等官，职司风宪，他执法严谨，不避权贵，台阁之间一时风清气廉。所以，傅玄是一位有品节、有作为、有学养、有文才的士大夫，尤其是放在西晋倾轧、谄媚的政坛来看，傅玄的所作所为更为可贵。

傅玄存诗虽多，但以乐府为主，创新不够，所以他不以诗名。本次选录傅玄的诗歌，主要是立足于地域文化，想推介这位杰出的陇右士大夫。就诗论诗，傅玄的这首诗铺陈有序，但略欠情韵。作者在景物转换中，将诗歌的背景铺叙的很充分：秋夜漫长，秋雁行空，那黑黑的雁影和清亮的雁鸣，将秋夜的孤寂烘托得鲜明而强烈；萧瑟的回风中，残月依稀，星斗横天，寒蝉吟于高树，野鸟鸣于东壁；面对这样的秋景，诗人不禁想到：已经到霜降露落的时分了，绿叶即将凋零，斗转星移中的岁月也必然会像凋零的落叶一般消逝得无影无踪，于是，惆怅之情便油然而生，“志士惜日短”“常恐寒节至”，语句间渗透着对生命的深沉忧虑。

傅玄生活于魏晋两朝，在魏近40年，西晋23年，其人生，恰好以司马氏篡魏为分界。现一般认为，作为文学家的傅玄主要是在曹魏时期，作为思想家、政治家的傅玄则主要在西晋时期。按照这个理解，则这首诗很可能写于曹魏后期。那正是“司马昭之心路人皆知”的时代，是阮籍、嵇康动辄招祸的时代，士人的苦闷、焦虑成为时代的普遍现象，所以，曹魏后期的诗歌是普遍凸显、放大着士大夫的生存忧虑。然则傅玄本诗所呈现出来的生命忧虑和志士苦心，正在情理之中。进而可以推理，本诗长于铺陈，欠于情韵的艺术特点，既有别于潘、陆之繁缛，也有别于嵇、阮之清峻或隐晦，而是近于曹魏前期的诗歌风貌，或许，这正是傅玄诗歌创作略显保守、不趋新尚变的反映。

## 让开府表[1]　　羊祜

臣祜言：臣昨出，臣伏闻恩诏[2]，拔臣使同台司[3]。臣自出身以来，适十数年，受任外内，每极显重之任[4]。常以智力不可强进，恩宠不可久谬[5]，夙夜战悚，以荣为忧[6]。臣闻古人之言，德未为人所服而受高爵，则使才臣不进[7]；功未为人所归而荷厚禄，则使劳臣不劝[8]。今臣身托外戚，事连运会[9]，诫在过宠，不患见遗[10]。而猥超然降发中之诏，加非次之荣[11]。臣有何功可以堪之，何心可以安之。身辱高位，倾覆寻至[12]，愿守先人弊庐，岂可得哉[13]！违命诚忤天威，曲从即复若此[14]。盖闻古人申于见知，大臣之节，不可则止[15]。臣虽小人，敢缘所蒙，念存斯义[16]。

——《文选》卷三七

**注释** [1] 开府：开建府署，辟置僚属。汉制唯三公可开府，魏晋以来置开府仪同三司，三公以外者，只要有“开府仪同三司”衔，均可开府。羊祜深受晋武帝器重，多次加封，可羊祜却多次辞让，本篇《让开府表》即为其中的一次，时在泰始八年（272）。[2] 昨出：指因为沐浴休假在外。出，即出沐、休沐，官员的例行假日。伏闻：俯伏听命。恩诏：帝王降恩的诏书。[3] 拔臣使同台司：擢拔我（羊祜）级别同于三公。台司，指司徒、司空、太尉三公，为国家最高官位。[4]“臣自”四句：《晋书·羊祜传》：“（羊祜）拜相国从事中郎，与荀勖共掌机密。迁中领军，悉统宿卫。入直殿中，事兼内外。”出身以来：自出来做官以来。十数年：羊祜从曹魏末年任中书侍郎，至此时的荆州刺史，历十余年。外：指地方；内：指朝廷。显重：位显权重。[5] 强进：勉强进用。久谬：长久谬举。[6] 夙（sù）夜：朝夕，早晚。战悚（sǒng）：惶恐貌，因害怕而发抖。[7] 高爵：崇高的爵位。才臣：才德杰出之臣。[8] 归：归附。荷：承受，担任。厚禄：优厚的俸禄。劳臣：辛劳有功之臣。劝：勉励。[9] 托：依凭。外戚：皇帝的母族、妻族。羊祜为司马师第三妻的胞弟。运会：时势，机遇。[10] 诫：警惕。过宠：过分受宠。患：担忧。见遗：被遗漏。[11] 猥（wěi）：谦辞，犹言辱。超然：高超，越过。降：颁布。发中之诏：指宫中发出的任羊祜为开府仪同三司之诏。非次：不正常的次序。[12] 倾覆：祸败。寻：顷刻。[13] 弊庐：谦称自己的祖屋。[14] 忤（wǔ）：违反，触犯。天威：指皇帝的威严。曲从：委屈己意以遵从。若此：谓倾覆寻至。[15] 申于见知：语出《晏子春秋·杂上》：“臣闻之：士者诎乎不知己，而申乎知己。”申：伸展。见知：受知遇，被重用。节：风范，准则。不可：不合。[16] 念：心。斯义：这道理，指“大臣之节，不可则止”。

**译文：** 臣羊祜奏言：臣昨日回家沐浴，恭闻皇帝诏书，提拔臣为开府仪同三司。臣自为官以来已十余年，朝廷委以内外重任，每每居于爵尊禄厚的位置。臣常以为自己智小力弱，不可勉强晋升，陛下恩宠也不能长久错爱，所以日夜恐惧，以荣宠为忧虑。臣闻古人之言，德行没能让众人所倾服，而接受很高的爵位，那就会使真才实干之臣不得进用；功勋没能让众人所钦佩，而享受优厚的俸禄，那就会使有功之臣不得奖励。如今臣身为外戚，幸遇际会，应警惕荣宠过分，而从不担心被人遗弃。但陛下超然下发诏书，破格加封臣以殊荣。臣有何功劳领受呢？又如何能心安理得呢？能力不足有辱尊位，倾覆之祸也必将跟随而至，到那时，即使臣愿退守先人故居，还能做到吗？违背诏令确实是触犯天子威严，委屈服从君命后果又如此严重。听闻古人言：在知己跟前可以畅说心曲，大臣的节操就在于，知道不能做的就坚决不做。臣虽卑贱，但还是斗胆凭借陛下眷爱，而敢于坚持这个原则。

## 羊公碑尚在，读罢泪沾襟

羊祜是西晋重臣。他出身于泰山羊氏，其母为蔡邕之女，其姊为西晋景献皇后（司马师第三任妻）。正因身为外戚，所以羊祜入仕主要都在司马氏集团。西晋建立后，羊祜以拥戴之功而平步青云。尽管如此，羊祜还是尽量谦恭，以避免朝臣如贾充、荀勖、裴秀等人的猜忌。泰始五年（269），羊祜以散骑常侍、卫将军都督荆州诸军事、假节，从此，开始了他主政荆州的10年生涯。在荆州，羊祜励精图治，屯田训兵，体现出干练行政的能力和深谋远虑的战略定力，为西晋灭吴奠定了坚实的基础，也为他赢得了千秋声誉。

咸宁四年（278）八月，羊祜病重入朝，十一月病卒。也就是说，羊祜在荆州10年，直到生命的最后时刻才离开，他为西晋的平吴事业耗尽了毕生心力。临终前，他坚定举荐杜预接替，可谓慧眼识人。羊祜卒后刚满一年，晋武帝发兵20万，大军六路进发，一举灭吴，他所荐举的杜预、王浚都是灭吴之战的主力，王浚甚至获得了头功。

与羊祜相关的还有一个有名的故事：羊公碑。据《晋书·羊祜传》载，羊祜在襄阳时喜登临山水，岘山为其常登临处。有一次，他登上岘山，感慨道："自有宇宙，便有此山。由来贤达胜士，登此远望，如我与卿者多矣，皆湮灭无闻，使人悲伤。如百岁后有知，魂魄犹应登此也。"羊祜的感慨，体现出对有限生命和无穷时空的思考与感伤。由于德望崇重，所以他去世后，当地立碑纪念，称"羊公碑"。又有记载说羊祜是流泪地感慨，所以又称"堕泪碑"。"羊公碑"遂成为对逝者德高望重的称颂之典。后来孟浩然登岘山，有"水落鱼梁浅，天寒梦泽深。羊公碑尚在，读罢泪沾襟"的诗句。

《让开府表》作于泰始八年（272），当时羊祜都督荆州军事刚满三年。由于羊祜政绩卓著，所以晋武帝给羊祜“加车骑将军，开府如三司之仪”（《晋书·羊祜传》），这意味着羊祜可以如三公一般自置幕僚，但羊祜是坚决地拒绝。其理由是，自己功劳不高、才德有限，却已历任内外之重；这尊荣让他如履薄冰，如果再加官晋爵，会让那些有能力、有功勋的人失望；还有，身为外戚，身份本就敏感，比一般朝臣更接近皇室，更容易沾光，所以一定要“诫在过宠”，不能太过宠幸，不然会招致祸患。羊祜明白，“大臣之节，不可则止”，力不能及的事，一定要适可而止。可见，羊祜特别清醒、冷静，而且，文字中出处流露出对大节的重视和一心为公的真诚。

文章末尾，羊祜还旗帜鲜明地提到了李喜、鲁芝、李胤三人，说他们尽忠尽职，如果要加开府仪同三司，那也应该是他们三人先加，而非自己。这样的荐贤态度，确实有公而忘私、坦荡磊落的气度，体现出虚怀若谷的襟怀。如果这样的文字出于他人之手，或许我们可能并不一定以之为真诚，甚至怀疑其矫情作态，但羊祜德名广播，诚信素著，所以，这些文字读来确实别样地真诚感人，具有强大的说服力。

应该说，作为西晋少有的德行、功业两相辉映、彪炳史册的大臣，羊祜有着充分的公信力，赢得了古往今来人们的一致赞誉。毛泽东晚年曾多次调阅《晋书·羊祜传》，并在书封写下题记，高度评价羊祜。一代伟人所看重的，应当是羊祜战略谋划之功和名德双馨之品格吧。

## 陈情事表　李密

臣无祖母，无以至今日；祖母无臣，无以终余年。母孙二人，更相为命[1]，是以区区不能废远[2]。臣密四十有四，祖母九十有六，是臣尽节于陛下之日长，报养刘之日短也。乌鸟私情，愿乞终养[3]。臣之辛苦，非独蜀之人士及二州牧伯所见明知[4]，皇天后土[5]，实所共鉴。愿陛下矜悯愚诚，听臣微志，庶刘侥幸，保卒余年[6]。

《文选》卷三七

注释 [1] 更相为命：先后相依为命。[2] 区区：款款，个人的私愿。废远：指放弃赡养，远离祖母。[3] 乌鸟私情：乌鸦反哺之情，比喻人子尽孝之心。相传有一种慈乌，其幼鸟反哺其母。[4] 二州牧伯：指前文提到的“前太守臣逵”和“后刺史臣荣”。[5] 皇天后土：皇天，指天、天帝，后土指地、土神，泛指天地神祇。[6] 保卒：保全，安度。

译文 我若无祖母的抚育，难以活到今天；祖母若无我的奉养，也无法安度余年。祖母二人相依为命，所以我不能离开祖母远行。我今年四十四岁，祖母九十六岁，这样，我为陛下效忠的时间还长，而侍养祖母的日子已经不多。乌鸦尚且反哺其母，我也乞愿能为祖母养老送终。我的苦衷，不仅蜀地人士和梁、益二州长官所亲见，而且天地神明也看得清楚。恳望陛下怜悯我的愚诚，满足我的志愿，使祖母刘氏保养余年。

## 乌鸟私情鉴天心

李密是出身于蜀中的西晋官员，与著名史学家陈寿、西晋将领罗宪同为“蜀中孔子”谯周的高足，是蜀汉政权培养出来的优秀士大夫，曾任蜀汉尚书郎。蜀汉灭亡后，西晋于泰始三年（267）征召李密赴洛阳任职，“诏书累下，郡县逼迫”，李密以侍养祖母为由拒绝，并上书陈情，于是便有这篇传诵遐迩的《陈情事表》。

其实文章内容相对简单，只不过是陈述自己坎坷、苦难的身世和祖母年高、侍养寥落的现实，但是，真情的述说和苦难的经历总是有着巨大的感人力量，加之李密铺叙得当，繁简适宜，音调协畅，委婉道来，所以感人至深。李密说，自己出生六月时慈父见背，四岁时母亲改嫁，从此，作为孤儿的李密全靠祖母抚养成人。家里既无叔伯，也无要戚，唯有祖孙相依。如今祖母未曾离药，要抛弃九十六岁的老人而赴任远行，李密实在于心不忍，所以，尽管郡县严令逼迫，但他还是上书晋武帝，要求暂缓任职，以为祖母养老送终。据《晋书·李密传》记载，晋武帝读本表后说："士之有名，不虚然哉！"显然，晋武帝也赞赏李密的才德兼备，所以下令停止征召，以全其名节。

西晋"以孝治天下"，所以，李密的孝行赢得了朝廷的理解和宽容。其实，揆诸情形，即便不以孝治天下，只要是有基本人情的统治者，也都会为李密的孝行表示支持和赞赏的。我们常批评"封建伦理"的"愚忠"，主要是针对古代士大夫忠于一君一姓的现实，而如果抛开其间的君臣伦理，放在更广阔的上下级关系、群体关系上来看时，我们必然会得出结论：忠诚与孝行不仅是个人立身的基本点，也是整个社会建立公序良俗的基本点，是永远值得肯定的、闪烁着永恒光芒的高贵品行，最具普适价值；"百行孝为先"的老话，有其流传千年的充分依据。从这角度来看李密的《陈情事表》，我们认为：它之所以感人至深、遐迩传诵，绝不仅仅是李密的铺叙得法、剪裁得当、音韵协畅、娓娓叙说，更重要的是在于其忠诚、纯孝的内质；如果没有这样美好的内质，无论如何娓娓叙说，都不能感人于千古；《陈情事表》正是结合了这两方面，情文并茂，"文质彬彬"，所以，才会成为史上的名篇。

## 悼亡（其一）　　潘岳

荏苒冬春谢，寒暑忽流易[1]。之子归穷泉，重壤永幽隔[2]。私怀谁克从，淹留亦何益[3]。僶俛恭朝命，回心反初役[4]。望庐思其人，入室想所历。帏屏无髣髴，翰墨有余迹[5]。流芳未及歇，遗挂犹在壁[6]。怅怳如或存，回惶忡惊惕[7]。如彼翰林鸟，双栖一朝只[8]。如彼游川鱼，比目中路析[9]。春风缘隙来，晨溜承檐滴[10]。寝息何时忘，沉忧日盈积。庶几有时衰，庄缶犹可击[11]。

——《文选》卷二三

**注释:** [1] 荏苒（rěn rǎn）：时间渐渐过去。流易：消逝，更换。[2] 之子：这个人，指亡妻。穷泉：黄泉，地下。重壤：层层土壤。幽隔：指亡妻深埋地下。[3] 私怀：私愿，指怀念亡妻、不愿做官的心情。克：能。淹留：留滞在家。[4] 僶俛（mǐn miǎn）：勉力。回心：转念，收起哀痛的心情。初役：原任的官职。[5] 髣髴：仿佛，隐约，依稀。翰墨：笔墨。[6] 流芳：指亡妻平日所用的香物。遗挂：指亡妻遗留下来的挂在墙壁上的衣物。[7] 怅怳：神志恍惚。回惶：心情由恍惚转为不安。忡：忧。惊惕：惊惧。[8] 翰林：鸟儿栖居的树林。翰，羽毛。[9] 比目：比目鱼，传说比目鱼仅一目，须两两相并才能游行。[10] 缘：沿着。隙：门缝或墙缝。溜：屋檐上流下来的雨水。[11] 庶几：但愿，希望之词。庄缶犹可击：《庄子·至乐》篇记载，庄周妻子去世了，惠施前往吊丧，看见庄周鼓盆而歌。潘岳借庄周鼓盆而歌，希望能有达观心态。

**译文:** 冬去春来，寒暑交替，一年时光已过。妻已归于黄泉，层层的土壤永远地将她封存了。我思念你的心怀谁能够体谅呢？长期滞留在老家已经没有意义了，所以，我勤勉地奉行朝廷命令，回心转意到本职中去。望着一起住过的屋宇便想起你，进入房间便会想起经历的一切。屋内的屏障间不见你的影子，但手稿上还留存着你的笔迹。空气中飘荡着你的芬芳，墙壁上挂着你的遗像。恍惚之中，似乎感觉到你还在身边，回过神来时，才知那是一场虚惊。我们就像双栖双飞的鸟儿有朝一日形单影只了，就像那比目而游的鱼儿半道分开了。和煦的春风吹过，清晨的雨水顺着屋檐滴下来。坐卧片刻也不忘你，忧郁愁思日日积累。或许，随着时间的流逝，对你的思念会慢慢减弱，到那时，我也会像庄子一样鼓盆而歌了。

## 人间空唱雨铃霖

这是西晋文学家潘岳为悼念亡妻而作的诗。由于本诗影响极大，后人纷纷仿效，所以“悼亡”也就因此而有了特定的含义，即悼念亡妻。毫无疑问，这是潘岳为中国文学做出的突出贡献，他是悼亡诗的鼻祖。

潘岳的妻子杨氏出身名门。在潘岳 12 岁时，大将军参军杨肇因欣赏潘岳之才，将女儿许配给了潘岳。杨肇后来官至荆州刺史，位高望重，所以，杨氏确为大家闺秀。杨氏到底去世于哪一年呢？对此，潘岳自己的记载似略有抵牾，于是学界认为潘岳至少应有两次婚姻：首娶杨肇女，与潘岳生活 10 年左右去世；一年后，继娶杨肇另一女，一起生活 24 年，小杨氏又去世。小杨氏去世后，潘岳有《悼亡赋》以怀念，由此推理，《悼亡诗》也应当是潘岳悼念小杨氏的诗作，在元康九年（299）秋天，潘岳 52 岁。

潘岳诗文的显著特点是深情。其悼亡诗文、悼念诔文、致哀文、吊祭文等，数量大，质量高，形成了突出的集群优势，呈现出鲜明的特色倾向，产生了重大的历史影响，在整个文学史上，都是少见的。《悼亡诗》是其中的典型代表。本诗娓娓叙来，感染力极强：已经守丧满一年了，是该返回本职了；但是，要离开曾经相濡以沫的故居，离开长眠地下的亡妻，他还是于心不忍，所以，他逡巡于屋宇、室内，流连于帷帐、遗像之间，亡妻的生活用品、遗留墨迹乃至芬芳香气，都让他心痛不已；神情恍惚间，似乎妻子若隐若现，回过神来时，才知道那不过是幻觉，理性告诉他，妻子已像分道的比目鱼和翰林鸟一样，再也回不来了！门隙间吹来和煦的春风，屋檐上滴答着清新的雨声，似乎都在敲打着他纷杂的思绪，撞击着他惆怅的心灵。可以看出，潘岳是把最常见的题材，用深情组织和连贯起来，巧妙地铺叙开去，产生了强烈的效果。所以，潘岳是走心的路线，用内心流淌的真情去感染人。

在历史上，潘岳其实是有着微妙评价的人物。他极有才，文采出类拔萃，但或许是他太想表现自我、太想出人头地吧，所以，他的高才被附加上了竞躁媚上的尾巴。再者，潘岳利禄心强，在大是大非面前，他常常利欲熏心，以至于进退失据，诸如谗佞贾氏、甘当枪手、甘当“二十四友”之首、望尘而拜、陷害愍怀太子等事件；其最终被夷灭三族，虽然与政治派系相关，但也确实有很大的自我原因。还有，潘岳貌美，这在古代极有名也极少见，但如此貌美的人，却有“掷果盈车”的故事，这又深具讽刺意味。

不过，话说回来，即便这些关于潘岳的差评都是毫无疑问的，那也不能影响潘岳对去世亲人的吊唁和怀念，也不能因此而怀疑其怀念之情的真挚程度，更不能因此就对其抒写怀念的诗文作品不给公正的评价。事实上，历史的选择是合理的、有说服力的，潘岳那些质优量大的悼亡作品，确实是赢得了后世文人的千古同赏。潘岳是一个真于情也深于情的优秀作家。自从潘岳的悼亡系列作品取得成功之后，悼亡主题便不胫而走，先后涌现出了不少著名作家，如唐代的元稹、宋代的苏轼、清代的纳兰性德等，尤其是纳兰性德，他和潘岳一个是悼亡诗的鼻祖，一个是殿军，尤具特殊意义。

## 闲居赋序　　潘岳

阅自弱冠涉于知命之年[1]，八徙官而一进阶，再免[2]，一除名，一不拜职，迁者三而已矣[3]。虽通塞有遇，抑亦拙者之效也[4]。昔通人和长舆之论余也，固曰“拙于用多”[5]；称多者吾岂敢，言拙则信而有徵。方今……太夫人在堂[6]，有羸老之疾，尚何能违膝下色养，而屑屑从斗筲之役[7]？于是览止足之分，庶浮云之志[8]，筑室种树，逍遥自得。池沼足以渔钓，舂税足以代耕[9]。灌园鬻蔬[10]，供朝夕之膳；牧羊酤酪，俟伏腊之费[11]。孝乎惟孝，友于兄弟[12]，此亦拙者之为政也。乃作《闲居赋》，以歌事遂情焉。

——《文选》卷一六

注释：[1] 弱冠：古代男子二十岁加冠，以示成年；因体犹未壮，故称弱冠。知命之年：五十岁，语出孔子“五十而知天命”。[2] 八徙官：据王晓东《潘岳研究》，潘岳的这八次徙官为：弱冠为贾充司空府僚属，转而为贾充太尉府僚属，咸宁四年任虎贲中郎，咸宁五年任河阳县令，太康三年任怀县令，太康四年任尚书度支郎，太康八年迁廷尉平，永熙元年任太尉杨骏府主簿，元康二年任长安县令。一进阶：即迁升，指潘岳迁廷尉平。再免：指潘岳虎贲中郎任上提谣阁道被免，贾南风铲除杨骏集团时潘岳牵连被免。[3] 一除名：指杨骏被诛后，潘岳被除名、免官。一不拜职：元康六年，潘岳被从长安令召回，征补为博士，但并未拜职，因母疾去职。迁者三：当指潘岳任尚书度支郎、廷尉平、杨骏主簿三职，皆为迁升。[4] 通塞：指仕途的通达和困顿。拙者：仕途笨拙的人。[5] 和长舆：和峤，字长舆，西晋初年大臣，官至中书令。和峤说潘岳“拙于用多”，不详。[6] 太夫人：潘岳母亲。[7] 色养：和颜悦色地奉养父母。屑屑：劳瘁急迫的样子。斗筲（shāo）之役：比喻卑微、低贱的职务。筲：盛饭或粮食的竹器。[8] 止足：知止知足。浮云之志：语本孔子“富与贵，于我如浮云”。[9] 舂税：舂谷取利。代耕：舂税谋生，以代替农耕的收入。[10] 鬻（yú）：卖。[11] 酤酪：制卖乳酪。伏腊：伏祭和腊祭。[12] 友于兄弟：兄弟之情浓厚。《论语·为政》：“孝乎惟孝，友于兄弟，施于有政。”[13] 遂情：如意。

译文：我从成年步入仕途，到如今知命之年，共八次变动官职，其中一次升级，两次免职，一次除名，又有一次授职而未到任，三次升迁。尽管仕途通畅、滞塞都曾有过，但总体仍是一个官场“拙者”的业绩而已。博学的和峤曾评价我，说我不善利用充沛的才华；我哪里敢说有才华？可说自己不善为官则确有其证。如今……老母在堂，年迈体弱，我怎敢不孝，而因卑微之职而奔波呢？因此，我恪守适可而止的本分，收敛起富贵的念头，盖房植树，逍遥自在。池塘之鱼足够我垂钓，舂米为税可使我免于耕作，灌园卖菜足供早晚的饭食，牧羊囊乳以供祭祀之费。孝顺父母，友善兄弟，这也是不善为政者的基本行政啊。于是我作《闲居赋》，用以歌咏此事，顺遂情志。

## “高情千古”《闲居赋》

本赋作于元康六年（296）潘岳50岁时。已届天命之年的潘岳，在经历了宦海沉浮之后，被从长安县令调任博士，未及就职，即以母病而免官，闲居于洛阳。一般来说，闲居生涯正可修养身性、优游卒岁，是难得的仕途间歇期，但对潘岳而言，却正是他仕途栖迟、满腹心事的时段，因此，本赋题为《闲居赋》，似乎要清心寡欲，其实情感内涵极耐寻味。

在赋的序言里，潘岳说自己少负才学之名，却干出了“拙者”为政的业绩，实在是差强人意，这有明显的解嘲意味。入仕30年，8次职官变动，却仅有3次升迁，而且居然到了免官闲居的地步！这种思路，给人的感觉是：朝廷竟然如此对待似潘岳这等颖异之才！自我解嘲之后，潘岳详细描述了闲居生活：我拙于仕途，退而闲居，读书行吟，侍养奉亲，甘做洛下齐民；宅院里好鸟相鸣，百果滋荣，园有余蔬，欣欣向荣，好一派田园景象！待母亲病体恢复时，再携子孙齐乐，到那时顿足起舞，“人生安乐，孰知其他”！这样看来，似乎潘岳是另一位陶渊明了。其中如“爰定我居，筑室穿池，长杨映沼，芳枳树篱，游鳞瀺灂，菡萏敷披，竹木蓊蔼，灵果参差”等句，文辞与情韵并佳，读来实在感觉如清风拂面，清新可人，庾信《小园赋》中就明显有着潘岳影响的痕迹。但是，满腹牢骚的潘岳在文末还是露出了他的重重心事：自己用薄才劣，陈力就列，只能优游养拙了。

潘岳真的相信自己“用薄才劣”吗？不可能！因为他从来都是恃才傲物之人。赵王司马伦的心腹孙秀生性狡黠，在寒微时曾多次受到潘岳的侮辱。后来孙秀当权了，潘岳便内心不安，问孙秀：“孙令犹忆畴昔周旋不？”孙秀回答：“中心藏之，何日忘之！”潘岳由此便知自己必不能幸免。这个故事说明潘岳有才，但恃才傲物，而且还有点器量不足。这样的潘岳才不会相信自己“用薄才劣”呢。那他甘于“优游养拙”吗？也不可能。据记载，潘岳的母亲曾告诫潘岳说：

“尔当知足，而干没不已乎？”意思是，你应当知足了，难道还要贪得无厌吗？潘岳不听（《晋书·潘岳传》）。由此可见，潘岳是利禄心极强的人，要让他“优游养拙”，也难。然则潘岳的“用薄才劣”“优游养拙”，就只能是牢骚和反讽之语了。

后人还把《闲居赋》中貌似闲情和达观之语，与潘岳实际表现对应起来，结果是反差极大。这段闲居之后，潘岳因为投靠贾谧而走上了仕途的快车道，先后任著作郎、散骑常侍、黄门侍郎等。显然，潘岳的蛰居就是等待着东山再起，事实上他也实现了东山再起，黄门侍郎职掌机要，向来为清要显美之职，潘岳是达到了其仕途的巅峰。但他的末日也因此而匆匆到来，当赵王司马伦诛除贾谧集团时，潘岳即被株连三族。所以，元好问慨叹道：“心画心声总失真，文章宁复见为人？高情千古《闲居赋》，争信安仁拜路尘。”应该说，此言辛辣，但确实是说到了潘岳的要害之处。嗟呼！以斯才而配斯人，堪叹也堪怜！

## 啸赋　　成公绥

若夫假象金革，拟则陶匏[1]，众声繁奏，若笳若箫[2]。……发徵则隆冬熙蒸[3]，骋羽则严霜夏凋[4]，动商则秋霖春降[5]，奏角则谷风鸣条[6]。音均不恒，曲无定制[7]。行而不流，止而不滞[8]。随口吻而发扬，假芳气而远逝[9]。音要妙而流响，声激嚁而清厉[10]。信自然之极丽，羌殊尤而绝世[11]。越《韶》《夏》与《咸池》，何徒取异乎郑、卫！[12]

——《文选》卷一八

**注释**：[1] 若夫：像那，表示发端。假象：取法于。金、革：钟镈和鼓类乐器，均为八音之一。拟：模仿。陶：埙类乐器。匏（páo）：笙竽类乐器。[2] 笳、箫：均为管乐器名。[3] 徵：五声之一，这里指徵调式。隆冬：深冬。熙蒸：像热气一样上升。阴阳家认为，徵调属火，属夏季，所以，深冬奏徵调，就感觉似乎有热气蒸腾。[4] 骋：放任，这里指尽情吹奏。羽：五声之一，这里指羽调式。严霜：浓霜。阴阳家认为，羽调属水，属冬季，所以，夏天奏羽调，就感觉似乎有浓霜降临。[5] 商：五声之一，这里指商调式。霖：久雨。阴阳家认为，商调属金，属秋季，所以，春季奏商调，就感觉似乎在降绵绵秋雨。[6] 角：五声之一，这里指角调式。谷风：东风，春风。鸣条：使条鸣。阴阳家认为，角调属木，属春季，所以，秋天奏角调，就会感觉春风拂面，杨柳青青。[7] 均：通"韵"。恒：固定。[8] 行而不流：行进而不失去控制。止而不滞：静止而不停滞。[9] 吻：嘴唇。发扬：发声扬气。假：借。芳气：人呼吸之气的美称。[10] 要妙：精深微妙。激嚁（dí）：形容声音疾速。清厉：形容声音激切高昂。[11] 信：确实。羌：语首助词。殊尤：特异。绝世：冠绝当世。[12] 越：超过。《韶》《夏》：舜乐和禹乐。《咸池》：相传为黄帝之乐，尧增修沿用。徒：只。郑、卫：郑卫之音，指民间俗乐，与韶夏雅乐相对。

**译文** 啸歌主要是效法钟鼓，模拟埙和竽笙的音响，各种声音一起吹奏，如笳声悲壮，如箫声悠长。……在隆冬吹奏徵声就会感到热气蒸腾，在炎夏吹奏羽声就会感到霜降木凋，在初春吹奏商声就会感到淫雨连绵，在秋天吹奏角声就会感到春风鸣条。啸声音乐变化无常，曲调也无定式，流利而不失去控制，静止而不停滞。随口唇而发声，借气流而远扬。声音美妙而嘹亮，忽然间急促而高亢。确实是天然的妙音，奇特卓异，举世无双。超越《韶》《夏》和《咸池》，更不止是迥异于郑、卫之音！

## 长啸意悠悠，飒然天地秋

"啸"是魏晋士人们一项重要而普遍的精神活动。其中最有名者莫过于阮籍、嵇康与孙登的"啸"了，"啸台"遗址便是他们这项精神活动的见证。此外，诸葛亮的"常抱膝长啸"（《三国志·诸葛亮传》裴注引文），左思的"长啸激清风，志若无东吴"（《咏史》），刘琨在被胡骑包围之中的"乘月登楼清啸"（《晋书·刘琨传》），陶渊明的"登东皋以舒啸"

(《归去来兮辞》)，谢鲲被女人打落牙齿后说“犹不废我啸歌”(《晋书·谢鲲传》) 等，都能说明“啸”在魏晋士人中的普及程度。可以确定，他们的“啸”绝非是随便地打口哨，肯定是一种能抒发情怀、表达感情的清扬脱俗之习。

“啸”到底是怎样的一种行为呢？其实，早在春秋战国时期，“啸”就已经存在了，那时的“啸”虽有达其性情的作用，但并未被士大夫普遍接受。三国魏晋时期，“啸”开始成为一种流行的社会风尚，在士大夫间极为常见，似乎成了文人墨客的专利，擅长此道者，大都具有精通玄理、乐理的素质和遗世独立、简傲畅情的品格。“啸”的种类也更加丰富多样，有吟啸、讽啸、长啸、叶啸、清啸、歌啸、啸咤、啸指、啸咏等，可以表达赞叹、欢快、悲哀、厌恶、恐惧等各种感情。应该说，这一时期的“啸”脱离了传统巫术或简单传情的需要，而成为一种音乐性的精神活动，成为士人叛逆精神和多彩情怀的写照。所以，魏晋士人是大大地发展了原本简陋的“啸”，并赋予其丰富的内涵，“啸”因此也成了魏晋风度的标志行为之一，并深深渗透在六朝文学的各个角落。此后，“啸”再也没有成为哪个时代士子的普遍行为。

但是，由于时代较远，记载较少，今天我们想要知道魏晋人是如何地“啸”，还是比较抽象的，不同人的理解各不相同，于是，目前我们对“啸”的解释并不完善，也不统一。中唐孙广撰写了《啸旨》一书，虽然篇幅不大，但幸好还完整保存，孙广将“啸”概括为15个类型，并对“啸”的发声和技巧做了详细说明，是研究“啸”的最早专著。但记载归记载，演示属实践，历史情境不同，思想背景不同，即便今天能一定程度地复原“啸”声，可要想再现魏晋风度中的“啸”，恐怕是不可能的事了。魏晋的“啸”，早已成了“遥远的绝响”。

西晋成公绥的《啸赋》，就是具体铺写魏晋“啸”声的珍贵文献。在赋中，成公绥描写了三类“啸”：蹙口啸、指啸、相和啸，为我们展现了“啸”多姿多彩的外在风仪和丰富的内在艺术魅力。蹙口啸是“蹙口而出声”，估计类似于吹口哨，但其音乐性和表现力显然要比一般的吹口哨强得多。指啸是卷舌为“簧”，辅助以手指，再送气发声，又称指哨、胡哨。相和啸应该是融合了蹙口啸和指啸而形成的复杂啸声，从成公绥的描写来看，其音乐艺术水准应该是很高的，既可以模仿金革、陶匏，也可以吹奏徵、羽、商、角等乐调，其风格可以激越，可以流丽，可以感伤，可以和美，简直就是一把完善的乐器在吹奏。

可以看出，魏晋人是在无任何外在助力的情况下，最大限度地发挥口唇、手指的配合功能，吹奏出了如此丰富多彩的乐章。这不仅仅是音乐活动，更是精神活动。在啸咏中，他们抒发感情，舒畅心灵，升华境界，与天地精神相往来，或许，在他们的认识里，这样纯粹自然的乐音，才能最深入地契合大自然的天籁，才能崇畅自然之道。

值得一提的是，1995 年正月初三，中央电视台“曲苑杂坛”栏目邀请湖北“啸指奇人”魏安民表演了“啸指”艺术，其挥洒自如的演奏技巧和丰富动人的演奏效果，得到了广泛认可和好评。这也能证明，魏晋的“啸”确是一种演奏功能强大的音乐性精神活动。而且，魏安民因练习“啸指”，导致颊内起泡，两腮肿胀，目眩耳鸣，甚至还拔掉了 3 颗大牙。这说明，当“啸”作为一种具有强大表现力的音乐艺术时，其练习要求还是极高的，是不易攀登的。这也就是为什么我们所看到的魏晋“啸”人大多是精通乐理之人，而且都是不热衷功名利禄、优游世外的原因，或许只有这样，他们才能有充裕的时间去练习“啸”吧。

## 王明君词　　石崇

王明君者，本是王昭君，以触文帝讳，故改之[1]。匈奴盛，请婚于汉，元帝以后宫良家子明君配焉[2]。昔公主嫁乌孙[3]，令琵琶马上作乐，以慰其道路之思。其送明君，亦必尔也[4]。其造新曲，多哀怨之声，故叙之于纸云尔。

我本汉家子，将适单于庭[5]。辞诀未及终，前驱已抗旌[6]。仆御涕流离[7]，辕马悲且鸣。哀郁伤五内，泣泪沾朱缨[8]。行行日已远，遂造匈奴城[9]。延我于穹庐，加我阏氏名[10]。殊类非所安，虽贵非所荣[11]。父子见陵辱，对之惭且惊[12]。杀身良不易，默默以苟生[13]。苟生亦何聊，积思常愤盈[14]。愿假飞鸿翼，弃之以遐征[15]。飞鸿不我顾，伫立以屏营[16]。昔为匣中玉，今为粪上英[17]。朝华不足嘉，甘与秋草并。传语后世人，远嫁难为情。

——《文选》卷二七

**注释** [1] 王昭君：汉元帝时宫女，远嫁匈奴单于呼韩邪。文帝：指晋文帝司马昭。讳：对尊长避免说其名，表示尊敬。[2] 元帝：汉元帝。良家子：出身良家的子女，汉代非医、巫、商贾、百工之子女为良家子。[3] 乌孙：汉代西域国名，在伊犁河流域。汉武帝两次以公主嫁乌孙王，其中刘细君嫁昆莫，因语言不通，愁而为歌："吾家嫁我兮天一方，远托异国兮乌孙王。穹庐为室兮毡为墙，以肉为食兮酪为浆。居常土思兮心内伤，愿为黄鹄兮归故乡。"[4] 尔：如此，这样。[5] 汉家子：汉家女。适：出嫁。单于庭：单于王庭，匈奴政权所在地。[6] 辞诀：辞别。抗旌：举旗，扬旗，言已经上路。[7] 仆御：驾车人。[8] 五内：五脏。朱缨：朱红色的缨饰。[9] 造：到。[10] 延：引进。穹庐：游牧民族的毡帐。阏氏（yān zhī）：汉时匈奴单于正妻的称号。[11] 殊类：异族，指匈奴。[12] 父子见陵辱：指匈奴收继婚制（妻后母）。呼韩邪死，子雕陶莫皋立，称复株累若鞮单于，复娶王昭君，生二女。[13] 杀身：谓自杀。苟生：苟且偷生。[14] 聊：依赖。愤盈：满腔怨愤。[15] 假：借。遐征：远走高飞。[16] 伫立：长久地站立。屏（bīng）营：惶恐的样子。[17] 英：花。

**译文** 王明君，本叫王昭君，因触犯晋文帝（司马昭）之讳而改为王明君。匈奴强盛，向汉求婚。汉元帝把后宫良家出身的女子王昭君嫁给单于。以前汉武帝将细君公主嫁给乌孙王，曾令琵琶手马上作乐，以安慰公主路途的忧思。汉元帝送明君，想必一定也如此。他们制作的新曲，多哀怨之声，因此我用文字叙写如此。

我本是汉家女子，将要远嫁给单于。告别的话还没说完，前导已举旗先行了。车夫仆人都泪流满面，驾车之马也悲鸣长嘶。内心是多么痛苦，涕泪涟涟打湿了冠带。不停地行走，离家已远，来到了匈奴王城。匈奴在毡帐中迎接我，给我加封阏氏的名号。异族之地终非安身之所，尽管很尊贵我却不以为荣。遭遇父子两代的凌辱，对此我惭愧又心惊。杀身成仁实在不易做到，只能默默地苟且偷生。苟且偷生又百无聊赖，为此我心充满忧愤。我愿凭借飞鸿的翅膀，离开此地乘风远行。可飞鸿毫不顾惜我，我只能独自伫立着伤心。从前的我是匣中白玉，如今却成了粪土上的花。粪土上的花即便是朝华也不足贵，我甘心与枯萎的秋草同列。告诉那些后世的人吧，女子远嫁实在痛苦不堪。

## 一去紫台连朔漠，独留青冢向黄昏

本诗出自西晋封疆大吏、富豪石崇之手。石崇是开国元勋石苞第六子，自幼聪慧有才干，有勇有谋，但任侠放荡，不自砥砺，颇为时人诟病。仕途上，石崇曾任荆州刺史、徐州刺史等要职，也曾与潘岳一起谗佞贾谧，成为“二十四友”的中坚和活跃分子；正因为他巴结贾氏，所以最后被司马伦处死。石崇还有一个恶名远扬的行为，就是生性豪奢、极力炫富，而且他还与王恺斗富争雄；这种炫富行为，从古到今都被人鄙视。另外，其“金谷别墅”以及与之相关的人和事也都很有名，但总体上以负面影响居多。

尽管历史对石崇的评价以负面为主，但在文学上，其《王明君词》却开历代诗词中昭君怨主题之先河，影响较大；在石崇之后，昭君主题的文学作品丰富多彩、蔚为大观，这应是石崇在历史上少有的正面影响。

昭君远嫁匈奴，是汉代历史上重大的政治事件。作为一介弱女子，昭君能为缓和汉匈关系做出了鲜明的贡献，为汉代赢来了一时的边境和平，这完全值得肯定。但是，囿于华夷大分、汉族本位的立场，汉族士大夫从来都对以女子换取和平的做法感到耻辱，所以他们从来都持遗憾、惋惜甚至反对的态度。基于这样的倾向，昭君出塞就被演绎成汉元帝不情愿、昭君不情愿、嫁了之后还不情愿的故事，而且还平添了毛延寿的绘画传奇，以及与之相关的琵琶曲、昭君怨等音乐传奇，昭君的红颜薄命、孤独异乡更是赢得了后世人们的普遍同情和爱怜。

事实上，从记载来看，昭君远嫁可能并非十分情愿，却也未必十分不情愿，因为她在后宫不受重视，与其空空等待，还不如出嫁单于。远嫁后，昭君思念故土尽在情理之中，但也未必会是如后世文人描写的那样，从来都满腔怨恨，似乎要赶紧逃离那个“异族之地”；因为昭君在匈奴中颇享尊荣，被封“宁胡阏氏”。还有人认为，昭君出塞是“自误平生”，昭君出嫁之后变成“粪土之花”，这些都是汉族本位、男性本位的观念，卑之无甚高论。我们以为，昭君就是和平的使者，即便当时她有不愿远嫁的心思，但客观上，她的行为确实是功在当代，泽被子孙。据载，昭君和亲后，“边城晏闭，牛马布野，三世无犬吠之警，黎庶忘干戈之役”(《汉书·匈奴传》)，换来50多年的和平岁月，无论如何都弥足珍贵。

石崇《王明君词》开启了文学长河中的昭君主题，奠定了这类作品的情感基调。本诗首先铺写离别。昭君悲悲切切地登上了前往匈奴城的北上之路，不仅她自己感伤，“哀郁伤五内，泣泪沾朱缨”，而且车夫、仆人都感伤流泪。其次，本诗写昭君在匈奴中的遭遇，她很富贵，但心绪不畅，被单于父子相继娶以为妻（匈奴有妻后母的风俗），所以她惭愧和惊惧。再次是写昭君在匈奴中的孤独和思念，她希望搭上鸿雁的翅膀南翔，可鸿雁毫不顾惜她；失望之余，她觉得出嫁之前自己是洁白的玉，出嫁之后就成了“粪上之花”。而且，作者还借昭君之口，劝诫后世之人，不要将女儿远嫁了。

应该说，本诗对昭君饯别时的烘托，对昭君在匈奴中被“妻后母”的遭遇，以及对昭君思念故乡的铺排，都形象生动，也成了后世文人创作时的情感共鸣点，所以这些细节被一再铺排和描写，影响很大。另外，本诗对昭君出嫁前后容貌的对比，反映出鲜明的民族意识和男权观念。石崇说，昭君出嫁之前是洁白之玉，出嫁之后是“粪上之花”。事实很可能并非如此。据记载，昭君之美，“丰容靓饰，光明汉宫，顾景裴回，竦动左右”(《后书 · 匈奴传》)，这应就是石崇所言之“匣中之玉”的美吧；而昭君出嫁后，三十出头就去世了，这个年纪的昭君很难说成是“粪上花”，何况从民族大局的角度来看，昭君为国家安宁作出了突出的贡献，因此，无论她在哪个年纪都是美的，无论如何都不能评价她是“粪上花”。石崇如此写来，显然是有着鄙夷匈奴的民族意识和浓厚的男权观念。

## 咏史（其二）　　左思

郁郁涧底松，离离山上苗[1]。以彼径寸茎，荫此百尺条[2]。世胄蹑高位，英俊沉下僚[3]。地势使之然，由来非一朝。金张藉旧业，七叶珥汉貂[4]。冯公岂不伟，白首不见招[5]。

——《文选》卷二一

注释 [1] 郁郁：茂盛貌。离离：下垂貌。[2] 径寸茎：一寸粗的茎。荫：遮蔽。[3] 世胄：世家子弟。蹑：登。下僚：下级官职。[4] 金张：金指金日磾（dī），自汉武帝至汉平帝，金家七代为内侍；张指张汤、张安世，张家自汉宣帝之后，十余人为侍中、中常侍。七叶：七代。珥汉貂：汉代侍中、中常侍的帽子上皆插貂尾。[5] 冯公：汉代冯唐，曾指责汉文帝不会用人，使他年老了还做中郎署长的小官。

译文 谷底的松树茂盛挺拔，山巅的草苗离离下垂；尺寸之长的山巅草茎，却荫蔽了百尺之高的谷底松枝。世族子弟一个个地登上高位，寒门的英俊之才却沉沦下僚。这是各自所处地势使然，早非一朝一夕之事。金日磾、张安世等家族的后代凭借着祖宗旧业，七代人都一直担任朝廷的高级官吏。冯唐难道不是奇伟男子吗？可是他老年白首，却仍担任郎署小吏，而不见朝廷召唤、重用。

## 寒士一呼贯青史

在西晋喧嚣而浮华的文坛上，左思是难得一见的丈夫和清流本色。他出身于下层官吏家庭，虽然才学瑰玮，但仕途坎坷，借助于妹妹被选为宫中才人的机会，他才得以移居洛阳，进入京都生活圈。在看重家世、相貌和崇尚清谈的京洛士风中，左思长相丑陋、口吃，且出身寒微，因此他长期受到冷落，功名蹉跎。多年后，左思终于认清了西晋官场角力倾轧的本质，坚决不同流合污，走"清者自清"的道路；但是，由于自视极高，满腹经纶且文采出众，所以，他对污浊的政治生态充满愤慨。《咏史》8首就是左思批判现实、抒发愤懑、表达伟岸个性的著名诗作，也是赢得"左思风力"、奠定左思文学史地位的作品。

本诗起兴高明。"兴"即发端、开头。怎么开头呢？有时候，作者随意借景发声，起兴之景与诗歌内容关联不大，诗歌质量就相对不高；高明之作多精致起兴，起兴之景与诗歌内容融合无间，如"蒹葭苍苍，白露为霜；所谓伊人，在水一方"和"青青河畔草，绵绵思远道"，就是将凄寒的秋景与怅惘的心绪完美结合起来，将铺满天涯的芳草与弥天漫地的思念水乳交融起来。这就是我国古代诗歌经典的"起兴"手法。

本诗开头，左思借谷底劲松和山巅草苗这两种毫无关联的物象类比起兴，赋予它们深刻的象征意义。不满寸径的草居然荫蔽了谷底的百尺劲松，凭什么？凭的是山的高度，而不是自身高度。同理，西汉官宦世家金日磾、张安世家族，其子孙冠盖蝉联达七代之久，不就是凭着老祖先的冢中枯骨吗？难道还凭其自身的能力？相比之下，寒族子弟虽然像谷底劲松一样英俊挺拔、才华横溢，却只能是长期偏居谷底、沉沦下僚。诸君且看，英伟的冯唐，汉文帝时一直仅居郎署，徒然地消耗岁月；直到汉武帝时，才闻名召见，但那时的冯唐已经老去颓唐，即便安车蒲轮也无济于事了。很明显，左思所说的“沉下僚”，必然地包括了自己，因为他蹉跎太久，心中燃烧着积久的愤怒，必得抒发始为快。当然，左思并非破口大骂，而是秉持着温柔敦厚的传统诗教，以类比起兴，委婉说来，借议论史事来讽喻当代，即便可能引起当政者的猜忌，但也无法对号入座、无计可施。

再扩展一步来看，这样内容充实、风格俊朗、感情浓烈、议论尖锐的咏史之作，相比起内容空洞而辞采繁缛的大多数西晋诗作，显出了鹤立鸡群的挺拔英姿，也凸显了左思个人的丈夫气度和清流本色，让我们似乎再次看到了建安诗歌刚健充实的风貌，因而，钟嵘评之为“左思风力”。“风力”即“风骨”，言下之意，左思咏史诗与“建安风骨”是同一档次、同一品格的作品。这个评价得到了后世的广泛认可，因而奠定了左思在中国文学史上的重要地位。自左思之后，咏史诗影响始大，才成为受人瞩目而佳作迭出的重要题材。可以说，咏史诗不始自左思，但真正形成壮观气象，完全是左思风力所致。

## 赴洛道中作（其一）　陆机

总辔登长路，呜咽辞密亲[1]。借问子何之？世网婴我身[2]。永叹遵北渚，遗思结南津[3]。行行遂已远，野途旷无人。山泽纷纡余，林薄杳阡眠[4]。虎啸深谷底，鸡鸣高树巅。哀风中夜流，孤兽更我前[5]。悲情触物感，沉思郁缠绵。伫立望故乡，顾影凄自怜。

——《文选》卷二六

注释：[1] 总辔（pèi）：控制马缰绳。密亲：近亲。[2] 世网：礼教、伦理的束缚，这里指功名心。婴：通“缨”，缠绕。[3] 永叹：长叹。遵：沿着。渚：水中的小块陆地。津：渡口，指与亲人分别处。[4] 纡（yū）余：迂回曲折。林薄：草木丛生之地。杳：幽深。阡眠：即“芊绵”，茂密。[5] 更：经过。

译文：我策马提缰，开启了北上洛阳的漫漫长路，哽咽着辞别最亲爱的家人。若要问我到何处去？只因世事繁杂萦绕我身。长叹声中沿着北岸行进，思绪却凝结在南边的渡口。已经前行很远了，荒芜的路途空寂无人。路边山水逶迤，草木丛生；猛虎咆哮在谷底，山鸡鸣叫在树巅。夜里凄风呼啸，离群的野兽从眼前经过。这样的情景触发了我心中浓重的愁绪，不禁情思缠绵。于是，我久久伫立，凝望故乡，但故乡遥远，只能顾影自怜。

## 南人功名与乡情

这首诗写于陆机辞别故乡、北上洛阳之时。陆机的故乡在吴郡华亭（今上海松江）。随着东吴的灭亡，作为东吴望族的陆氏家族也瞬间失势，兄长陆晏、陆景战亡，刚刚成年的陆机、陆云兄弟返回故里，读书十年之后，才北上洛阳猎取功名。

二陆入洛，是西晋中期具有标志意义的事件。将近百年的南北对峙，导致了南北之间学术文化的显著差别。北方河洛地区文化发达，玄学蔚起，学术清通简要；江南建康地区则明显偏于保守，仍然坚持儒学，株守着汉代的经注之学。不仅如此，在语言和士大夫的行为等方面，也存在着鲜明的南北之别。北方士大夫受玄学影响较深，以遗落世事、崇尚清谈为务，南方士大夫则深受儒学影响，以积极进取为务，执着于功名。同时，北方士大夫以征服者自居，南方士大夫总有着被征服者的委屈感；征服者视被征服者为“亡国之余”，被征服者也总感寄人篱下。因此，作为江东子弟杰出代表的陆氏兄弟，其北上洛阳以猎取功名，就成了颇为微妙的历史事件，也是南北文化深度融合的历史见证。

入洛之后，陆机可能曾返乡几次，但无论如何，由于南北阻隔太过遥远，其返乡次数不会很多。本诗究竟是陆机初次离开故乡时所写，还是后来返乡时写的，我们不得而知；但可以确定，每次离乡，陆机都极不情愿，也都极度眷恋。从本诗来看，陆机肩负着重振家声的使命，辞别至亲，挥泪北上。北上之路荒芜而漫长，旷无一人，路边草木繁茂，山水逶迤，野鸡悲鸣，虎啸隐隐。对于孤独的旅人而言，这样的旅程艰险而煎熬。深夜难眠时，陆机身披月光，面朝故乡久久伫望，顾影自怜，满怀悲凄。应该说，本诗将不愿又无奈的离乡心态，以及旅途中的乡情，写得极为传神。“伫立望故乡，顾影凄自怜”，时至今日，我们仍深受感动，毕竟，故乡是每个人的心中母亲般的存在，是每个人的宿命。

陆机还有一个故事：河桥战败后，陆氏兄弟同时被杀，临刑前，陆机对陆云说：“欲闻华亭鹤唳，可复得乎？”想再听听故乡熟悉的鹤鸣，还有机会吗？陆机何尝不明白，生命行将结束，可是，他还是对弟弟发出了这样的疑问。其实他只不过是想说：多想再听听故乡的声音！多想再看故乡一眼！在南北驱驰、宦海沉浮二十余年后，在命殒他乡之前，陆机仍念念不忘着故乡，确实值得尊敬和同情。他是一位有崇高抱负、积极用世、深情而有着极高文学才华的士大夫，功名、家族和故乡，成为他毕生的宿命，他为此而奋斗，也为此而殒命；无论成败，其积极追求的一生，都值得尊重；其对文学的重要贡献，都值得肯定。唐太宗许之“百代文宗”，似略嫌其高，但也足见陆机在唐代之前文坛的重大影响。

## 文赋　　陆机

其始也，皆收视反听，耽思傍讯[1]；精骛八极，心游万仞[2]。其致也，情曈昽而弥鲜，物昭晰而互进[3]。倾群言之沥液，漱六艺之芳润[4]。浮天渊以安流，濯下泉而潜浸[5]。于是沈辞怫悦，若游鱼衔钩，而出重渊之深[6]；浮藻联翩，若翰鸟缨缴[7]，而坠曾云之峻。收百世之阙文，采千载之遗韵[8]。谢朝华于已披，启夕秀于未振[9]。观古今于须臾，抚四海于一瞬。

若夫应感之会，通塞之纪[10]，来不可遏，去不可止。……方天机之骏利，夫何纷而不理[11]？思风发于胸臆，言泉流于唇齿。……及其六情底滞，志往神留[12]。兀若枯木，豁若涸流。……虽兹物之在我，非余力之所勠[13]。

——《文选》卷一七

**注释** [1] 收视反听：即内视反听，反省自己，听取别人意见。陆机描写的是，艺术创作时，集中精神，排除物扰，视听于内，展开想象的状态。耽思：深思。傍讯：多方探求。[2] 八极：极远之地。万仞：极高处。[3] 曈昽（tóng lóng）：由暗而明。昭晣（zhé）：明朗。[4] 群言：众多的文章和著作。沥液：点滴，喻精华。六艺：《诗》《书》《礼》《乐》《易》《春秋》。[5] 下泉：《诗经·曹风·下泉》："冽彼下泉，浸彼苞稂。"《毛传》："下泉，泉下流也。" [6] 怫（fú）悦：难出之貌。[7] 翰鸟：高飞之鸟。缨：缠绕。缴（zhuó）：系在箭上的生丝。[8] 阙文：缺文，指古书缺疑不书或残缺之文。遗韵：遗文。[9] 谢：弃。披：开。启：开。秀：草木花。[10] 通塞：文思的畅通和阻塞。纪：规律。[11] 天机：天然的神机，灵感。骏利：迅速流利。[12] 六情：喜、怒、哀、乐、爱、恶。底：停滞。[13] 勠：并力，勉力。

**译文** 创作之初，要保持虚静的心境，精心构思，排除杂念，广搜博收。神飞八方之外，心游万韧之高。文思到来时，初始朦胧，继而鲜明，纷繁物象逐渐清晰地涌来。采撷子史之精华，荟萃六艺之辞采。神游之状，似忽而漂流于天池之上，忽而潜入地泉之中。若遇深奥之辞，便沉着费力，似乎像从深渊中拽出大鱼一般；若是出语爽利，似乎中箭之鸟从云端陨落一般。采集百世遗文，博取千载篇章，其陈词老调像是已谢的朝华，弃之不用，新词丽句如同待放的蓓蕾，启而用之。片刻之间通观古今，眨眼之时巡行天下。

至于说到灵感问题，和文思通塞之状，神鬼难知，说来就来，说去就去。……灵感突然到来时，文思纷纭而有头绪，思路像风骤起一般生于胸臆，文辞像泉涌出一般脱口而出。……一旦灵感消失，情思阻滞，志散神驰，如残枝败叶一般了无生气，像枯竭的河流一样水干见底。……虽说灵感出于自己，但又非仅凭个人就能控制得住。

## 高论文心第一声

《文赋》作于陆机去世的前两年（陆机 41 岁时），是陆机的著名赋作，也是我国古代第一篇专论文学创作的文论作品，在文学批评史上享有崇高的地位。《文赋》之前，汉代的《毛诗序》和三国曹丕的《典论·论文》，都论及文章的功用、价值和创作问题，但其所讨论的“文学”还是“杂文学”，只有《文赋》是专论诗文创作问题，是讨论“纯文学”，而且对刘勰的巨著《文心雕龙》产生了实质性的影响，所以，《文赋》是陆机对中国文学的一大贡献。

当然，陆机的贡献是立足于时代基础之上的。如鲁迅所言，魏晋是中国文学的自觉时期，因为有了文学的自觉，有了三曹、“七子”、阮籍、嵇康等人前后相继的创作实绩，才空前凸显了文学的品性和价值，赢来了文士独特的地位和尊严，促进了他们对文学的独立思考。因此，这样的文学背景，是陆机史上首次高论文心、探讨文学创作的时代阶梯。

陆机出身于东吴望族吴郡陆氏，其父陆抗、祖陆逊均为东吴骨干大臣，功业彪炳，这样的出身也使得陆机有着极高的功名期待。他不仅想建立如父祖一般的功业，同时也期待着立言著述以垂后世。所以，他醉心于思考兴亡、得失、成败、出处、家族、功名等问题，同时也斤斤计较于文章创作，今存陆氏兄弟 40 余封书信，讨论最多的就是修改文章的问题。应该说，陆机能获得“陆才如海”的赞誉，能成为六朝骈文定型的标志性作家，与他深刻钻研文章创作有着密不可分的联系。

在《文赋》中，陆机想要解决的关键是“意不称物，文不逮意”问题，即语言想要表现的和实际表现出来的内容不对应问题。应该说，只要是用心创作的作家，面对着纷繁万象，都会有语言苍白、文不逮意的遗憾。陆机深谙此理，所以，他企图用赋的形式来描述、呈现和解释这个现象。从这个角度来说，创作《文赋》也是陆机想要实现文学抱负的一次努力。

首先，陆机描述了创作之前的准备阶段，在这个阶段，作家不仅要心灵虚静而集中，而且要广取博收，广泛借鉴，然后才能自出机杼；其次，在进入创作状态之后，作家的思路不仅要天马行空，审视天地万物，而且还要冷静凝思，遣词造语，理顺物理人情；再次，对于不同的事理、物象、文体等，作家都需要考虑不同的风格；还有，陆机敏锐地捕捉到了文学创作中的灵感问题：当灵感到来时，“天机骏利”，美言如注；而当灵感消失时，“六情底滞”，语言干涸，如抽丝般艰难。

《文赋》最具标志性意义的表述，是“诗缘情而绮靡”，即诗歌源于情、该写情。这个情，不需要“发乎情，至乎礼仪”，只要是鲜活的感情，就是诗歌所能表达和应该表达的。而且，诗歌的语言风格应要“绮靡”（华美），这是鲜明地肯定诗歌的审美属性，与汉代实用为主的文学价值观相比，是革命性进步。因而，“诗缘情而绮靡”向来被认为是关于“文学自觉”最具理论价值的表述。

## 辩亡论（下）　　陆机

夫蜀，盖藩援之与国，而非吴人之存亡也[1]。何则？其郊境之接，重山积险，陆无长毂之径[2]；川阨流迅，水有惊波之艰[3]。虽有锐师百万，启行不过千夫[4]；舳舻千里，前驱不过百舰[5]。故刘氏之伐，陆公喻之长蛇，其势然也[6]。昔蜀之初亡，朝臣异谋[7]，或欲积石以险其流，或欲机械以御其变[8]。天子总群议而谘之大司马陆公[9]，陆公以四渎天地之所以节宣其气，固无可遏之理[10]，而机械则彼我之所共[11]，彼若弃长技以就所屈，即荆、扬而争舟楫之用，是天赞我也[12]。将谨守峡口，以待禽耳[13]。

——《文选》卷五三

**注释** [1] 蜀：蜀汉政权，221 年至 263 年。藩援：藩篱之助。与国：相与友善的国家。非吴人之存亡：有作“唇齿之国”，即关系到吴国存亡的国家。[2] 郊境：边境。重山积险：指吴蜀相接的夷陵山地。长毂（gǔ）：车轮中心较长的承轴圆木，借指兵车。[3] 川阨（ài）：河道狭隘。阨，通“隘”，窄小。惊波：惊涛骇浪。[4] 锐师：精锐部队。启行：起程。[5] 舳舻（zhú lú）：船头和船尾，泛指首尾相接的船。前驱：前锋，先行。[6] 刘氏之伐：指 221 年 7 月发生的夷陵之战。陆公喻之长蛇：李善注：“蛇斗，以首救尾，故锐师百万，而无所师也。”刘良注：“陆逊比蜀兵为长蛇者，言其地狭，首尾不得相救，其势合然也。”陆公：指陆逊，陆机祖父，孙吴杰出将领，官至大司马、丞相、荆州牧，夷陵之战时孙吴主帅。[7] 蜀之初亡：指蜀汉政权于 263 年被曹魏所灭。朝臣：指孙吴朝中众臣。[8] 险：使其险。积石塞江，水道变窄，水流加急，故险。机械：指兵器。[9] 天子：指孙吴国主孙权。大司马陆公：陆逊。[10] 四渎：长江、黄河、淮河、济水，独流入海，故称之为“四渎”。节宣：节制宣泄。遏：阻止，即前文所言积石塞流。[11] 彼我：曹魏和孙吴。[12] 长技：擅长的技艺，指曹魏的陆战。即：靠近。荆、扬：荆州、扬州，为孙吴疆域的核心区。舟楫：泛指船。[13] 峡口：即西陵峡口，在今湖北省宜昌市西郊，为四川、湖北之间的咽喉、三峡之门户，陆逊、陆抗一直驻防荆州，其驻防核心又在西陵峡口。禽：通“擒”。

**译文** 蜀国，对于东吴就像藩篱一样，并不能决定东吴的存亡。为何？两国交界之处是崇山峻岭，陆路没有可通战车之途；河道险狭，水路有惊涛骇浪之难。即便有百万精锐之师，启程前行的也不过千人；战船千里，前锋也不过百艘。所以刘备出击，陆公将其比作长蛇，地理形势本来就如此的。以前西蜀初亡，东吴朝臣各呈谋略，有的建议在江中堆积巨石以增加河道险阻，有的建议制造兵器以防事变。天子汇总朝臣意见，咨询大司马陆公，陆公认为江、河、淮、济是天地用来调节气候的，当然没有积石塞流之理，而兵器则是敌我共有的，曹魏如果弃长取短，来荆州、扬州争夺舟船之利，那是天助我也，我们将谨守峡口等着擒获敌人。

## 亡吴存遗恨，江东写心史

本文是陆机分析孙吴兴亡的名篇，可能作于吴国灭亡不久（具体年代难定）。文章从写作形式到目的，都有贾谊《过秦论》的影子，显然是受贾谊之文的影响。不同的是，贾谊以局外人的眼光分析秦代兴亡，客观理性，所以结论中肯；陆机以局中人的视角分析孙吴兴亡，不免带有亡国遗恨，更像是唱出了一曲哀悼吴国灭亡的挽歌。在文中，陆机对孙策、孙权的英勇无畏、知人善任、延揽英雄，都是尽情讴歌，对其祖陆逊、父陆抗的文治武功都极尽赞美之能事，而对荒淫破国之孙皓，也仅仅认为是“元首虽病，肱股犹存”。

其实这是可以理解的，毕竟陆氏家族为孙吴干臣，一门“相、王侯、将军十余人”(《世说新语·规箴》) 在朝，是既得利益者，孙吴灭亡对陆氏家族来说是灭顶之灾，所以，陆机心情复杂，他无限追怀于曾经的无上荣光，也憾恨不已于当下的国破家亡，于是，文章中情感基调就是深情的挽歌，次要的情感线索则是对孙皓君臣的哀其不幸和怒其不争。

当然，我们也不能否定陆机分析孙吴兴亡的深入和有理有据，毕竟，经过了大浪淘沙而巍然留存的历史名文绝非浪得虚名。我们节选的这段，就是陆机分析吴、蜀关系的文字，有着睿智而深刻的眼光。在陆机看来，蜀国只不过是吴国的藩援之国，不能决定吴国的存亡，其间关系并非常言的唇亡齿寒。

吴、蜀争夺的关键在荆州，魏、蜀、吴三国争夺的关键也在荆州；而孙吴荆州的七寸在西陵（又称夷陵、彝陵），陆氏家族最辉煌的杰作也在西陵，即夷陵之战。夷陵之战重挫了蜀国锐气，真正奠定了三国鼎立的格局，所以，可以看作是孙吴的立国之战；夷陵之战是在均势的情况下，通过陆逊的高超指挥，打了一场漂亮的歼灭战，也丰富了中国军事史的内容。对于这样的荣耀，陆机写起来就特别得劲。他分析道，西陵以西的三峡地区全是崇山峻岭，那里江流迅疾，江面狭窄，蜀军沿江东下，即便有雄兵百万、战舰千艘，也只能是如长蛇般迤逦而来，前锋只能是一小撮。因此，只要固守西陵，蜀军就难以突破。由于孙吴君臣的认识到位，战略正确，所以才赢得了这场辉煌大胜。我们甚至推测，陆机的这些目光犀利的言论，或许就是当时陆逊（或者陆抗）在作战时的分析。

陆机还论及蜀国灭亡之后吴国的形势。蜀亡后，吴国君臣众议汹汹，但陆抗还是一句话："谨守峡口以待禽（擒）。"言下之意，如果曹魏胆敢与孙吴争江上之雄，那就是自取灭亡，所以，其策略还是坚守西陵，堵住峡口。后来的步阐之乱，惊出了孙吴君臣一身冷汗，可以反证西陵之重要。

步氏子弟驻守西陵近 40 年，甚至说，西陵的驻守就是步氏、陆氏的专任。孙皓准备将西陵都督步阐调回建康，步阐担心回建康后被杀，所以举城投降西晋荆州刺史羊祜。步阐的投降，使得孙吴国门大开，所以，陆抗迅速提兵追剿，志在必得；羊祜发动 8 万大军两路救援，但还是未能救下步阐，西陵还是被陆抗夺回。这可以看出，西陵在孙吴的国家战略中居于何等重要之地位，陆机分析问题的核心也落脚在了这里。因为这里是当时三国之争、南北之争的焦点所在，是陆氏家族的荣耀集中地，也是陆机满腔热血的沸腾之地，更是陆机念兹在兹的心史所系。吴亡后，陆氏兄弟准备写《吴书》，已经有所讨论并完成了部分初稿，遗憾的是，这部《吴书》最终没能完成，但至少能说明，陆氏兄弟以撰写《吴书》为己任，在他们的心中，始终保留着一部魂牵梦绕的吴国心史。

# 剑阁铭　　张载

惟蜀之门，作固作镇[1]。是曰剑阁，壁立千仞[2]。穷地之险，极路之峻[3]。世浊则逆，道清斯顺[4]。闭由往汉，开自有晋[5]。秦得百二，并吞诸侯[6]。齐得十二，田生献筹[7]。矧兹狭隘，土之外区[8]。一人荷戟，万夫趑趄[9]。形胜之地，匪亲勿居[10]。昔在武侯，中流而喜[11]。山河之固，见屈吴起[12]。兴实在德，险亦难恃[13]。洞庭、孟门，二国不祀[14]。自古迄今，天命匪易[15]。凭阻作昏，鲜不败绩[16]。公孙既灭，刘氏衔璧[17]。覆车之轨，无或重迹[18]。勒铭山阿，敢告梁、益[19]。

——《文选》卷五六

**注释**：[1] 惟蜀之门：是说剑阁是川北门户。固：牢固。镇：方镇。[2] 剑阁：在四川剑阁县北。壁立千仞：峭壁陡立，有千仞之高。仞，七尺或八尺为一仞。[3] 穷、极：谓达到极点。[4] 世浊、道清：指社会的混乱与清明。逆：叛乱。[5] 往汉：指蜀汉。蜀汉诸葛亮修建剑阁，把守关隘，从此不通。开自有晋：指钟会、邓艾伐蜀，最终灭蜀，剑门关得以畅通。[6] 百二：谓百万兵的百分之二。并吞诸侯：指秦统一全国。[7] 十二：谓百万兵的十分之二。田生献筹：田生即田肯，他向刘邦献策，有“秦得百二”“齐得十二”的说法，意思是，秦地险要，二万人便可敌百万；齐地滨海，二万人便可敌十万。[8] 矧（shěn）：连词，况，况且。兹：此，指剑阁。狭隘：险要的地方。土之外区：国土的偏远处。外区，与内地相对而言。[9] 荷戟：拿着武器。趑趄（zī jū）：疑惧不决，畏畏缩缩。[10] 形胜：地理优越，地势险要。[11] 武侯：魏武侯，战国时期魏国的建立者，名斯，曾用李悝为相，吴起为将，西门豹为邺令，奖励耕战，使魏国成为强国。[12] 见屈吴起：吴起为战国时期军事家，为魏将时屡建战功；魏文侯任吴起为西河守，文侯死后，吴起遭陷害，逃至楚国，在楚国实行变法，最后被楚国旧贵族杀害。[13] 兴：兴旺，指国家强盛。德：仁义。[14] 洞庭：洞庭湖，《史记·五帝本纪》张守节《正义》：“三苗之国，左洞庭而右彭蠡。”这里当指三苗之国，因不修德义，为禹所灭。孟门：孟门山，在太行山东，《史记·吴起列传》：“殷纣之国，左孟门，右太行。”这里代指殷纣，因修政不德，武王杀之。不祀：宗庙被毁，祭祀断绝，表示亡国。[15] 匪易：不改变。匪，通“非”。[16]“凭阻”二句：凭借险阻为恶作乱，没有不败亡的。[17] 公孙：指公孙述，西汉末年任清水县令，王莽末年，公孙述自领益州牧，进而称帝于蜀，很快被光武将吴汉攻灭。刘氏：指蜀汉后主刘禅。衔璧：古代战败出降者以口衔璧，以示国亡当死，故多以“衔璧”指投降。[18] 覆车：翻车，喻失败的教训。重迹：重蹈覆辙。[19] 勒铭：刻在碑、牌、器物上的文字。梁、益：梁州和益州，梁州指今陕西南部，益州即今四川省境。

**译文** 这里是蜀国唯一的大门，形势险固利于镇守。关名剑阁，悬崖如壁峭立千仞。这地势险峻到了极点，没有一条道路有如此险峻。社会混乱时就叛乱，世道清平时就来归顺。以前蜀汉的刘备关闭了剑阁，晋朝又打通了道路。秦国只有诸侯百分之二的兵力，却凭借天险而统一了全国。齐国地势也很险要，只有诸侯十分之二的兵力，田肯给汉高祖献上统一的策略。何况这剑阁明显更为险要，且地居中原之外。一人持兵器把守，上万敌兵也畏祸退避。如此的形胜之地，非国家亲族不能驻守。过去魏武侯泛游于西河中流，见山河形胜便自豪，认为那是“魏国之宝”。这见解被吴起“在德不在险”的见解所折服。国家兴旺在施行仁德，而不在依恃天险。三苗之洞庭、殷纣之孟津均堪称险要，但两国却都已经灭亡。自古至今，天命不易改变。凭借天险作乱者，很少有不失败的。公孙述据蜀作乱，已经灭亡；刘禅蜀中称帝，也衔璧投降。翻车的轨迹，再不要重蹈。将本文刻于山曲处，以告诫梁州、益州士子和百姓。

## 剑阁峥嵘岁月稠

剑门关位于今四川剑阁县北部，是川北入蜀的咽喉，从来都是兵家必争之地。三国时，诸葛亮在大剑山中段依托悬崖，砌石为关，筑成了举世闻名的剑门天险。在这里，大剑山东西横亘，连山绝险，在南北峰的夹缝地带形成了独路如门的形胜；关门恰好设在独路的最高处，从北往南者必须仰攻才能前行，而且上仰的坡度异常大，因而，守关之人坐收形胜之利，“一夫当关，万夫莫开”。在遍布全国的雄关要隘中，要说一个关隘能拥有如此巨大的形胜之便，剑门关必定是其中最典型者之一。诸葛亮北伐，大军即从剑门北上；钟会伐蜀，就是被姜维大军挡在了剑门关，最后还是邓艾绕过剑阁，才兵临成都的。

就在西晋统一全国的当年，因父张收赴任蜀郡太守，张载随父入蜀，道经剑阁，遂撰写《剑阁铭》一文；此行张载还作有《叙行赋》和《登成都白菟楼》诗，都留存至今。应该说，是苍茫的秦巴古道，促成了张载铭文的诞生，也丰富了中国文学史的内容；秦巴古道、陇蜀古道，从来都是孕育诗文的摇篮。《剑阁铭》写就之后，益州刺史张敏称赞不已，表奏给晋武帝司马炎，司马炎也欣赏此文，于是派人镌刻在剑山，《剑阁铭》遂成传世名作，与雄奇的剑门关一起长留天壤了。

铭文中，张载首先极写剑阁之险，这里是“壁立千仞”，是“穷地之险，极路之峻”。作为长期生活于河北、中原一带的、见惯平原地貌的张载而言，当他遇到如此险峻的形胜时，其惊叹之情，完全可以想见。“壁立千仞”一句发语警深，后来林则徐将其组合为“壁立千仞，无欲则刚”，丰富和增益了内涵，广为流传。铭文的第二个层次，是议论地理形胜的重要性。张载以秦国、齐国为例证来说明，秦国、齐国的军队不过是诸侯的百分之二、十分之二，但他们或统一天下，或割据为大国，一个重要因素就是地理天险。其中“一人荷戟，万夫趑趄”的话，形象刻画了剑阁之险，后来李白将其改造为“一夫当关，万夫莫开”，传唱千古。最后，铭文从大一统的立场，发出了“自古迄今，天命匪易。凭阻作昏，鲜不败绩”的警戒议论。天下的统治权，从来都是天命在主使，仅仅凭恃天险，最后没有不败绩者，称帝于蜀中的公孙述、刘备不都是这样吗？言下之意，在统一升平的时代，剑阁虽险，但必须畅通，不能再被割据势力盘踞和阻断了。

抛开张载天命主宰的观念不谈，从统一的立场来看，张载没有一味地歌咏剑阁之险，而是主张畅通道路，维护统一，这样的思想内涵是值得肯定的，尤其是考虑到冷兵器时代雄关要隘、地理形胜的重要性，我们就更能体会到张载主张的可贵。今天，随着时代的飞速发展和战争形态的巨大变化，原来冷兵器时代地理要塞、壁障的战略价值早已淡化，而主要成为历史沧桑和人文精神的见证，成为人们凭古吊今、感慨兴亡、升华境界、净化心灵的助力之场。再来回看如今的剑阁，人流如织，笑语欢声，其巍峨的雄姿和高耸的碉楼，更像是挺拔天地、浩气长存的民族精神的象征。穿行于其间蜿蜒峭立的石径和栈道之上，眺望苍茫壮阔的峡谷和山形，感受两侧雄峻逼人的气势，悬想一代又一代的军人费尽移山心力，鞠躬尽瘁于这片热土之上，不觉让人热血沸腾，感动不已！而这样的感动里，必然是混融着山水和时空的浩茫，交织着历史和民族的厚重，激荡着生生不息的昂扬之力。

## 杂诗（其四）　　张协

朝霞迎白日，丹气临汤谷[1]。翳翳结繁云，森森散雨足[2]。轻风摧劲草，凝霜竦高木[3]。密叶日夜疏，丛林森如束[4]。畴昔叹时迟，晚节悲年促[5]。岁暮怀百忧，将从季主卜[6]。

——《文选》卷二九

**注释**：[1] 丹气：日光照射空气成红色。汤谷：即“旸谷”，神话中日出之处。[2] 翳（yì）翳：天色阴暗。森森：众多貌。雨足：雨点。[3] 劲草：坚韧的草。竦（sǒng）：高起，高耸。[4] 森：树木高长貌。如束：比喻树木叶落后枝条聚拢的样子。[5] 畴昔：以前。晚节：晚年。[6] 季主：司马季主，汉初人，曾卖卜于长安东市。宋忠和贾谊问卜于他：“何居之卑，何行之污？”他回答：“骐骥不能与疲驴为驷，而凤凰不与燕雀为群，而贤者亦不与不肖者同列，故君子处卑隐以辟众，自匿以辟伦。”（《史记·日者列传》）

**译文**：朝霞迎来了旭日，火红的光芒照耀着汤谷。浓云聚集天色隐晦，雨脚奔驰雨线萧萧。秋风飒飒吹折劲草，布满严霜的树枝森然耸立。厚密的枝叶日渐减少，使得枝条合拢似被捆束一般。以前总是感叹时光很慢，老年时却容易悲伤年华易逝。在这一年将尽的季节里，我百忧交集，打算学司马季主去卖卦。

## 蝴蝶飞南园，“形似”首推君

张协生活于西晋后期，与兄张载、弟张亢均以文知名，时称“三张”。西晋末年，五胡乱华，中原板荡，张协眼见天下已乱，遂弃绝人事，屏居草泽，以文咏自娱。其人生的最后选择与左思近似，而与潘岳、陆机迥异。基于这样的人生选择，其诗歌便呈现出与潘岳、陆机差别明显的风貌。潘、陆热衷功名，诗歌“缛旨星稠，繁文绮合”，体现出繁缛的辞采；张协淡泊名利，所以诗歌显得朴素明净、委婉冲淡，具有接近陶渊明的风格，他的诗是西晋繁缛的诗坛上难得的涓涓清流。

本诗主旨在叹老伤逝。四季物色频频转换，时光匆匆流逝。春季，有鲜红的朝霞映满山谷；夏季，有彤云密布和雨脚奔驰；秋季里，风摇百草，木叶凋落；冬季时，树枝突兀耸立，形单影只。这永恒的四季轮回里，岁月可曾饶恕过谁？一年将尽的季节里，我又该何去何从？这样的追问，显然是充满着生命的忧虑。怎么办呢？我还是带着满怀的忧虑，循着西汉司马季主的路子走吧。想当年，司马季主卖卜于长安，因受贾谊质疑的刺激，愤而作出了“骐骥不能与罢（疲）驴为驷，凤凰不与燕雀为群，贤者不与不肖者同列”的回答。这是君子卑隐时的自主选择，有着严肃的人格期待。言下之意，尽管我张协身处乱世，尽管叹老嗟衰，但君子人格还是坚持不倒，同流合污还是坚决不做。显然，张协是在回答他弃绝人事、屏居草泽的原因。这回答委婉而坚定，轻描淡写中蕴藏着深沉的力量。

从文学描写来看，本诗堪称“巧构形似之言”（钟嵘语）。“翳翳结繁云，森森散雨足”，“凝霜竦高木”，“丛林森如束”等句，细腻而具体，绘景如画，让奔驰的雨脚和凋零的枯木如在眼前，极具象形特点。此前，中国文学中的景色基本都是概貌描写，如“蒹葭苍苍”“云霏霏而承宇”“青青河畔草”等，我们所能感受到的只是大面积的蒹葭、乌云与青草，至于其形状、动态等，则总感觉模糊；只有到张协的笔下，才描摹出了物色的形似之真。这是中国诗歌描写的一个进步，也是具有标志性的转变，为谢灵运等作家的创作导夫先路。

张协还有一句很有名的诗：“借问此何时？蝴蝶飞南园。”用故乡南园的蝴蝶飞飞，寄寓其浓浓的思乡之情，美丽的蝶舞便代表了关于故乡的一切美好记忆，实在是四两拨千斤，高明之极，难怪钟嵘许之为“风流调达，实旷代之高手”。

## 杂诗　　王赞

朔风动秋草，边马有归心[1]。胡宁久分析，靡靡忽至今[2]。王事离我志，殊隔过参商[3]。昔往鸧鹒鸣，今来蟋蟀吟[4]。人情怀旧乡，客鸟思故林。师涓久不奏，谁能宣我心[5]。

——《文选》卷二九

**注释** [1] 朔风：北风，秋风。边马：牧于边境的马，这里也可引申为戍边将士。[2] 胡宁：为何要。靡靡：纷乱，颓靡。[3] 王事：公事，这里指从军打仗。参商：星宿名，分处东、西方，出没各不相见，后多用以比喻双方隔绝。[4] 昔往、今来：语出《诗经·小雅·采薇》“昔我往矣，杨柳依依；今我来思，雨雪霏霏。”鸧鹒（cāng gēng）：《诗经·豳风·东山》：“春日载阳，有鸣仓庚。”蟋蟀：《东山》：“十月蟋蟀入我床下。”[5] 师涓：即春秋时卫国乐师师襄，又称师襄子，孔子曾随他学琴。宣：宣慰。

**译文** 萧瑟的北风吹着枯草，征战边地的军马有归乡之心。为什么与故乡长久地分离？迟迟不归以至今日。国事的发展令人失望，与亲人悬隔如同参商。想当初离家时黄莺鸣叫，归来已是蟋蟀苦吟。人情都眷恋故乡，外出的鸟儿也思恋它的故巢。师涓的妙音无人弹奏，谁能宣慰我的心思呢？

## 朔风边马写归心

本诗作者王赞生平资料很少，结合李善注和《晋书·苟晞传》的记载，我们可以推知，王赞是深度参与了西晋末年政局的人物，他博学有俊才，在晋惠帝时官拜侍中，在永嘉年间任征虏将军、陈留太守兼散骑常侍，与苟晞关系密切。苟晞曾短暂地挟天子以令诸侯，王赞奉苟晞之命与司马越、石勒作战，常为前驱，最终为石勒所杀。从征战的地域范围来看，王赞主要转战于青州、仓垣、陈留一带，即今山东中部至河南开封地区。

王赞这样的人生履历，是我们解读本诗的基本前提。从内容推理，作者长久地征战于边地；所谓“边地”，应该泛指王赞的征战之地。在一个秋风萧瑟、战马嘶鸣的傍晚，征战在外的王赞内心动荡，泛起了浓浓的乡愁。“朔风动秋草，边马有归心”，起句极为精彩。前句写萧瑟秋景，也写萧瑟心境；后句写边马归心，马愁人也愁，用马鸣意象委婉传达乡思，因物及情，极为形象、鲜明而强烈，因此，本句也成为六朝名句。接着，他感慨道：我与家人悬隔，如同参宿、商宿一般难以相见；国事糜烂如此，远非志士所期，转战至今，所得不过是失望。“昔我往矣，杨柳依依；今我来思，雨雪霏霏。”这是《诗经》中征战将士的返乡之歌，可何时才是我的归程呢？离开家乡时，正是“仓庚于飞”、烟花烂漫的阳春三月；如果我返乡呢？那应该是“蟋蟀在堂，岁聿其莫”的寥落秋天吧？这样的感慨和预想，把军人思乡的天真和迫切感刻画得极为充分。人同此心，谁能不眷恋故乡啊？就连鸟儿都眷恋着故巢，何况是人呢！战地苍凉，我心沉郁，哪里能有师涓那样优美的琴音，来宣慰我的心思？

文学史上，我们经常能看到文人的乡情，但类似王赞这样以文人而为将、经过战斗洗礼之后的真切的军人乡情，还是相对较少。刘琨孤军奋战，所写主要是个人际遇和家国情怀，王赞此诗写的是纯粹的战地乡愁，所以其感人之处，确实别有一番风味。其实，以文人而为将，与其说是文人的际遇，不如说是文人的悲凉，尤其是放在永嘉时代文靡武颓的大乱局中来看时，更让人唏嘘不已。覆巢之下，焉有完卵。王赞之战败被杀，与陆机、陆云、潘岳、石崇、欧阳建等人的最终结局都一样；而左思、张协等人则退隐民间，不知所终；更有甚者，潘尼病卒于乱，皇甫谧的高足挚虞竟然饿死于乱中！这些文人，如果能有安稳的环境诚心为文，无论能不能创作出优秀作品，我们都认为是物得其所，我们不愿意看到他们沉溺于政争、谄媚于倾轧、转战于边地、落魄于民间。所以，刘勰也有感于西晋文坛，说："晋虽不文，人才实盛。"但同时，刘勰也同情这些命途多舛的文人，说他们是"运涉季世，人未尽才"(《文心雕龙·时序》)。千载之下，我们仍然深有同感。

## 扶风歌　　刘琨

朝发广莫门，暮宿丹水山[1]。左手弯繁弱，右手挥龙渊[2]。顾瞻望宫阙，俯仰御飞轩[3]。据鞍长叹息，泪下如流泉。系马长松下，发鞍高岳头[4]。烈烈悲风起，泠泠涧水流[5]。挥手长相谢，哽咽不能言[6]。浮云为我结，归鸟为我旋。去家日已远，安知存与亡？……我欲竟此曲，此曲悲且长[7]。弃置勿重陈，重陈令心伤！[8]

——《文选》卷二八

注释：[1] 广莫门：晋洛阳城北门。丹水山：即丹朱岭，丹水发源处，在今山西高平市北。丹水由此东南入晋城县界，再南入河南，汇入沁水。刘琨从洛阳往并州（今太原），丹水为必经之地。[2] 繁弱：古良弓名。龙渊：古宝剑名。[3] 顾瞻：回头看。飞轩：飞驰的车子。[4] 发鞍：卸下马鞍。[5] 烈烈：风劲吹。泠泠：水声。[6] 谢：辞别。哽咽：因悲泣而声气结塞。[7] 竟：指奏完。此曲：指《扶风歌》。[8] 弃置：放在一边。重陈：再次陈述。

**译文:** 清晨我从广莫门出发，傍晚歇宿在丹水山下。左手挽着繁弱弓，右手拿着龙渊剑。回望洛阳宫殿，我驾着轻车颠簸向前。依着马鞍长叹，不禁泪下如泉。拴马于高松下，卸鞍于高山巅。强劲的悲风吹起，泠泠的溪水长流。挥手辞别亲友，哽咽得说不出话。浮云似乎为我而凝结，归鸟似乎为我而盘旋。离家日渐遥远，今后他们能否平安？……我想收束这支曲子，无奈曲子既悲且长。索性搁置一边吧，不要再唱了，再唱会让人心肝断绝！

## 刘琨死后无奇士

本诗作于永嘉元年（307）刘琨在并州刺史（治府太原）赴任途中。刘琨的这次任职并不轻松，而且还极为艰险。此时已是八王之乱的尾声，由于诸王祸乱和长期内耗，西晋政权已经衰弱之极。并州西部是匈奴刘渊的离石割据政权，北部是鲜卑拓跋部和反复的乌丸，东部是幽州的王浚与鲜卑段部，东南部的邺城稍后还成为石勒的大本营。而且，当时的山西地区还发生了大规模的饥荒，由此诞生了史上有名的“乞活军”，“乞活军”的主体就是并州饥民，因此，刘琨赴任前的并州人口已不足二万户（《晋书·刘琨传》）。在这样的背景下，刘琨赴任并州，其实是担负着安抚人民、恢复统治权的重任。

刘琨出身于官宦世家，是中山靖王刘胜之后，父、祖均任较高的官职。早年的刘琨生活豪纵，精通音律，好声色，曾是石崇金谷别墅的座上客，也是贾谧“二十四友”的成员。但是，八王之乱打乱了这样的生活节奏，刘琨深度参与了八王之乱，只不过因其声望较高，才得以在诸王势力之间游走而得以保全。永嘉元年，晋惠帝委刘琨以方面重任，刘琨心里当然明白，这是一条凶险之路。事实也证明，这是一条不归路。

不过，在这条不归之路上，刘琨走出了孤军转战的丈夫豪情和英雄气概。在并州，他征讨乌丸，先后联合鲜卑拓跋部、段部，分别与刘渊、王浚、石勒作战，但因“善于怀抚而短于控御”，所以一败再败，最终被段匹磾杀害。永嘉南渡后，晋阳（太原）已经成了五胡乱华中的孤岛，刘琨也成了晋政权在北中国的象征，他积极、忠诚地为国征战，最终英勇牺牲，无论如何都值得高度赞誉。如果考虑到西晋后期士大夫清谈成风、谄媚成雨的政风，考虑到东晋政府龟缩江南的现实，则刘琨生涯后期的孤军转战更显其可贵和崇高。皇甫谧可以恬淡自守，傅玄可以犯颜直谏，杜预可以未雨绸缪，而类似刘琨这样的忠贞报国、孤军奋战、死而后已的大丈夫，则寥若晨星。所以，元好问曾言：“曹刘坐啸虎生风，万古无人角两雄。可惜并州刘越石，不教横槊建安中。”元好问将刘琨与曹操并列，虽然仅仅是在诗歌创作上，但也足见后人对他的敬重。

从这首诗的内容推理，应该是作于刘琨离开洛阳不久。他精通音律，善于歌啸，所以本诗铺景陈情，婉转曲折，极具一唱三叹之妙。他全副武装，率军往并州进发。洛阳，那个他心中家国的象征，已经渐行渐远；远离了家人，还能再见到他们吗？回想起辞别亲友的场景，他不禁泪落纷纷，因为他预感到此行是凶多吉少，这一别，很可能就是永别。强劲的山风吹来，谷底溪水长流，飞鸟在盘桓，浮云在凝结，似乎都是有感于作者沉重的心事。更让他担心的是，当年李陵孤军转战，最终满怀委屈地投降匈奴，汉武帝至死也不原谅他；如今我也孤军在外，我不惧艰险，却惧怕无人证明我的孤忠，更惧怕有李陵那样的遭遇。所以，诗的最后说：“我欲竟此曲，此曲悲且长。”由于心绪浩茫，沉重郁结而又难以言说，只能是越唱越心伤。

从个人心迹来看，刘琨此行是完成了其人生境界的升华，从此之后，他从一个豪纵公子和为诸王卖命的将领，转变为一个为国为民的、带有崇高气息的英雄人物。他《为并州刺史到壶关上表》一文，一再地为苍生苦难而泣血呐喊。临终前，旧部力图解救他，王敦则力主处死他，都能反映出，在那个天翻地覆的乱局里，刘琨有着崇高的声望，有着举足轻重的地位（以至于远在江南的王敦也不敢接纳他）。如果再联系他“闻鸡起舞”“枕戈待旦”的故事和“一曲悲笳救孤城”的传说，我们能得出：刘琨是永嘉时罕有的英雄，他上演了一出悲壮的乱世传奇。

## 游仙诗（其五）　郭璞

逸翮思拂霄，迅足羡远游[1]。清源无增澜，安得运吞舟[2]。珪璋虽特达，明月难暗投[3]。潜颖怨青阳，陵苕哀素秋[4]。悲来恻丹心，零泪缘缨流[5]。　——《文选》卷二一

注释：[1] 逸翮（hé）：善飞的鸟。翮，羽茎，这里指鸟。迅足：捷足。[2] 增澜：层层波澜。吞舟：吞舟之鱼，能吞舟的大鱼。《庄子·庚桑楚》：“吞舟之鱼，砀而失水。”[3] 珪璋特达：珪、璋是重礼，可以独行成礼，不须别的辅礼。后用来比喻人才德出众。明月：明月珠，大的珠宝，夜光珠。[4] 潜颖：幽潜处的禾穗。青阳：春日。陵苕：山上的植物。素秋：秋季。五行说中，秋属金，其色白，故称素秋。[5] 恻：悲伤。零：落。缨：系冠的带子。

译文：健飞之羽总想摩天翱翔，捷足之人总想远走天涯。水清源浅不可能有巨澜，又怎么会有吞舟之鱼呢？珪璋珍贵可独行成礼，明月宝珠怎能自甘埋没！被遮蔽的禾穗埋怨春日的迟迟照临，山巅草苗总是哀叹早遇秋霜。想起这些人情物理，不禁让人悲从中来，泪水缘着冠缨坠落。

### 挺拔为俊游仙篇

在古代游仙诗的作者序列里，郭璞是最有名的作家之一（此外就数李白）。其《游仙诗》今存完整的10首，残缺的12首（句），《文选》选录了7首。由于散佚、残缺，所以我

们已经看不到这组诗歌的全貌，很难了解其整体情况了。这组诗有没有体系？创作动因为何？是一时一地之作吗？对此，学人歧见纷出，赵霈霖先生认为，郭璞《游仙诗》是一组成体系的、反映郭璞学道修仙的“自叙”性诗作，而梁代钟嵘则说这组诗是“坎壈咏怀”“乖远玄宗”，即名为游仙，实为咏怀。不同立场的解读，总会有不同的结论。我们认为，仅以单篇来看，钟嵘的说法有理；但综合来分析，则赵霈霖的说法为胜。

首先，郭璞是一位有宏伟抱负的士大夫，他支持东晋政权，反对分裂，渴望国家统一，最终也为维护东晋王室而被杀害；其次，郭璞是一位卓越的学者，他精通《周易》、堪舆和古文字，是当时最权威的占卜者，在注释学上也有高度的成就，其《尔雅注》《方言注》《穆天子传注》《山海经注》都留存，尤其是《山海经注》堪称皇皇巨著；再次，郭璞是一位虔诚的道教信徒，“寻仙万余日”，永嘉乱后，他避难南行，途中在青溪山隐居修道，《游仙诗》很可能就作于此时；第四，郭璞还是“词赋为中兴之冠”的文人、“中兴第一”的诗人，代表了唐前游仙诗的最高成就。所以，郭璞是一位极为复杂、极耐研究的历史人物。

专意寻仙的郭璞，能彻底忘怀世事、高蹈红尘之外吗？从本诗来看，他做不到，毕竟，他是受过良好教育的士大夫，纷乱的家国天下、颖异的个人才华，都在他心中波澜迭起。有健飞之羽，那就摩天飞翔吧；有强健之足，那就远游吧！言下之意，有颖异的才华，就该展翅翱翔，大干一场。我是珪璋，可以独当一面；我是明月珠，怎甘被埋没！这可不像是清心修炼的道教徒的情思，而是士大夫的壮怀。“潜颖怨青阳，陵苕哀素秋”两句，最为动人。在郭璞看来，他是那被遮蔽的禾穗，青春的日光总是迟迟照临；他是那山巅的草苗，秋天的第一缕风霜总是先打在他的身上。这又是多愁善感、自艾自怨的文人情怀。念及此，郭璞不禁悲从中来，泪落纷纷。其实，郭璞这样的情思完全可以理解；修仙固然是兴致所在，但功名才是真正的抱负所向、社会所尚，其间有睽隔，也有交融。郭璞就这样矛盾地修着仙，想着家国，眷恋着仕途。无论《游仙诗》整体有怎样的修道“自叙”，至少在这首诗里，怀才不遇和世间功名才是主角。

从字面来理解，郭璞不过是要表达怀才不遇的感伤，但他体察物理，化用典故，隐曲传情，将浓浓的幽怨和深深的失落恰当、深入地表达出来，耐人寻味却不隐晦，深得风流蕴藉的雅意。在玄言诗盛行的时代，这组《游仙诗》确实显得“婉转附物”，情韵丰富，所以，钟嵘评其为“辞多慷慨，乖远玄宗”，“始变永嘉平淡之体，故称中兴第一”（《诗品》），刘勰评论为“挺拔而为俊”（《文心雕龙·明诗》），“足冠中兴”（《文心雕龙·才略》），他们的话，体现出对郭璞游仙诗的一致肯定。

## 让中书监表[1]　　庾亮

臣历观庶姓在世[2]，无党于朝，无援于时，植根之本，轻也薄也。苟无大瑕，犹或见容[3]。至于外戚，凭托天地[4]，势连四时，根援扶疏，重矣大矣。而财居权宠，四海侧目[5]；事有不允，罪不容诛。身既招殃，国为之弊。其故何耶？直由婚媾之私群情之所不能免[6]，故率其所嫌，而嫌之于国，是以疏附则信，姻进则疑[7]。疑积于百姓之心，则祸成重闼之内矣[8]。此皆往代成鉴，可为寒心者也。

——《文选》卷三八

**注释** [1] 中书监：职官名，曹魏始置，典掌尚书奏事，目的是分尚书台之权，因此，中书监是地近枢要、掌管机密的核心要职。中书监与中书令职务相等而位次略高，为实质上的宰相。[2] 庶姓：与皇族无姻亲关系的人。[3] 见容：被宽容、接受。[4] 外戚：皇帝母亲和妻子方面的亲戚。庾亮为皇后之兄，属外戚。天地：这里指皇帝、皇后。[5] 侧目：偏着头看，不敢正视，形容畏惧。[6] 婚媾（gòu）：婚姻。[7] 疏附：指异姓才士受到重用。姻进：指外戚之人受到重用。[8] 重闼（tà）之内：宫廷之中。

**译文** 据臣历年来的观察，寒门在朝廷没有亲党庇护，在社会上也没有贵戚支援，其根基轻而薄。只要他们没大过失，还是可以获得人们的宽容。外戚则不同，他们凭借天子、后妃之亲，如同大树一般根连枝牵，繁茂纷呈，占尽四季的便利，所以其影响极大。外戚位居权要，便被四方人士侧目而视；一旦犯错、为法所不容，那便罪不容诛了。他们自身遭殃尚且不算，关键是国家也会因此而遭殃。什么原因呢？因为婚姻私情人人都有，他们会将对外戚的嫌疑扩展及于国家。所以疏远之人依附于皇帝，会赢得人们的信任；外戚进用，反而还会招致嫌疑。这样的嫌疑在百姓间积久了，会造成皇宫乃至国家的祸患。似此之例以前就有，想来不免让人寒心疑惧。

## 侯门一入深似海

本文为庾亮辞让中书监的奏表。庾亮是东晋著名外戚、权要（明帝的妻兄、成帝的舅公），曾在王导、王敦之后主持朝政，同时，他还是大名士，容姿俊美，善于清谈，“笔敷华藻，吻纵波涛”（《晋书》本传评语），不仅有口才，还有文采。在庾亮和庾翼的带动下，新野庾氏一跃而成为与琅琊王氏、陈郡谢氏并列的东晋五大门阀之一。应该说，在东晋的政界和文化界，庾亮都是有着重大影响的人物。

本表最耐人寻味之处，就是门阀政治下政客们的隐曲心思。中书监是要职，自曹丕设立中书监、令以来，中书监即为实质上的宰相。如此美职，别人求之若渴、趋之若鹜，可庾亮为何还要辞让呢？其中究竟，耐人寻味。此前，庾亮曾任职中书郎、散骑常侍、中领军等要职，散骑常侍具有平章尚书奏事的权力（即具有议政权），中领军执掌宫廷禁卫，这些都是皇帝身边的要职。由此再晋升中书监，可谓仕途畅达，平步青云，位极人臣。但庾亮毕竟还是坚决辞让了。为什么？

委任令当然出于皇帝。东晋之初，王导辅佐司马睿登基称帝，安抚江南本地的士大夫，为稳定晋初政权作出了巨大贡献，所以，时有“王与马，共天下”的说法，即琅琊王氏与河内司马氏共享天下统治权。当琅琊王氏权势鼎盛、一族独大的时候，司马睿心中的殷殷忌惮便油然而生，所以，自司马睿开始，就企图培植新的大族以平衡王氏势权，遗憾的是，司马睿的措施激起了王敦之乱，他自己也因此郁愤而死。晋明帝司马绍即位之初，正是王敦起兵向阙、大权独揽之时，此时的他亟需一位信任度高、资望俱佳的大臣依为心膂；庾亮作为皇帝舅子哥，资历、人望、信任度均符合抗衡王氏权力的要求，也符合宰相的条件，司马绍遂委庾亮以中书监之要职。因此，这一任职其实是深层反映了东晋政枢的波谲云诡。

可是，庾亮也有他的顾忌。在本表中，他一再声明，国恩浩荡，不胜感激，之所以辞让，不是才华、能力的问题，而是身份的问题。身为后党，“姻娅之嫌”，才是关键。对一般官员而言，他们朝廷无党，朝外无援，所以，即便偶有过错，人们也会宽容；但后党不同，后党凭借的是“天地”（即皇亲国戚），这优势太明显，所以，人们对后党的要求、监督就更为苛刻，一旦犯错，就“罪不容诛”。进而，如果后党的优势一直延续下去，会示天下以不公，形成社会心理的抵触，那就会危及国家的统治根基。殷鉴不远，两汉政权不都以“抑后党安，进婚族危”吗？庾亮还说，富贵荣宠，我本向慕；潦倒贫贱，我也不甘；违背国令，我更不敢。之所以辞让，就是为国家大局着想，拳拳之诚，希望能得到体谅。应该说，庾亮的说辞，有其充分的理据，不避忌讳，直言要害，显得正大光明，说服力很强。对此，金圣叹评价说：“良由吐于肝膈至诚，固非敷华剡藻之所得而并比也。”（《金圣叹全集》第5卷）就是从这个角度来说的。

但是，如果从门阀倾轧与平衡的角度去思考，那我们会看出，在这正大光明的说辞背后，还有着门阀政客不想明说的隐曲。此时的王敦驻军武昌，诛杀大臣，政由己出；如果让后党出身的庾亮代替王导以为中书监，那会不会授王敦以口实，进而刺激其暴行？前一年，王敦攻入建康时，建康守军根本无法抵抗；如果王敦因此而再次举兵向阙，那更会摧枯拉朽，更是国之灾难，所以，庾亮才坚决辞让。显然，庾亮是着有深长思考和全局眼光的，可以一定程度地安抚和稳住王敦的野心。

王敦跋扈时，建康城中王导的日子难捱，他率王氏子弟请罪，中书监之职让他感到别扭。所以，当庾亮推辞了一段时间之后，司马绍还是继续以庾亮代替王导，任中书监之职，庾亮也确实平稳地接了过来。

## 始作镇军参军经曲阿作[1]

陶渊明

弱龄寄事外，委怀在琴书[2]。被褐欣自得，屡空常晏如[3]。时来苟冥会，宛辔憩通衢[4]。投策命晨装，暂与园田疏[5]。眇眇孤舟逝，绵绵归思纡[6]。我行岂不遥，登降千里余。目倦修途异，心念山泽居[7]。望云惭高鸟，临水愧游鱼。真想初在襟，谁谓形迹拘[8]。聊且凭化迁，终返班生庐[9]。

——《文选》卷二六

注释：[1] 镇军：指镇军将军刘裕，元兴三年（404），刘裕讨伐桓玄，收复京邑，任镇军将军。参军：官名，两晋时期的参军多为幕僚，无定员，亦可无定职。曲阿：地名，今江苏丹阳。刘裕坐镇京口，距离曲阿很近。陶渊明自老家柴桑沿江东下，赴京口，途径曲阿。[2] 弱龄：弱年，年少。事外：俗事之外。[3] 被褐：穿粗布衣服。屡空：形容贫穷。晏如：安然自得的样子。[4] 时：时运，时机。苟：如果。冥会：默契。宛辔（pèi）：放松缰绳。通衢（qú）：大道，这里指仕途。[5] 投策：放下书籍。策：简册，书籍。疏：疏远。[6] 眇（miǎo）眇：遥远的样子。纡（yū）：缠绕。[7] 目倦：眼睛疲惫。山泽居：田园旧居。[8] 真想：淳真的思想，指热爱自然。襟：怀。形迹拘：被行迹所拘，指做官。[9] 聊且：姑且。凭化迁：任凭时运自然的变化。班生庐：班固《通幽赋》："终保己而贻则兮，里上仁指所庐。"这里指仁者、隐者所居之所。

**译文** 年轻时就寄情俗事之外，心思都集中在弹琴读书上。虽然穿着粗布衣服，食器常空，但心情却欣然自得，安然无忧。时运来临了，我也打马于大道之上（出任镇军参军）。弃置手杖备好晨装，踏上前往京口的旅程，暂时地离开田园。飘飘孤舟渐行渐远，绵绵归思却一直萦绕在心头。这行程怎能说不远呢？需要跋涉千里之遥啊。他乡的山水让人目倦，山泽中的故居才是心中最大的眷恋。看见云端的飞鸟、水中的游鱼，便心生愧意。我真朴在怀，谁说官场就能拘束我的行迹呢？姑且随着形势改变自己的出处，最终还是要像班固向往的那样返回故园的。

## 时来渊明亦雄杰

本诗作于陶渊明赴任京口的途中。陶渊明是田园诗的开创者，在我们的印象中，他似乎只是一个隐者，其实他也是官场中的人物，只不过他徘徊于仕隐之间，是官场中的一个特立独行者而已。

陶渊明一生有五次任职：江州祭酒、桓玄僚属、镇军参军、建威参军、彭泽令，每次任职时间都很短，如任江州祭酒"少日自解归"，任彭泽令仅八十余日。由于他任职时间短而反复，所以，每次他为何出仕、因何罢官（或辞官），均耐人寻味。如果说他任江州祭酒是因"亲老家贫"、罢官是因"不堪吏职"，任彭泽令是为了争取"三径之资"、罢官是不愿"为五斗米折腰"(《晋书·陶潜传》)，那么，他任荆州刺史桓玄僚属、镇军将军刘裕参军、建威将军刘敬宣参军，其目的又为何？为何还匆匆罢官？他罢官桓玄僚属是因为母亲守丧而致，那其他两次呢？难道陶渊明的每次出仕，都是为了挣点隐居的生活费，每次罢官都是为了归隐田园的梦想吗？我们想以本诗为例来分析。

本诗是陶渊明的第三次出仕时，即出任镇军将军刘裕的参军时所写。刘裕于元兴三年（404）任镇军将军、徐州刺史、都督八州军事，坐镇京口，大权在握，以抗衡已经自号称帝的桓玄。从诗题“始作镇军参军”来看，应该是在陶渊明为母亲守丧刚期满，赴京口任职的途中，或许，他都没有见过刘裕这位赫赫威名的将领。此前，他任桓玄僚属，可是桓玄野心勃勃，起兵向阙，陶渊明恰好以母丧为借口返乡；按理说，守丧结束后，他应该首先赴桓玄幕府（也是短暂的皇宫），而不是刘裕帐下，但显然陶渊明没有这么做。这情形，极有可能就是陶渊明看不惯桓玄的自号称帝，而是看重刘裕中兴东晋的能力。此时的刘裕，是正在崛起的一代将星，陶渊明可能是期望在刘裕幕府能有所作为、自我实现，如他所说“时来苟冥会，宛辔憩通衢”吧。

但令人困惑的地方是，刘裕用陶渊明为“参军”，陶渊明有着怎样的军事才华或干练之才呢？他又能为刘裕怎样出谋划策呢？我们以为，对于一个时时都“心念山泽居”的人来说，他的军事谋略、应事干才应该是比较欠缺的。也就是说，刘裕任陶渊明为参军，并不需要陶渊明为他出谋划策，而只是安排一个可供陶渊明立足士林的平台而已，毕竟陶渊明出身名门（已经颇为衰落的将门），有鲜亮的文才，任用陶渊明，也可以为刘裕赢来得人的政声。

接下来的问题是，陶渊明在刘裕帐下仅仅一年左右，又转而任建威参军了，这又是为何？是刘裕辞退了陶渊明，还是陶渊明告别了刘裕？对此，有人推理说，这是因为陶渊明看不惯刘裕的所作所为，所以才离开了刘裕。可问题是，刘敬宣、刘裕都是北府系将领，只不过刘裕是北府一代，刘敬宣是北府二代而已，从刘敬宣生平来看，他是忠诚地奉刘裕之命征战，他们是“一丘之貉”，这么看来，陶渊明看不惯刘裕，又怎能看得惯刘敬宣呢？我以为，陶渊明弃刘裕而投奔刘敬宣，关键是地理位置的因素。刘敬宣任建威将军、江州刺史，而陶渊明的故乡就在江州浔阳郡柴桑县，任职于江州（府治浔阳），与故乡最近，也最符合他“归园田居”的初衷。

就在任建威参军的本年八月，陶渊明出任彭泽令。这说明，陶渊明任建威参军大致就半年时间，他费尽心思求职于江州，不过是求为官于家乡附近而已，彭泽也距柴桑不远。由此，再来回溯陶渊明的仕履，我们的认识是，他任职桓玄、刘裕幕府时，或许是想有所作为，希冀自我实现，他也有着维护东晋正统的鲜明意识；而他任职于江州、彭泽时，很可能是已经明白，自己心系田园，不堪吏职，四处碰壁，根本就不是官场的那块料，他得为罢官后的生活留点积蓄，以为“三径之资”（作幕僚收入有限，当县令俸禄相对丰厚一些）；不过，即便这个在士大夫看来极为卑微的愿望，他也未能很好地实现，因为做彭泽令仅仅八十余日而已。

功名，是陶渊明不能轻易放下的牵挂，田园，是他的终极关怀；官场，是他的碰壁之地，农村，是他自我疏放、自由舒心的乐园。他曾为功名而追求过，但小试牛刀，碰壁辄返；碰壁之后的坚定选择，就是回归田园。所以他说：“望云惭高鸟，临水愧游鱼。真想初在襟，谁谓形迹拘。”鱼翔潭底，雁排长空，那是自由舒放的性灵，陶渊明由衷地羡慕着，也为拘禁于官场而惭愧，但念头一转，他还是能想得通：只要我心存真朴，官场就只能拘禁我的形体，而拘禁不了我的心灵，何况，终有一天，我会返回故庐，逍遥自在呢！

## 饮酒（其五）　陶渊明

结庐在人境，而无车马喧[1]。问君何能尔，心远地自偏[2]。采菊东篱下，悠然见南山[3]。山气日夕佳，飞鸟相与还[4]。此中有真意，欲辨已忘言。

——《文选》卷三〇

引者注：诗题《文选》作“杂诗”，通行本作“饮酒”。“此中”，《文选》作“此还”。“辨”，《文选》作“辩”。版本不同，为便于理解，今以通行本为主。

**注释:** [1] 结庐：建造住宅，这里指居住。车马喧：这里指世俗的喧嚣。[2] 君：指作者自己。尔：这样。[3] 悠然：悠闲的样子。南山：指庐山。[4] 山气：山间云气。日夕：傍晚。相与还：结伴而还。

**译文:** 筑居于人境，却无车马的喧嚣。为何能有这样的感受呢？因为我心悠意远，自然就感觉地在尘外。在东篱下采摘菊花，悠然之间，南山便映入眼帘。山中光影在傍晚时分外氤氲、美好，冉冉飞翔的鸟儿结着伴还巢。这一切啊，都蕴含着无限的意趣，想要分辨却已忘了言辞。

## 结庐人境意茫茫

这首诗是文学史上经典中的经典，应该作于渊明归隐之初。当渊明下定决心辞别那令他不堪而毫无尊严的官场时，他像鸟归故林、鱼返故渊一般欣喜、洒脱，几年官俸也让他暂时衣食无忧，因此，归隐之初的几年，是渊明一生中最美好的时光。

在这首诗里，渊明的具体情态只有一个：“采菊”。显然，采菊是全诗的“诗眼”。渊明虽然“结庐在人境”，但他有意地疏离于车马喧嚣，让心灵远放于红尘之外。在傍晚夕阳弥漫、静穆悠远的山野，归巢的鸟儿身披霞光，结着伴冉冉飞还。渊明一边采摘着菊花，一边鉴别着菊花的芳泽。他在欣赏菊花的同时，也在欣赏、鼓励着自己的情操和志业吧？无意之间，他轻抬眼眸——那映入眼帘的岚光中的庐山，它伟岸、静美而秀逸地伫立着，不招摇，不惊炫，不求名，不为利，与世无争，只为一味大美地呈现。这一刹那，渊明似乎深受启迪而彻悟了人生：对啊，生命就应该如此静美地呈现和绽放！什么名缰利锁、是非荣辱等，都可以轻盈地放下而一无所顾；甚至自己，甚至天地，似乎都不值一顾。于是，他的心灵得到了极大的满足，完全融入这温情弥漫、静美深沉的暮光中，而物我两忘了。

这是渊明达到的境界——物我冥一的境界。老子不是讲与世无争吗？庄子不是讲与天地为一吗？魏晋名士不是要遗落世事、忘怀物我吗？有谁做到了？又有谁描述出这样的境界了？除庄子之外，都没有，只有渊明描述出来了，或者说，只有渊明达到了这个境界。因其太高、太难，所以才难能可贵，才成就了经典的渊明。王国维称之为境在寰中、神游象外的“无我之境”，可谓得其精髓。

进而我们会问：归隐后，渊明是一直处于这样的境界之中吗？不是，渊明只是特定时段里、少数时间里达到了这样的境界，更多时段里，他心中也沧波迭起，难以平静。因此，类似“采菊东篱下，悠然见南山”的神来之笔，只能是可遇而不可求，渊明诗集中不多见，整个文学史上也不多见。不过，即便这样，也足以奠定渊明至高的不朽的地位，使他成为古人心灵世界的坐标。

还有，渊明采菊、爱菊、饮菊花酒、描写菊花，这使菊花具有了强烈的象征意义，甚至成了渊明的代名词。在我们看来，渊明一生对菊花情有独钟，本心绝不止于酿酒，其采菊、爱菊，更多是一种人生期许和人格寄托。菊花香幽花小，恬然自放，不嫌瘠薄，不计偏远，笑迎天地风雨，自成幽独世界。渊明在参透官场、看破功名之后长归田园，他在菊花里看到了自己的影子，找到了恬然自放、孤芳自赏的心理依据，菊花也就成了他的知己、他的寄托，所以他才会如此地钟情和痴迷。既然如此，那就任他道丧千载、知音世稀吧，任他四海猛志、车马红尘吧，我自荆薪代烛、幽独绽放、笑迎风雨。显然，渊明之爱菊赋予了菊花以文人雅意和君子品性，菊花也理所当然地成了他鲜明的标签。

# 读《山海经》 陶渊明

孟夏草木长，绕屋树扶疏[1]。众鸟欣有托，吾亦爱吾庐。既耕亦已种，时还读我书。穷巷隔深辙，颇回故人车[2]。欢言酌春酒，摘我园中蔬[3]。微雨从东来，好风与之俱。泛览《周王传》，流观《山海图》[4]。俯仰终宇宙，不乐复何如[5]。

——《文选》卷三〇

**注释** [1] 孟夏：初夏。扶疏：枝叶繁茂的样子。[2] 穷巷：偏僻的小巷。深辙：指大路。大路车马多，故车辙深。[3] 欢言：欣然。言，语尾助词。春酒：冬季酿制，春季始成的酒。[4] 泛览：随意浏览。《周王传》：即《穆天子传》，记周穆王西巡事，多杂神话传说。流观：即“泛览”。《山海图》：即《山海经》，其中有许多图像，郭璞有《山海经图赞》。[5] 俯仰：俯仰之间，一瞬之间，喻指时间短促。

**译文** 孟夏时节草木疯长，茂密的树枝绕着房屋四周。鸟儿高兴有了栖身之处，我也深爱我的田庐。我耕完播种，余暇读书。偏僻的小巷远离了大路车辙，却不时有故人车马来访。欢畅地饮一杯春酒，摘一些我园中的蔬菜。微微细雨从东边飘来，习习好风也轻轻吹起。随意翻阅《穆天子传》，大略读读《山海经》。转眼之间似乎就周流、神游了宇宙，这都不快乐，那还要怎样呢？

## 千古风流，渊明称首

本诗大约作于渊明归隐之后的第二年初夏。在万物有托的田园，渊明远离了官场的纷扰和喧嚣，耕田读书，自在自足，欣喜之情跃然纸上。

孟夏时节，草木莽莽；房前屋后，翠柳青青。这是掩映在翠绿之中的渊明居所。吾住其间，就如同鸟儿安心地栖息于枝柯间一样，各有所托，各得所安。渊明笔下的鸟儿，如同精灵一般可爱而富有象征意味！在这农忙的季节里，我辛勤耕田，余暇读书。偏僻的深巷里，道路狭窄而迂回，隔绝了高车大马，倒是故人的简车颇多来回。言下之意，既然隐居于田园，便隔绝了官场，更多是淳朴的人情。他欣然地自采自摘，自斟自饮。当濛濛微雨飘过田野时，畅怀的清风也便随之而来。心情大好的渊明，一会儿看看《穆天子传》，一会儿翻阅《山海经》，感觉似乎就在俯仰之间，如同周穆王一样周流宇宙。其实，与其说渊明在读书，不如说是借读书而神游呢。

渊明自斟自饮，自采自摘，感受诗意的田园，神游般阅读，举手投足间，真朴烂漫、洒脱无忌的形象便神完意足的呈现了出来。这形象，是最得魏晋风度的神髓；与那些放浪形骸以炫目邀名的魏晋名士相比，渊明才是真名士、真风流。所以，北宋王之道说“千载渊明，信风流称首”(《醉蓬莱·追和东坡重九呈彦时兄》)。渊明还嗜酒，他的笔下更少不了酒，“欢言酌春酒”，“有酒斟酌之”，“酒熟我自斟”，“有酒盈樽”，几乎“篇篇有酒”(萧统《陶渊明集序》)。酒成了渊明生命的一部分，也是诗的一部分，酒就是诗意人生；但渊明从不侍酒放狂，而是在酒中寄托自己执着的傲骨和洒脱、真淳的天性，是“寄酒为迹”(萧统语)。是渊明，让酒具有了最恰切的文人雅意和烂漫情怀。

还有，本诗描写的和谐善美、自在自足的田园，是渊明的不朽建树。通过渊明的描写，中国诗歌中第一次呈现出了这样一个诗意栖息的田园，呈现出与田园风格高度和谐的豪华落尽见真淳的艺术风貌。这不仅是渊明对中国文学的一大开拓和贡献，而且还为所有的文人酿造了一个诗意栖息的精神家园。无论那些名利场的得意者、求索者，还是奔波者、失意者，酒酣歌畅也好，辛苦艰难也罢，在心灵的最深处，无不向往渊明的那份澄澈和自在，向往他对本心的执着护持、对自由的顽固崇尚和对本真之美的尽情歌唱。说到底，渊明的田园，其核心就是关乎生命、个性、心灵的问题。毕竟，人生在世，有什么能比人尽其才和生命自由更为重要呢?

# 咏贫士　　陶渊明

万族各有托，孤云独无依[1]。暧暧虚中灭，何时见余辉[2]？朝霞开宿雾，众鸟相与飞[3]。迟迟出林翮，未夕复来归[4]。量力守故辙[5]，岂不寒与饥？知音苟不存，已矣何所悲[6]。

——《文选》卷三〇

**注释** [1] 万族：万类，万物。托：依附。孤云：喻贫士。[2] 暧暧：昏昧的样子。句意为，孤云黯然消逝，何时能再见它的光辉呢？[3] 宿雾：夜雾。句意为，朝阳驱散夜雾，众鸟结伴而飞。[4] 翮（hé）：羽茎，代指鸟，这里喻贫士。两句言孤鸟飞出去的很迟，返回却很早。[5] 故辙：旧道，指安贫之道。[6] 已矣：算了吧。

**译文** 万物各有依托，只有孤云无依无凭。昏暗降临时，孤云便消逝于虚空，何时能再见它的余辉？清晨云霞驱散夜雾，众鸟结着伴飞翔。那只行动迟缓的鸟儿缓缓飞出树林，没到傍晚便已飞回。我量力而行甘守贫贱，怎能没受过饥寒呢？如果这世上没有知音，那也就罢了吧，用不着悲伤了。

## 孤贫悲恨意无穷

本诗渊明吟咏“贫士”。这个“贫士”指谁呢？是渊明自己。渊明既然下定决心辞别官场，那就意味着断绝了俸禄来源，必将选择清贫的生活。对此，他心知肚明，早有准备，也安贫乐道。既然如此，那还为什么要写“贫士”呢？因为渊明也心有不甘。归隐之初，他衣食无忧，度过了一生中最美好的时光，但当家遭火灾之后，当那浅薄的积蓄告罄之后，渊明的生活便陷入困顿之中，他躬耕自资，却生生乏术，以致贫病交加。他曾经因为断炊而乞讨过，“饥来驱我去，扣门拙言辞”；他曾因重阳节无酒可饮而无可奈何，以致有“白衣送酒”的故实。“夜中枕席冷”，“夏日常抱饥”，就成了渊明晚境生活的常态。

试想，对于一个将田园视为生命乐园的人，当他面对着这样贫病、冻饿接踵而来的田园时，他会有多大的心理落差？当理想中的生命乐园已经变成了煎熬时，渊明已经很难再有“采菊东篱下”的悠然和萧散了，曾经沧海，心绪失落，也成了渊明晚境诗歌的主题。所以，他一再地写安贫乐道、君子固穷、谋道不谋食，因为他得用这样的古训来说服自己降心顺志，不然，他没法给自己的选择一个有说服力的交代。当然，他也明白，这是他的选择，得他自己来买单。

基于这样的认识，我们再来分析这首诗。渊明说，世间万物各有所托，为何孤云就无所寄托呢？当孤云在太阳落山时分消失，何时才能再见它的神采呢？言下之意，渊明不过就是一朵飘零天幕的孤云！当朝霞满天中，群鸟结伴飞翔时，这群鸟是何等的欢快、自在啊！它们享受着成群结伴的欢畅，日夕忘归，可是，那一只迟迟出林的老病的鸟儿，由于能力有限，迟迟出林，早早归来，它享受不了成群结伴的欢畅。言下之意，渊明不过是一只游离于主流社会之外的、能力有限的老病的鸟儿！我也该量力守拙啦，破败的故园就是我的归宿，“饥寒饱所更”。但是，渊明也有渊明的原则！与其混迹于纷乱的云海，侧身于呼朋引伴的鸟群，还不如孤芳自赏、高自标置呢！因为，这个世界知音太少，能真正懂渊明心思的人，少之又少，既然这样，那还说什么呢？还悲哀什么呢？由此可见渊明的执着，渊明的认真！

辛苦归来的田园里，无人可与谈心；甚嚣尘上的官场里，知音世所稀。尽管身处破败荒芜的田园，但是，骨鲠的人格、高傲的个性不改，没有知音，宁缺毋滥！这是恬静自处的渊明向世界的宣告！是高傲的人格向世俗社会的宣告！也是深入骨髓的魏晋风度向世俗的挑战！尽管这个挑战显得天真、稚嫩，但其象征意义是巨大的，他在给后世卑微的士大夫壮胆，给所有特立独行的、向道而行的人壮胆！

当然，我们还能从这首诗里解读出渊明晚年孤独的思想底色。“解颜劝农人”，他与村民“言笑无厌时”，但说到底，农人无法深入到渊明知音的层面，渊明渴望知音，却仍然没有知音。于是，他陶醉于酒，欣赏于菊，蔑视时世，神交古人，感慨时不我遇；也只有在这个孤闭的世界里，他才能暂时地忘情物我，块然自足。由此，再去思考渊明的嗜酒如命，尤其是越到晚年越嗜酒，以至于家人要他戒酒，再去思考渊明诗歌的“篇篇有酒”，其根本目的，不过是“寄酒为迹”（萧统《陶渊明集序》），不过是在酒的陶醉中寄托那委婉、隐曲又固执、刚正的心迹！

## 游西池　　谢混

悟彼蟋蟀唱，信此劳者歌[1]。有来岂不疾，良游常蹉跎[2]。逍遥越城肆，愿言屡经过[3]。回阡被陵阙，高台眺飞霞[4]。惠风荡繁囿，白云屯曾阿[5]。景昃鸣禽集，水木湛清华[6]。褰裳顺兰沚，徙倚引芳柯[7]。美人愆岁月，迟暮独如何[8]？无为牵所思，南荣戒其多[9]。

——《文选》卷二二

**注释** [1] 悟：领会。蟋蟀唱：《诗经·唐风·蟋蟀》：“蟋蟀在堂，岁聿其莫。今我不乐，日月其除。”信：确信。劳者歌：李善《文选注》云：“劳者歌其事。”两句意谓，听到西园蟋蟀歌吟，想起《诗经》里的《蟋蟀》篇，这是劳动者的歌声。[2] 有来：指时光。陆机《岁暮赋》：“年有来而弃予，时无算而非我。”疾：匆匆。良游：愉快地游观。蹉跎：虚度，错过。[3] 肆：市集。愿言：思念。《诗经·卫风·伯兮》：“愿言思伯，甘心首疾。”[4] 回阡：曲折小道。陵：山陵。阙：城阙。[5] 惠风：春风。繁囿：繁茂的园囿。屯：聚。曾阿：层峦。[6] 景昃（zè）：日斜。湛：澄清。水木清华，谓园林澄静清丽之美。[7] 褰（qiān）裳：提起衣服。兰沚（zhǐ）：长满兰花的小洲。徙倚：流连徘徊。芳柯：芳枝。[8] 美人：贤德之人。愆（qiān）：错过。美人迟暮，感慨时光流逝，青春不再。[9] 南荣戒：《庄子·庚桑楚》载，庚桑楚谓南容趎曰：“全汝形，抱汝生，无使汝思虑营营。”言抱形全生，不要蝇营狗苟。谢混以此自勉勉人。

**译文** 听着蟋蟀的吟唱，不免感慨一年将暮，也让人想起《诗经·唐风·蟋蟀》篇，那是劳动者的歌谣。时光流逝怎么能不迅疾呢？我们的蹉跎耽误了多少优游的欢乐！我逍遥地穿过城市，多么希望能携友屡屡过访！迂回的小路绕着城阙和山岗，我登上高台眺望流霞。轻风吹拂着郁茂的园林，白云屯驻在重峦叠嶂之上。夕阳西下时，鸟儿鸣叫着集合，池水和树木都呈现出清亮的光泽。我挽着衣裳，走在布满兰草的芳洲上，流连光景中，用手牵着芬芳的柔枝。好友已错过同赏良辰美景的时机，一年将暮，我独自一人又有什么办法呢？不要再牵绊于世务了，庚桑楚告诫南容趎的话已经说得很明白了。

## 乌衣贵游，水木清华

本诗出于“江左风华第一”的谢混之手。谢混出身于钟鸣鼎食的“六朝门第”陈郡谢氏，为太傅谢安之孙、右将军谢琰之子，还是东晋孝武帝司马曜的驸马，他美风仪，善文章，好清谈，是玄言诗向山水诗过渡过程中有影响的作家。可惜因支持刘毅、反对刘裕，而被刘裕处死，年寿不永。

历史上，谢混最有名的活动要数组织“乌衣之游”。当年，在王、谢高门居住的乌衣巷，冠盖云集，富甲天下，刘禹锡《乌衣巷》诗的吟咏、感慨可为侧证。谢混组织“衣冠磊落”的谢家子弟，包括谢灵运、谢瞻、谢晦、谢曜、谢弘微等，清谈玄理，商较人物，吟诗作赋，宴饮歌咏，不仅体现了谢氏文风的炽盛，也反映出世家大族培养人才的良苦用心。《昭明文选》中谢氏子弟纵横都是、而王氏子弟寥寥无几的事实，也说明谢氏文才之多。因此，在谢氏家风、文风的形成过程中，谢混有其一份功绩。

《游西池》大概作于义熙四年（408）秋，时谢混任中领军，这是个权力极重的禁卫武官，负责宫禁戍卫。西池在建康城，是六朝时期重要的皇家园林。因身份特殊，所以谢混才能踏入这个专属皇家的园林，登台远眺。当声声蟋蟀的轻吟传入耳畔时，谢混立刻想起了《唐风·蟋蟀》里“岁聿云暮”的诗句。那是劳动者对节令的感慨，我谢混也是一位辛苦操劳的武官，也有同样的感慨。是啊，又是一年将暮的时分了，而且，好友不在身边，自己孤独登台，让他深感遗憾。抬头眺望，只见阡陌迂回，缠山绕阙；远处的天空流云飞渡，缤纷一片，山顶上白云屯驻，层次分明。微风轻拂，园林郁茂，夕阳西下时，鸣禽翔集，水面、叶面都反射着清明的光泽。这景色，温馨和美而又充满生机。可是，似此良辰美景，却只能一人独赏！美好的人啊，都错过了多少这样一同赏景、游玩的机会！按理来说，如果照这样的思路，诗歌必然会是伤感、惆怅的，但谢混却笔锋一转，用庚桑楚告诫南容趎的话——“全汝形，抱汝生，无使汝思虑营营”，来劝慰自己：不要想那么多，不要追求那么多，“全形抱生”，清心寡欲，才是自己应该秉持的道路。

谢氏子弟大多都有着倾心老庄的文化基因，他们整体家风相对恬淡、退隐，谢混本诗也清晰地体现出这一点。文学史上著名的山水诗，之所以会出现在谢氏子弟笔下，而不会出现在王氏家族，就是因为王氏子弟都热衷功名，积极求进，谢氏子弟多善清谈、好老庄，他们在退隐的山水间寻求心灵的慰藉，于是，山水诗便合乎情理地出现在谢氏群体中了，“谢家山水”的称呼也因之而出。谢混本诗正是谢家山水的导夫先路者，尤其是“景昃鸣禽集，水木湛清华”两句，向来被认为是与谢灵运“池塘生春草，杨柳变鸣禽”相媲美的名句，影响极大。甚至有人说，谢混就是六朝诗歌发展史上的陈子昂，是改变六朝诗歌创作风气的人物。此言也有道理。

还有，由“水木湛清华”而得名的清华大学、清华园，因其起名寓意清新而深刻，雅致而富含生机，所以赢得了普世同赏。这是谢混诗趣在今天的智慧启迪，当然也是谢混的贡献。

兹录清华园对联，权作对谢混的纪念：“槛外山光，历春夏秋冬万千变幻，都非凡境；窗中云影，任东西南北去来澹荡，洵是仙居。”

# 陶征士诔[1]

颜延之

呜呼哀哉！敬述靖节，式尊遗占[2]：存不愿丰，没无求赡[3]；省讣却赙，轻哀薄敛[4]；遭壤以穿，旋葬而窆[5]。呜呼哀哉！深心追往，远情逐化[6]。自尔介居，及我多暇[7]，伊好之洽，接阎邻舍[8]。宵盘昼憩，非舟非驾[9]。今昔宴私，举觞相诲[10]：独正者危，至方则碍[11]；哲人卷舒，布在前载[12]；取鉴不远，吾规子佩[13]。尔实愀然，中言而发[14]：违众速尤，迕风先蹶[15]；身才非实，荣声有歇[16]。睿音永矣，谁箴余阙[17]？……呜呼哀哉！

——《文选》卷五七

**注释** [1] 征士：不接受朝廷征聘的清高之士。[2] 靖节：陶渊明去世后的谥号。《陶征士诔》："若其宽乐令终之美，好廉克己之操……询诸友好，宜谥曰靖节征士。"式：发语词。尊：同"遵"。遗占：临终遗言。[3] 存：活着的时候。丰：富裕。没：去世。赡：丰富，充足。[4] 省讣：省却报丧之事。讣：讣告。赙：以财物帮人办丧事。薄敛：薄葬，丧礼节俭。[5] 遭：遇到。遭壤以穿，言随便遇到一块地方，不用慎重选址，就可以埋葬了。旋：随后。窆（biǎn）：落葬。[6] 追往：追忆往事。逐化：任由造化。[7] 尔：你，指陶渊明。介居：独居，此指隐居。多暇：有较多闲暇。[8] 伊：助词。洽：融洽。接阎邻舍：比邻而居。阎，里巷；舍，房舍。[9] 盘：盘桓，指交谈。憩：休息。非舟非驾：不用车船行路。[10] 宴私：私人宴饮。举觞：举起酒杯。诲：告诫，教诲。[11] 独正：独自方正，坚持原则。至方：过于正直。碍：阻碍，这里有"碰壁"之意。[12] 哲人：睿智之人。卷舒：弯曲和伸展，这里指能进能退。布：流传。前载：前人的记载，指书籍。[13] 取鉴：借鉴。规：劝。佩：佩带，这里指挂在心上。[14] 愀（qiǎo）然：凄怆貌。中言：心里话。[15] 违众：违背众人，这里指违背世俗。速尤：加速了祸患的到来。尤：过失。迕风：有碍风俗。迕，违背。蹶：跌倒，挫折。[16] 身才：身体和才干。非实：并非长存。荣声：荣誉和名声。有歇：有完，有尽。[17] 睿：智慧。永：长，这里似有"永别"之意。箴：规劝。余：我。阙：缺点。

**译文** 呜呼哀哉！我恭敬地陈述您清廉的节操，尊显您的遗嘱：活着时不求丰赡，死后不求厚葬；免除讣告，谢绝奠仪，亲朋不要太过悲伤，不需要什么陪葬品；随便找个地方作为坟地，尽快安葬。呜呼哀哉！我在深情地追忆着您的往事，您悠远的情怀已随造化而去。自您隐居后，每当我有闲暇时，就如近邻一般来和您把酒言欢；无论白天、黑夜，都一起盘桓、休憩，也用不着舟船车马。往昔一起宴乐时，我们曾相互劝诫，我说：孤独持正者会有危险，太方正了会受到阻碍；睿哲之人会随时屈申，典籍有清楚的记载，借鉴就在眼前。我的规劝您也佩服。您严肃而忧虑，说出真心话：违离众人会招致悔恨，顶着风会先被吹倒；身体、才华都不坚实，荣华、声名终会消歇。如今您睿智的话已经远逝，还有谁来箴诫我的过失呢？呜呼哀哉！

## 当路谁相假，知音世所稀

在陶渊明孤独的世界里，颜延之是罕有的知音。两人出身相近，颜延之虽然出身于望族琅琊颜氏，但其本家孤寒；陶渊明为荆州刺史陶侃之后，但到渊明时，其家世也已经相当寒微了。两人个性相当，颜延之嗜酒傲诞，肆意直言，颇有名士风范；陶渊明任真、率直而孤傲，是真名士。以文采言，颜延之“文章之美，冠绝当时”(《宋书·颜延之传》)，陶渊明在当时虽然文名不高，但却得到了后世的极高评价。显然，是相近的个性人格使年龄相差20余岁的两代人成了罕逢的知音，这在当时崇重门第的时风下，更显得难能可贵。

义熙十一年（415），颜延之任江州刺史刘柳的后军功曹，驻浔阳，在职一年多，期间与隐居柴桑（有说是此时渊明隐居于浔阳上京里）的陶渊明交往情款。可以肯定，是颜延之去拜访陶渊明的（隐居陶渊明不可能拜访颜延之），其目的很简单，就是慕名而来，与功名利禄毫无关联。颜延之总共拜访过几次？两人在一起都谈些什么？对此，很少有资料记载，但《陶征士诔》给我们提供了不少信息：

他俩“宵盘昼憩”，即白天一起盘桓，夜晚一起卧息，是高度的亲近；两人都嗜酒，所以喝酒自不可少；同时，两人还有相互间的谆谆告诫，这些告诫让人尤其感动！颜延之说：“您不要太刚正方直了，那样会有碍于仕途和生活。前人的例子很多，殷鉴不远，请听我一言！”陶渊明回复道：“你的话有理。但要让我违背众人的意愿顶风而行，那肯定会导致速祸的结果。我还是恬静自守吧。人这一生，形体、才华都是虚幻，荣华、声名都为时极短。”言下之意，只有在这田园，我才能心安，荣华富贵我不在乎。可以看出，两人之间确实是敞开心扉，畅所欲言。在隐居 12 年之后，渊明终于等来了一位惺惺相惜、同病相怜的知音，这也不能不让人欣慰！而且，从“接阎邻舍”的话来看，颜延之像邻居一样地到访，两人在这一年多的时间里交往过从。

元嘉元年（424），颜延之外放为始安太守，赴任途中道出浔阳，专访陶渊明，“常饮渊明舍，自晨达昏”（李善注引何法盛《晋中兴书》）。可见，睽隔 7 年之久的老友重逢，是多么的难舍难分！临别时，颜延之“留钱二万于渊明，渊明悉遣送酒家，稍就取酒”（萧统《陶渊明集序》）。要知道，此时的颜延之，是因为和谢灵运等一起参与刘义真荒唐的篡位事件，而被当权者贬斥外放的。他以逐臣身份来看望阔别已久的老友，并给老友留下二万酒钱，其情真意切之处，足见友谊之可贵！因为他最知道渊明之贫困潦倒，无以为酒。古人常言“尚友千古”，颜延之、陶渊明两人的交情，完全超越了世俗的羁绊，纯净的一尘不染，就如同渊明笔下一尘不染的南山傲菊一样，完全当得起“尚友千古”的标准。

元嘉四年（427），渊明病卒，颜延之于悲哀之余，写下《陶征士诔》，这是唯一的当时人对陶渊明的悼念文章，也是今存最早的专记陶渊明生平的珍贵资料。此时，颜延之已经从始安太守调任中书侍郎，居于建康，文名极高，诔文应该作于建康。颜延之遥哭渊明、祭奠渊明，而且还与渊明诸好友一起，私谥渊明“靖节”，处处体现出对渊明高洁人格的高度评价，一再表达失去老友的深悲巨痛。据记载，王弘之去世后，颜延之也准备撰诔文以纪念，但最终没有写成，相比而言，对于陶渊明这样的知音来说，颜延之是必须要写出诔文的，因为这是他给老友的交代，也是给自我心灵的一种抚慰。

“千秋万岁名，寂寞身后事。”渊明贫病而卒之后，其寥落的身后之事，我们完全可以想见。我们为这样一位留下光辉诗碑的、有着俊杰人格的伟大诗人而抱不平，同时，也为能有颜延之这样的名士为渊明作诔而略感欣慰。他们是性情之交、君子之交，更是心灵之交。这样的知音，从来都“高契难期”。

## 五君咏·嵇中散[1]　　颜延之

中散不偶世，本自餐霞人[2]。形解验默仙，吐论知凝神[3]。立俗迕流议，寻山洽隐沦[4]。鸾翮有时铩，龙性谁能驯[5]。

——《文选》卷二一

**注释** [1] 嵇中散：嵇康，因其曾任中散大夫，故称。[2] 不偶世：与世俗不合。餐霞人：仙人，相传古有餐霞之法。[3] 形解：犹“尸解”，遗弃形体而解脱成仙。默仙：默然仙去。吐论：指嵇康撰写《养生论》等文章。凝神：宁静专一，表示修养高。[4] 立俗：身处流俗之中。迕流议：违背世俗的言论。洽隐沦：与隐士融洽相处。[5] 翮（hé）：羽茎。铩（shā）：摧残。龙性：语本《晋书·嵇康传》：“嵇康卧龙也，不可起。”驯：驯服。

**译文** 中散大夫嵇康与世俗不合，他本是餐霞饮露的高人。解脱形体默默成仙，吐词著论静思凝神。抗世违俗遭人非议，便入山隐居。鸾鸟的羽翼有时会遭到摧残，但龙性超凡，谁又能驯化呢？

### 鸾翮有时铩，龙性谁能驯

《五君咏》所咏的“五君”，指“竹林七贤”中的阮籍、嵇康、刘伶、阮咸、向秀，他们都是魏晋风流的重要代表人物。颜延之生活于晋、宋时期（在东晋、刘宋各36年），相比两晋，刘宋时期士大夫清谈之习已相对减弱，可颜延之还在吟咏魏晋风流的代表人物，其意蕴颇为耐人寻味。

颜延之出身的琅琊颜氏是中古时期的望族，培养出了如颜之推、颜师古、颜真卿等著名学者和史上最优秀的书法家。颜氏以儒学传家，但颜延之受到当时玄风的影响，具有较为明显的名士习气。就这点而言，他歌咏“竹林七贤”，就相对较容易理解了。

但是，颜延之吟咏“竹林七贤”，更有着现实的政治因素，而且，这个因素还相当鲜明。颜延之一生遭遇两次外放，第一次是元嘉元年（424）外任始安太守，那是因为他与谢灵运一起牵扯进刘义真荒唐的篡位事件中，当时谢灵运被外放为永嘉太守。第二次是元嘉十一年（434），由于他耿直放诞，为当政者所憎，被外放为永嘉太守。这是一次颇具警告意味的任职。从时间上来说，正是颜延之好友谢灵运被杀的第二年；从地点上来说，又是谢灵运曾被外放的地方。显然，当政者是在警告，如果你依然我行我素的话，那谢灵运的下场就是你的下场！颜延之当然明白其中的含义，但傲诞的个性使他没那么容易低头，他通过吟咏“竹林七贤”来表达自己的愤怒。

于是我们就能看到，本诗中颜延之表面上是在咏嵇康，其实根本就是在写自己。嵇康高出人外，不随波逐流，我颜之推也正如此；嵇康服食寻仙，吐词著论，忤逆流俗，我虽未寻仙，但吐词论著差近，忤逆流俗更复雷同！最终，嵇康被杀头了，但是，鸾鸟的羽翼可折，但龙的傲岸本性却是任何人都驯化不了的！言下之意，虽然嵇康被杀，可嵇康的个性、风骨是永远不会被压制的，也永远不会被驯服；同理，我颜之推虽然被贬逐在外，但要靠当权的淫威来威慑、屈服，那是绝对做不到的。应该说，颜延之是紧扣嵇康与自己有关联的地方来写，处处流露出被警告之后的愤怒。

平心而论，嵇康、颜延之、谢灵运三人有许多相近之处，他们都才高一时，傲诞不羁，有睥睨一世之概；颜延之晚年还略有和光同尘的一面，嵇、谢两人则尤其相仿。写本诗时，我们看不到颜延之有任何和光同尘的影子，此时的他与嵇康十分相似，所以，《五君咏》五首诗中，写的最传神、最具生气、影响最大的，也就是这首《嵇中散》了。

## 登池上楼[1]　　谢灵运

潜虬媚幽姿，飞鸿响远音[2]。薄霄愧云浮，栖川怍渊沉[3]。进德智所拙[4]，退耕力不任。徇禄反穷海，卧痾对空林[5]。衾枕昧节候，褰开暂窥临[6]。倾耳聆波澜，举目眺岖嵚[7]。初景革绪风，新阳改故阴[8]。池塘生春草，园柳变鸣禽。祁祁伤豳歌，萋萋感楚吟[9]。索居易永久[10]，离群难处心。持操岂独古，无闷征在今[11]。

——《文选》卷二二

**注释**：[1] 本诗作于景平元年（423）春的永嘉（今浙江温州）。谢灵运于前一年到永嘉，卧病后，次年春天写作此诗。[2] 潜虬：潜龙；虬，传说有角的龙。“潜虬媚幽姿”暗含《周易·乾卦》“潜龙勿用”的义理，“飞鸿响远音”暗含《周易·渐卦》“鸿渐于陆”的义理。[3] 薄霄：逼近云天。云浮：指鸿雁在云间飞翔。栖川：栖息于水中。怍（zuò）：惭愧。渊沉：指龙潜于渊。[4] 进德：语出《周易·乾卦·文言》：“君子进德修业，欲及时也。”[5] 徇禄：追求功名利禄。穷海：这里指永嘉。卧痾（ē）：卧病。痾：病重。[6] 昧：不明白。褰（qiān）：揭开，掀起。窥临：临窗眺望。[7] 岖嵚（qīn）：高峻的山峦。[8] 初景：初春的阳光。革：改变。绪风：余风。故阴：已过的冬天。[9] 祁祁：众多貌。伤豳（bīn）歌：《诗经·豳风·七月》：“春日迟迟，采蘩祁祁。”萋萋：草木茂盛的样子。楚吟：《楚辞·招隐士》：“春草生兮萋萋，王孙游兮不归。”[10] 索居：独居。[11] 持操：坚持节操，指遁世归隐。无闷：《周易·乾卦·文言》：“龙德而隐者，不易乎世，不成乎名，遁世无闷，不见是而无闷。”征：证实。

**译文**：深潭的潜龙培植美好的纹理，翱翔的鸿雁扬起悠远的鸣声。我惭愧不能如鸿雁般翱翔长空，也惭愧不能如潜龙般沉静于深渊。进德修业我智不能及，退隐耕田我力不能任。为了追求功名，我来到了偏远的临海之地，卧病在床成天面对着空旷的树林。与枕头为伴，以致忽视了季节变换，打开窗户短暂地窥视一眼窗外的世界。侧耳聆听山间的水流，放眼眺望连绵的崇山。新春的阳光革除了冬日的余风，也驱赶了冬日的阴冷。池塘边长出了嫩绿的草芽，园中的翠柳也使得鸟儿的鸣叫都更加欢畅。我想起了《豳风》中的“采蘩祁祁”，也想起了《楚辞》中的“春草生兮萋萋”。独居时总感觉时间漫长，离群时总是难以安顿心灵。坚持“遁世无闷”的节操，不独古人有，如今的我也算是另一个印证。

## 易代江山，憔悴功名

谢灵运是东晋名将谢玄的嫡孙，自幼颖悟多才。显贵的家世和颖异的才华，使得他有着极高的功名期待，但不幸的是，在门阀政治已渐趋衰落的时候，他依旧固守着甲级士族的英雄梦；而当这种梦想无法实现时，他便游山玩水、招摇横肆，以至于最后被处死。他是因家族、政治以及个性才华而酿成悲剧的典型人物。

宋武帝刘裕出身北府军。北府军是谢玄组建的一支为了抗衡长江中游荆州军团的武装力量，英勇善战，威名赫赫。南朝宋、齐、梁三朝的统治者，都出自北府系军人。对谢氏家族而言，是司马氏统治者让谢氏成为甲族，所以，谢氏对司马氏心存感恩，刘裕篡晋时，谢氏家族不乏反对者（王氏家族则是清一色的支持者）。对谢灵运而言，刘裕出身草根，只不过是当年爷爷手下的一兵而已，所以其在骨子里对刘裕有蔑视。

基于这样的历史恩怨，刘裕建宋后，谢氏子弟中，谢混、谢纯、谢灵运明确反对刘裕。对此，刘裕采用了打压和拉拢两种方式，处死了谢混，重用了谢晦，拉拢了谢灵运，任谢灵运为散骑常侍。按理来说，在刘裕威胁和拉拢的两面手段之下，谢灵运应该躬自反省，努力服务新朝才对，可是，显赫的家世、颖异的才华和狂傲的个性使然，他从来就不是一个安分守己的人。不久，谢灵运与刘义真、颜延之、释慧琳等一起，居然有篡位的非分之想。这个荒诞之举很快被徐羡之等粉碎，颜延之、谢灵运分别被外放为始安太守、永嘉太守。

谢灵运怀着满腔牢骚和愤懑来到了永嘉。当时的永嘉还是一个未开发的滨海之地，他郁愤不平，卧病许久，然后优游山水，一年多便骄傲地挂冠而还，返回谢家的始宁庄园。始宁庄园是中国历史上罕有的规模极大的贵族庄园，在这个山水、亭台、佛寺一应俱全的独立世界里，他放肆地游山玩水，礼佛参禅。对于宋文帝刘义隆的召见，他爱理不理；对刘义隆委派给他的任务，他敷衍塞责；对于他看不起的人物，他辛辣讽刺；而鲜衣怒马、招摇横肆之习则依然故我，毫不收敛。所以张溥说他是“倔强新朝”，确实恰如其分。在谢灵运看来，自己“才堪机要”，而宋文帝总是以文义处之，这使他深感失落甚至是愤激和屈辱，所以，他心中从来都处于动荡、矛盾之中。当他内心太过愤激时，便会有许多不恰当的言语和失态的行为，以至于被弹劾，被污蔑，最终竟然以谋反罪弃市于广州。对此，毛泽东主席的评语很有见地，他说：“此人一辈子矛盾着。想做大官而不能，‘进德智所拙’也。做林下封君，又不愿意。一辈子生活在这个矛盾之中。”(《毛泽东批注历史人物》)

《登池上楼》诗正是谢灵运这种心态的注脚。谢灵运先从《周易》“乾卦”爻辞“潜龙勿用”写起，言下之意，自己偏处一隅、卧病在床，正合了“乾卦”中“龙德而隐”、不愿为世所用的古意。“乾卦”爻辞云“君子进德修业”，对谢灵运而言，他想进德修业，可现实的政治让他难有作为；他想退耕力田，可力有不逮。他居然跑到穷海之地来追寻功名了。穷海之地能有什么功名？这不正是对自己凌云壮志的讽刺吗？显然，貌似自谦的话外之音，是满腹牢骚。

这样的失落中，有谁能抚慰心灵呢？是那春山春水！当这颗孤独、失落的心遇见春山春水时，才可以毫无戒备地、完全地投入了。于是，他侧着耳朵聆听山溪的波澜之声，他伸长脖子眺望森林茂密的山峦。他是那样地天真、欣喜！初春的风都带着温情，最动人的是那池塘边上刚刚探出脑袋的春草，它们自在又蓬勃，昭示着春天最美好的生命；园中柳枝也变得越来越嫩绿、柔软了，鸟儿都为此而欣喜欢鸣。应该说，此刻的谢灵运，是陶醉在春光中了。

但是，陶醉只是暂时的，失意和幽怨却常驻心海，而且会时时泛起波澜。《豳风》不是有“春日迟迟，采蘩祁祁”的诗句吗?《楚辞》不是有“春草生兮萋萋，王孙游兮不归”之语吗？春日如此漫长、难熬！古代王孙隐居深山，朝廷会派人招募，我谢灵运也是王孙，也在隐居，可始终未见谁来招募啊！想到此，他不禁感慨：一个人独居，总是容易感受到时间的漫长；离开群伴，总是难以安顿孤苦的心灵。这才是谢灵运内心的真实独白！他不甘寂寞，渴望被皇帝当作知音来赏识和重用，所以他内心从来都很少有长久的平静，他才需要用《周易》等古典义理来让自己降心顺志。

## 于南山往北山经湖中瞻眺[1]

谢灵运

朝旦发阳崖，景落憩阴峰[2]。舍舟眺迥渚，停策倚茂松[3]。侧径既窈窕，环洲亦玲珑[4]。俛视乔木杪，仰聆大壑灇[5]。石横水分流，林密蹊绝踪。解作竟何感，升长皆丰容[6]。初篁苞绿箨，新蒲含紫茸[7]。海鸥戏春岸，天鸡弄和风。抚化心无厌，览物眷弥重[8]。不惜去人远，但恨莫与同。孤游非情叹，赏废理谁通[9]？——《文选》卷二二

**注释**：[1] 南山、北山、湖：始宁谢家庄园主体由南山、北山组成，南山为主要居住区；两山之间有大小巫湖（郦道元称之为太康湖）

相连。由南往北，必经巫湖。[2] 阳崖：指南山。阴峰：北山。山南为阳，山北为阴。[3] 迥渚：远处小洲。策：手杖。[4] 侧径：傍山小路。窈窕：幽深貌。环洲：圆形岛屿，此即谢灵运《山居赋》自注中的“大小巫湖，中隔一山”的山。玲珑：青翠空明。[5] 俛视：俯视。杪（miǎo）：树梢。壑：深谷。灇（cóng）：流水声。[6] 解作：《周易·解卦·彖传》：“天地解而雷雨作，雷雨作而百果草木皆甲坼。”意谓春来万物复苏。升长：《周易·升卦·象传》：“地中生木，升。”言万物生长。丰容：草木繁茂。[7] 初篁（huáng）：新生的竹丛。绿箨（tuò）：绿色的竹皮。蒲：蒲草，菖蒲。紫茸：紫色的蒲草花。[8] 抚化：顺应造化。无厌：不知满足。览物：观照万物。眷：顾念。弥：更。[9] 孤游：独游。非情：不合真情。赏废：欣赏、废置。

**译文:** 早晨从山南出发，日落时栖息在北山。舍舟登岸回望遥远的水洲，放开手杖依靠着苍松。狭窄的林间小道幽隐蜿蜒，被水环绕的洲岛也玲珑可爱。低头能看到乔木的树梢，仰面聆听山壑间的水流淙淙。大石横亘将溪水分为两道，林木茂密让山路隐没其中。想起了《解卦》《升卦》的卦意，天地解冻，雷雨作响，万物生长，枝丰叶茂，让人感慨。新发的笋芽裹着绿色的外壳，刚长出来的蒲草顶着紫色的茸毛。海鸥在春岸边嬉戏，山鸡展翅播弄着和风。感受这美好的自然使人永不知足，观览景物也使人眷念重重。我不担心离群遥远，只遗憾无人与我同赏。独自游览并非我叹息的根源，只是我这忽而被欣赏、忽而被废置的遭际和心情，谁又能帮我疏解？

## 谢客风容映古今

本诗作于谢家的始宁庄园。这是一个山峦叠嶂、溪流纵横、亭台楼榭、礼佛场所、生产生活一应俱全的规模巨大的贵族庄园，“傍山带江，尽幽居之美”（《宋书·谢灵运传》），有学者指出，始宁庄园“主要位于今浙江省绍兴市嵊县江东乡、幸福乡一带，面积约为30多平方公里”（龚剑峰、金向银《陈郡谢氏与会稽郡始宁庄园》），而傅筑夫教授甚至说

"连古罗马帝国的大种植园相形之下也望尘莫及"(《中国封建社会经济史》)。每当谢灵运政坛受伤时，便会返回庄园，优游其中，吟诗作赋，因此，始宁庄园就是谢灵运山水诗的摇篮。也正是在始宁，谢灵运的山水诗产生了巨大的影响，"每有一诗至都邑，贵贱莫不竞写，宿昔之间，士庶皆遍。远近钦慕，名动京师"(《宋书·谢灵运传》)。

谢灵运作于永嘉、始宁、临川的山水诗，鲜丽清新，富艳精工，不仅新人耳目、惊艳当时，而且深深滋养了后世诗人，最终在唐代形成了蔚为壮观的山水诗派，从而奠定了他作为中国山水诗"不祧之祖"的地位。而且，接替谢灵运山水事业的谢朓，也以山水诗擅名江左；再加上谢混、谢庄、谢惠连等人描写山水的诗作，形成了"谢家山水"的壮观气象。这样的家族文化现象，如同"王家书法"一样，都是王、谢等六朝门第在文化领域内的重大贡献。

谢灵运之前我国诗歌中的山水，都是概貌山水、意象山水，有浓郁的象征意味，只有到谢灵运的笔下，才呈现出具象山水、直描山水和审美山水的特点，也只有将山水作为审美对象和感情投射、交流的对象时，才能算是真正意义上的山水诗。完成这一转变的，就是谢灵运。如果将谢灵运和陶渊明诗歌中的景物作一对照，差别非常鲜明。陶渊明是继承、总结和代表了此前景物描写的成就，而谢灵运则开创了此后诗歌的发展方向；陶渊明古韵天成，而谢灵运则新味十足。"江山代有人才出，各领风骚数百年"，信哉斯言！

本诗写谢灵运从始宁庄园的居住区南山，前往北山石壁精舍礼佛的行程。他爬上南山，下坡，渡过两山之间的巫湖（后称太康湖），再爬上北山，才能到达精舍；巫湖由大小两湖组成，中间有一小岛。虽然谢灵运的目的是礼佛，但他有着对山水之美敏感的素质，这山明水秀、林木郁茂的世界深深吸引了谢灵运，当他舍舟登岸、回望来路时，诗思便汩汩而来，精妙的山水名句便凿空而出。"石横水分流，林密蹊绝踪"，用巨石分水、林密掩径，以小见大，巧妙地呈现了南北两山间溪流纵横、森林密布的状况；"初篁苞绿箨，新蒲含紫茸”，竹尖裹着绿壳，刚长出来的蒲草上包着紫色的茸毛，不仅体现出他精细的观察，而且表达了他对这清新自然的欣喜、热爱；“海鸥戏春岸，天鸡弄和风”，海鸥、山鸡都沐浴着日光，欢快地嬉戏，字里行间透露出欢畅的心情。

这些精笔描绘，渗透着清晰的情感脉络和审美情趣，大规模地呈现出丰足的具象山水和审美山水，如果再结合谢灵运其他山水名句如“春晚绿野秀，岩高白云屯”“白云抱幽石，绿筱媚清涟”“林壑敛暝色，云霞收夕霏”“远岩映兰薄，白日丽江皋”“云日相辉映，空水共澄鲜”等，可以确定，谢灵运是在文学史上第一次将鲜丽清新、富艳精工的审美山水推向了诗歌的前台，并且形成了深远的影响。山灵知我，江山不负我，山水成了谢灵运倾诉、交流的罕逢知己，而谢灵运也终究没有辜负江山，永嘉、始宁一带的秀水青山，在谢灵运之后才始走进人文，辉映成一道千载难觅的亮丽风景。也是从谢灵运之后，登山临水，遥岑送目，俯仰天地，感怀古今，借笔底之山水，写心海之波澜，才成为普遍推崇的人文风尚，一批又一批优秀的山水诗作才不断涌现。

## 南楼中望所迟客[1]　　谢灵运

杳杳日西颓，漫漫长路迫[2]。登楼为谁思，临江迟来客[3]。与我别所期，期在三五夕[4]。圆景早已满，佳人犹未适[5]。即事怨睽携，感物方凄戚[6]。孟夏非长夜，晦明如岁隔[7]。瑶华未堪折，兰苕已屡摘[8]。路阻莫赠问，云何慰离析？搔首访行人，引领冀良觌[9]。——《文选》卷三〇

**注释**：[1] 南楼：谢灵运《游名山志》：“始宁又北转一汀，十里，直指舍下园南门楼。自南楼百步许，对横山。”可知南楼是始宁别墅附近的门楼。迟：等待。[2] 杳杳二句：语出《楚辞·九叹·远逝》：“日杳杳而西颓，路长远而窘迫。”杳杳：幽远貌。[3] 临江：南楼在江边。[4] 期：约定。三五夕：十五月圆的夜晚。[5] 佳人：指等待

的客人。适：归。[6] 即事：眼前之事，指客人未来。睽（kuí）携：离别。凄戚：哀伤。[7] 孟夏：夏季第一个月，四月。晦明：夜晚到天明。[8] 瑶华：疏麻所开的白花。兰苕（tiáo）：兰草花。两句语本《楚辞·九歌·大司命》："折疏麻兮瑶华，将以遗兮离居。"《山鬼》："被石兰兮带杜衡，折芳馨兮遗所思。" [9] 引领：伸长脖子。冀：期望。觌（dí）：相见。

译文：遥远的夕阳渐渐西下，长路漫漫让我内心焦迫。登上南楼在思念谁呢？是那江边即将到来的客人。当初离别时约定，在这个三五之夕聚会。十五的月亮早已圆如玉盘，可良朋却还未到来。面对此事我不由得埋怨离别，感触节物让人心生凄楚。孟夏的夜晚还不算太长，等待中的一天却长如一年。瑶华尚未到采摘时分，而兰草却已摘了又摘。道路险远无法传达问候，那如何才能安慰这满载离愁的心灵呢？搔首询问往来行人，引颈而望，期待早点见到良友。

## 犹是当年寂寞心

才高辞盛的谢灵运浪迹于山巅水涯，秀水青山就成了他的赏心者。而在现实生活里，由于目空一切、傲气凌云，所以他难逢知己，寂寞终身。在他的诗文中，除了少数正常往来的政客，和一起参佛的僧人之外，我们很难看到他与友人宴饮、携良友出游的场景，这固然是他不愿写进诗文，但也在很大程度上反映出他少有知音的现实。

就这点而言，谢灵运与柳宗元极为相似，两人都以山水诗文闻名，但诗文反映出来的是，他们从来都一人独游。难道他们没有随从吗？肯定有，只不过这些随从从来都进入不了他们心灵交流的范围，在心灵层面，他们一直沉浸在自我的孤独世界里。谢灵运的诗句"不惜去人远，但恨莫与同""索居易永久，离群难处心"，柳宗元的诗句"孤生易为感，失路少所宜。索寞竟何事，徘徊只自知"，显然是高度神似。因为寂寞，所以才寻山问水以遣心，即便遣心，也从来都少有热烈奔放的山花烂漫，他们笔下的景物或明净，或清丽，或凄寒，总是渗透着落寞的情感底色。

由此，再来看《南楼中望所迟客》这首诗。谢灵运在南楼等待迟来的友人。从诗的内容推理，这是一位与他有前约的、让他非常期待的友人。他们期在孟夏三五月圆之夜，可是，当月圆如玉时，友人还未到来，这让他不由得埋怨两地暌隔，因物伤怀。初夏的夜晚已经很长了，可是，对于焦急等待的谢灵运而言，显得更长；问题是，他已经等了多少个日夜了，这一个日夜似乎就是一年啊！言下之意，他度日如年！我想摘下瑶华兰草来慰问你，可是，“路远莫致之”，长路漫漫，无由送达，那只好再访问行人，翘首以待了。

这首诗里，没有了“谢家山水”，却有着婉转的、再三致意的楚骚遗韵，有着旷代才人深深的寂寞幽怨。元好问评论道：“谢客风容映古今，发源谁似柳州深？朱弦一拂遗音在，犹是当年寂寞心。”元好问将谢灵运、柳宗元相提并论，深有见地；而他点明的谢灵运“风容映古今”和“当年寂寞心”，更是让人深有同感，也让人无限地叹惋和神伤。

## 后汉书·逸民传论[1]　　范晔

《易》称“《遁》之时义大矣哉！”[2]又曰：“不事王侯，高尚其事。”[3]是以尧称则天，不屈颍阳之高[4]；武尽美矣，终全孤竹之节[5]。自兹以降，风流弥繁[6]，长往之轨未殊，而感致之数匪一[7]。或隐居以求其志，或回避以全其道[8]；或静己以镇其躁，或去危以图其安；或垢俗以动其概，或疵物以激其清[9]。然观其甘心畎亩之中，憔悴江海之上[10]，岂必亲鱼鸟、乐林草哉？亦云性分所至而已[11]。

——《文选》卷五〇

**注释**：[1]逸民：节行超逸、避世隐居的人。[2]《遁》：《周易》

六十四卦之一，卦意整体为通顺。《彖辞》云："遁亨，遁而亨也。刚当位而应，与时行也。小利贞，侵而长也。《遁》之时义大矣哉！"《象辞》云："天下有山，《遁》。君子以远小人，不恶而严。"范晔引文，是说君子要观察时势，把握时机，及时退隐。[3] 不事王侯，高尚其事：见《周易·蛊卦》"上九"爻辞，即不为王侯做事，保持高尚的气节。[4] 则天：以天为榜样。《论语·泰伯》："惟天为大，惟尧则之。"颍阳：颍水之阳，这里借指许由不受禅让事。[5] 武：周武王。孤竹：孤竹君，这里指孤竹君之子伯夷、叔齐。周武王平定天下，伯夷、叔齐耻于宗周，义不食周粟，隐居于首阳山，饿死。[6] 风流：遗风。弥繁：更盛。[7] 长往：指隐居。潘岳《西征赋》："悟山潜之隐士，卓长往而不返。"感致：招致。数：理。匪：非。[8]"隐居"句：《论语·季氏》："隐居以求其志，行义以达其道。""回避"句：《论语·宪问》："贤者避世，其次避地。"[9] 垢俗：批判世俗。概：节操。疵物：非议不好之物。激清：激浊扬清。[10] 畎（quǎn）亩：田间，田地。憔悴：形容枯槁。江海：指隐居之处。[11] 亲鱼鸟、乐林草：喜欢山水鱼鸟。性分：天性，本性。

**译文：**《周易》说："遁卦所言适时而隐的意义实在是太大了。"又说："不为王侯做事，保持高尚气节。"因此唐尧取法于天，不勉强许由颍川洗耳的高节；周武王的统治十分完美，成全了伯夷、叔齐不食周粟的操守。从此以后，隐逸之风日盛，其隐居之道渐近，而隐居之因却各不相同。有的以隐居来求其心安，有的以避世来保全其认可的大道；有的借以镇静自己躁动的情性，有的以离开危险以求安全；有的以尘俗为垢，借隐居以期改变世风，有的非议现实以激浊扬清。但是，他们甘心劳作于田亩之中，困苦于江海之上，难道一定要以鱼鸟、林草为乐吗？也可以说是由他们各自的天性所致罢了。

## 一种风流吾最爱，南朝人物晚唐诗

本节是范晔《后汉书》之《逸民传论》语。《后汉书》是史学名著，为传世"前四史""二十四史"之一，史学贡献很大。仅以"传"而言，范晔在《史记》《汉书》的基础上增加了党锢、宦者、文苑、独行、方术、逸民、列女七种，第一次明确为这些类型的人立传，而且每一类都对后世产生了深远影响，因而有着重要的史学价值，反映了范晔独到而深刻的史学眼光。

对于《后汉书》，范晔最得意的地方是各个历史人物传记后面的赞论，如他所说："吾杂传论，皆有精意深旨，……笔势纵放，实天下之奇作。"（《狱中与诸甥侄书》）范晔认为，他写的传论不仅意蕴深刻，而且笔势纵横不羁，文质彬彬，为天下奇作。今天来看，范晔的自信有着较为充分的理由，其史论部分，确实是我国古代历史评论中比较精彩的文字。也正是在这个意义上，萧统才将这些本来属于史学的文字，作为典型的"文章"而选入了《文选》。

为逸民立传，既是范晔对东汉以来逸民较多、隐逸之风较盛的社会现实的回应，也是对这类具有清高、耿介品性之人的赞赏。在他看来，隐逸之风渊源悠久，唐尧、周武王都不否定隐逸；无论其归隐的原因有何不同，但他们求其志、全其道、图其安的归隐旨趣，值得一致肯定，何况他们有的还心存激浊扬清的社会情怀呢。

范晔为逸民立传的另一社会契机，就是六朝时隐逸之风的盛行。无论是陶渊明的求田问舍，还是谢灵运的寻山问水，都深深植根于隐逸之风大盛的时代背景。这既有着鲜明的宗教因素，如这一时期佛教炽热、道教流行，都会深刻影响士大夫的思想和行为；也有着传统儒学思想衰微的因素，因为汉末社会动荡，儒家思想不足以牢笼人心，留出了较大的新生思想的空间；还有着政权频繁更迭以及伴随而来的战乱频仍、血腥杀戮和生灵涂炭，让士人倍感命如草芥，有朝不保夕之虞，所以，为求自全，他们纷纷入山林而不返。

我们还可以从另一个层面来解读。逸民不事生产，当然就不产生物质财富，按理来说他们就不值得肯定；但是，逸民却又大都有着很好的声名，他们品行高洁，不苟富贵，恬淡退隐，一定程度上是践行着孔子"不义而富且贵，于我如浮云"的古训，是在创造和增益着精神价值；进而，如果这些隐士能做到激浊扬清，那不仅是对士大夫个人修身的促进，也是对公序良俗和淳朴民风的敦励，就会产生更大更好的社会效应，所以，唐尧、周武王都不否定隐士，历代统治者也都给隐士以较多的尊重。

如果再放宽视野来看，隐逸思想还是道家思想中根深蒂固的、甚至是根本性的内容，是本土文化土壤中诞生的思想之花。当这个思想之花遇到魏晋玄学、魏晋风度时，遇到“竹林七贤”、陶渊明、谢灵运时，它就更为灿烂、放肆地绽放了，于是我们就能看到，中国历史上最地道、最兴盛的隐逸之风，和最地道、最典型的隐士，就都出现在了六朝时期。

嵇康“循性而动，各附所安”(《与山巨源绝交书》) 的话，特别能概括六朝时期士人对自我、对本心的坚守和护持。就这点而言，此前此后的士大夫，都不及六朝时期。所以，一定程度上说，隐逸之风的盛行，其实也是与魏晋以来“人的觉醒”的时代主题相一致的。“人的觉醒”，可以有不同的向度，可以是尊重个性自由的，也可以是看重社会功业的；可以是独善其身的，也可以是兼济天下的。独善其身，可以在官场，也可以在家庭，还可以在山林、在江海、在寺院；隐士可以独善其身，其实列女也可以，甚至宦官、方术之士都可以。因此，从这个角度来看，我们不一定要给隐逸之风、隐逸之士给予多高的评价，因为它毕竟只是整个时代风习中之一斑，但是，我们也不得不承认，隐逸带给历史的更多是积极的一面，它体现的是向往自由、尊重个性、自甘淡泊、不苟富贵、不慕浮华的可贵节操。由此，再来看，范晔《逸民传论》的思想价值，我们确实能感受到范晔独具而深刻的历史眼光。

# 雪赋

谢惠连

于是河海生云，朔漠飞沙。连氛累霭，掩日韬霞[1]。霰淅沥而先集，雪纷糅而遂多[2]。其为状也，散漫交错，氛氲萧索[3]。蔼蔼浮浮，瀌瀌弈弈[4]。联翩飞洒，徘徊委积[5]。始缘甍而冒栋，终开帘而入隙[6]。初便娟于墀庑，末萦盈于帷席[7]。既因方而为珪，亦遇圆而成璧[8]。眄隰则万顷同缟，瞻山则千岩俱白[9]。于是台如重璧，逵似连璐[10]。庭列瑶阶，林挺琼树[11]。皓鹤夺鲜，白鹇失素[12]。纨袖惭冶，玉颜掩姱[13]。

——《文选》卷一三

**注释** [1] 连氛累霭：指云气重重。韬：掩藏。[2] 霰（xiàn）：雪粒。淅沥：雪落声。纷糅：杂乱貌。[3] 氛氲（fēn yūn）：云气浓盛貌。萧索：云气疏散貌。[4] 蔼蔼：密集貌。瀌（biāo）瀌、弈弈：均为盛大貌。[5] 联翩：连绵不断。委积：堆积。[6] 缘甍（méng）：沿着屋脊。冒栋：覆盖着梁栋。[7] 便（biàn）娟：轻盈回旋。墀（chí）：台阶。庑（wǔ）：廊屋。萦盈：回旋飘动。[8] 珪：条形玉器。璧：圆形玉器。[9] 眄（miǎn）：斜视。隰（xí）：低洼湿地。缟（gǎo）：素娟，这里用以形容皓白。[10] 台如重璧：台阶为雪覆盖，如重叠的玉璧。逵：大路。璐：美玉。[11] 瑶、琼：皆美玉。[12] 皓鹤：白鹤。夺：失。白鹇（xián）：鸟名。素：白。[13] 纨（wán）：白绢。冶：艳丽。姱（kuā）：美好。

**译文** 于是河海产生乌云，大漠扬起飞沙，云气连绵重叠，掩盖了太阳，遮蔽了霞光。雪粒淅沥降落，雪片纷乱飘下。那情状是：漫天飞扬，交错不断，时而聚集，时而分散，浓密朦胧，飘飘荡荡，纷纷扬扬。联翩飞洒，回旋堆积。开始时沿着屋脊，覆盖栋宇，到后来穿过帘幕，钻入壁隙。起初轻盈回旋于阶下，之后便飘舞萦绕于席上。既可随方物而成玉圭，又能够随圆物成玉璧。俯看原野则万顷一片缟素，仰望山峦则千峰俱为洁白。楼台如厚厚的玉璧，大路如连绵的美玉。庭阶如玉，树木挺立着琼枝。白鹤为此而失去了光彩，白鹇也不感到洁白。纨袖美女自愧不如，玉颜佳人也含羞掩面。

## 凭云升降，从风飘零

本篇是南朝有名的骈赋。“赋者，铺也，铺采摛文，体物写志也。”(《文心雕龙·诠赋》)赋就是铺排，就是要铺张辞采，来描摹物象、抒情写志。但自赋产生之日起，其铺张辞采的功能被无限放大，抒情写志的功能却被边缘化甚至放逐。魏晋以来，随着文学的自觉和抒情的回归，赋的体制开始变小，变大赋的巨丽之美为小赋的清丽之美，以体物抒情为主。南朝是骈文盛行的时代，文人将骈文要素充分地融入赋中，于是，赋开始讲究纷繁用典和音韵和谐，再加上以清丽为主要倾向的华美文采，赋就成为既讲用典、也讲音韵，既能逞展文采、又能抒情言志的美文了。

《雪赋》就是这样一篇唯美的骈赋。本赋作于彭城（今徐州），谢惠连任彭城王刘义康的法曹参军。赋中虚拟了以梁孝王为主，司马相如、邹阳、枚乘轮番描述雪的场景，司马相如描述雪前、雪中和雪后的具体情状，邹阳作《积雪之歌》和《白雪之歌》，枚乘作尾声。

节选的这段，出自司马相如的描述，其写下雪前的情状是“河海生云”“霰淅沥而先集，雪纷糅而遂多”，即浓云渐积，雪粒初下；然后大雪纷飞，弥天漫地，“联翩飞洒，徘徊委积”；描写雪的动态是“始缘甍而冒栋，终开帘而入隙”，即布满屋宇，穿堂入户；描写雪的分布是“万顷同缟，千岩俱白”，田野、山峦都银装素裹；写雪的洁白是“皓鹤夺鲜，白鹇失素。纨袖惭冶，玉颜掩姱”，即雪之纯白让白鹤、白鹇都为之失色，雪的舞姿让舞袖逊色，雪的精美让佳人玉颜也自愧弗如。其中“万顷同缟，千岩俱白”尤其气势不凡。

古往今来，写雪的诗文虽然不少，但也不算多，类似《雪赋》这样的精细刻绘更是少之又少。这也说明，雪其实不好写。谢惠连借司马相如等著名文人之口，充分发挥了赋铺叙和逞辞的功能，巧妙地、分层次地描写出了雪前雪后的美景，抒发了对雪的感叹与赞美，将文辞之美与雪景之美完美结合，非常成功。“尾声”中的“凭云升降，从风飘零”尤有意味，不仅写出了雪“因时兴灭”的物理特性，也写出了洒脱、达观的人生境界。

谢惠连为谢灵运族弟，二人关系密切，历来颇有物议。据说，谢灵运与谢惠连在一起时，总是容易写出佳句，有一次，谢灵运在永嘉西堂，一整天都没有写出好的诗句来，“寤寐间忽见惠连，即成‘池塘生春草’”(《诗品》引《谢氏家录》)，谢灵运于恍惚之间梦到谢惠连，才写出了“池塘生春草”这样的名句来。抛开物议，仅就创作而言，谢惠连显然对谢灵运的诗歌创作有促进作用。诗歌史上还有“谢惠连体”，也可见谢惠连在当时的影响。正因此，当时即称他们为“大小谢”，后来又合谢朓称“三谢”。无论如何，他们联手为中国文学呈现了精美的华章，推出了富艳精工的“谢家山水”，其贡献应该得到肯定。

## 芜城赋　　鲍照

出入三代，五百余载[1]，竟瓜剖而豆分。泽葵依井，荒葛罥涂[2]。坛罗虺蜮，阶斗麏鼯[3]。木魅山鬼，野鼠城狐[4]，风嗥雨啸[5]，昏见晨趋。饥鹰厉吻，寒鸱吓雏[6]。伏暴藏虎，乳血飧肤[7]。崩榛塞路，峥嵘古馗[8]。白杨早落，塞草前衰。棱棱霜气，蔌蔌风威[9]。孤篷自振，惊沙坐飞[10]。……直视千里外，唯见起黄埃。凝思寂听，心伤已摧[11]。……抽琴命操，为《芜城之歌》。歌曰：“边风急兮城上寒，井径灭兮丘陇残[12]。千龄兮万代，共尽兮何言。”

——《文选》卷一一

**注释** [1] 三代：据李善注，广陵城筑于西汉吴王刘濞时，后经魏、晋，共三代，五百多年。[2] 泽葵：水葵，一种水生植物。依井：长满井壁。葛：野生蔓草。罥（juàn）：缠挂。涂：道路。[3] 坛罗虺蜮：庭院中住满毒蛇妖狐。坛：祭坛，这里指庭院。虺（huǐ）蜮（yù）：螯人的毒蛇和含沙射影的蜮。阶斗麏（jūn）鼯（wú）：台阶上有麏和鼯鼠在殴斗。麏：獐子。鼯：鼯鼠。[4] 城狐：土地庙里的老鼠。[5] 嗥、啸：呼叫声。[6] 厉：通“砺”，磨刀石，磨。

吻：嘴。鸱（chī）：鸱鸮（xiāo），猫头鹰。雏：指鹓（yuān）雏。《庄子·秋水》记载有鹓雏飞过时，鸱鸮因腐鼠而唬鹓雏的故事。[7] 乳血飧（cān）肤：以血为乳，以肤为飧，即饮食血肉。飧，同“餐”。[8] 榛（zhēn）：丛生的树木。峥嵘：阴森。馗（kuí）：同“逵”，大路。[9] 棱棱：寒气逼人。蔌（sù）蔌：风声强劲。[10] 自振：自行飞扬。坐飞：无故而飞。[11] 寂听：听觉无声。摧：伤心到极点。[12] 井径：水井和道路，指人聚居处。丘陇：坟墓。

译文：经过汉、魏、晋三代五百多年，广陵城终于崩裂毁坏如瓜剖豆分。井壁长满水葵，葛蔓挂绕道路。庭院中盘踞着毒蛇与妖狐，阶沿争斗着獐子和鼯鼠。树妖山鬼在风雨中号叫，黄昏后出现，天明后奔回。饥饿的苍鹰磨砺着长喙，孤寒的鸱鸮吓唬小鸟。暴兽隐伏，猛虎潜藏，吞噬人畜的血肉。崩断的树枝阻塞了道路，阴森的道路满是荒芜。白杨树过早凋零，城垣小草也早早枯萎。霜气凛冽，风声飒飒。蓬草独自飘舞，砂砾无故飞行。……远望千里之外，只见黄尘滚滚。心思凝滞，寂寞无声，令人无比忧伤。……取琴谱曲，写成《芜城之歌》。歌词是：北风急，城上寒，阡陌消失，陵墓荒残。千秋万代的兴衰啊，最终都归于湮灭，又能说什么呢！

## 才秀人微，取湮当代

鲍照与谢灵运、颜延之并称为“元嘉三大家”，他出身孤寒，才华颖异，但在世族当道的时代，其命运异常坎坷，先后辗转于刘宋宗王幕府，也曾做过两任县令，生涯末期任临海王、荆州刺史刘子顼侍从，在“义嘉之乱”中，刘子顼被杀，鲍照也悲惨地卒于乱军之中。

鲍照的一生，“才秀人微，取湮当代”（钟嵘语）。由于其家族南迁较晚，无祖业根基，所以，迫于生计，他长期沉沦下僚，平生抱负无从施展，于是常常处于愁苦与哀叹、愤激与无奈的矛盾中。他不得不作幕僚，却总不愿低下高傲的头；不得不数米计薪，却总是满腔不甘；期待着展翅高飞，却也明确知道那必然事与愿违。当他将这样的情怀发之于诗文时，诗文便充满着苍凉豪迈、抑郁不平的劲拔之气。加之长期生活在民间，使他能从民歌中汲取艺术营养，所以，其诗文又体现出鲜明的俗化修辞和百姓情怀。这些，都呈现出与南朝贵族文学迥然不同的风貌，使他成为南朝文坛上的卓然一家。

《芜城赋》很可能作于元嘉二十八年（451），本年鲍照任始兴王、南徐州、兖州刺史刘濬侍从，筑城瓜步（今南京附近瓜步山），鲍照可能在此期间前往芜城怀古，写下《芜城赋》。芜城即广陵城（今扬州），是六朝时期江北的重要城市、军事重镇。元嘉二十七年，宋、魏之战中，刘宋战败，拓跋焘兵临长江，沿江北岸遭到了巨大破坏，广陵城也在此期间被焚毁。

当鲍照面临着荒败的城址时，他不禁回顾起昔日繁盛的广陵，那是“四会五达”的通衢之地，是“闾阎扑地”“歌吹沸天”的繁华之所，是城坚盾厚的战略要塞。可如今的广陵城，“瓜剖豆分”，兽鼠出没，荒烟蔓草，一片死寂。为了渲染这样的荒败气氛，鲍照用了夸张的手法和惊悚的字眼，如“虺蜮”“麏鼯”“木魅”“山鬼”等，让人感到恐怖，尤其是“风嗥雨啸”“乳血飡肤”，似乎是置身于绝望的兽类世界一般；其夸张，如鹰是“饥鹰”，鸟是“寒鸱”，篷是“孤篷”，沙是“惊沙”，苍鹰磨砺其喙，鸱鸮吓唬弱鸟，砂砾无由而飞，孤篷兀自飘起，就连白杨树都在这荒败而恐怖的环境中早早地凋落。风霜凄劲、断壁颓垣之中，鲍照自己似乎感到窒息一般伤心、绝望，“心伤已摧”。

显然，鲍照塑造了一个充满恐怖、绝望气息的世界。这样的世界是我们不愿看到的，也是我们看到之后就不能忘掉的，因为它太触目惊心。漫长的文学史中，极力塑造这样世界的作品极为罕见，因而它也是独特的。以文学传统而言，“文质彬彬，温柔敦厚”的文风始终是主流，是正统，而鲍照塑造的这个世界，显然与“温柔敦厚”了不相干。这也说明，鲍照是一个不囿于传统、富于创造、敢于创新的文学家，就这点而言，他值得肯定。

但如果仅仅靠恐怖世界来炫目于文学史，那实在是看低了鲍照。鲍照塑造这样的世界，目的正是要彰显一个曾经繁华的大都市被摧败为荒芜之城的罪恶，带有控诉战乱、指斥发动战争的统治者的正义性；而且，赋末的歌谣卒章显志，明显表达了盛衰今昔之叹，明显呈现了对广陵残败的无尽遗憾。所以，尽管其氛围有违“温柔敦厚”的文学传统，但其主旨还是赢得了古今读者的一致肯定，即便是坚定秉持“温柔敦厚”诗教的萧统，也将其选入《文选》之中，就能说明这个问题。

## 学刘公幹体（一首）　　鲍照

胡风吹朔雪，千里度龙山[1]。集君瑶台里，飞舞两楹前[2]。兹晨自为美，当避艳阳年。艳阳桃李节，皎洁不成妍[3]。

——《文选》卷三一

**注释** [1] 胡、朔：皆指北方。度：飞越。龙山：即逴龙山，传说中北方的一座冰山。[2] 君：皇帝。瑶台：巍峨洁白的楼台。两楹：李善注：“两楹之间，人君听治正坐之处。”楹，殿柱。[3] 艳阳、桃李：皆喻指谗言小人。妍：美好。

**译文** 北地的风裹挟着浩瀚的白雪，从千里之外度越龙山。雪花聚集在君王的瑶台玉殿上，飞舞在殿堂的两侧楹柱间。这寒冷的冬晨是雪花最美的时节，它必须躲避开艳阳照暖的春季。春季是桃李的时令，到那时，皎洁的雪花消融无迹，不再有美丽的身姿。

### 可怜雪花徒自洁

本诗系鲍照仿刘桢诗而作。刘桢是诗“建安七子”之一，其诗歌“仗气爱奇，动多振绝。贞骨凌霜，高风跨俗”

（钟嵘语），体现出极高的格调，在“七子”中极有个性和风骨，所以六朝人将刘桢与曹植并称“曹刘”。“七子”中的其他作家，多咏抱负和壮怀，多写社会乱离和悲凉之情，而刘桢则偏多抒写自己的高洁品性，多写一己私情。刘桢《赠从弟》诗三首，分别通过水边的苹藻、山巅的松柏、不合群的凤凰，来表达自己质洁、孤高、不与黄雀同群的志向。

鲍照与刘桢颇多相似之点。他们都质洁、孤高，都羞与黄雀同群，所以，鲍照借模仿刘桢的诗，来表达自己的志向和节操。刘桢《赠从弟》三首，鲍照仿写五首。刘桢为五言八句，鲍照亦五言八句；刘桢托物喻情，鲍照亦委婉致意；刘桢诗格高古、遒劲，鲍照亦极力模仿。其实，对于鲍照这样极具创造才华的作家来说，他完全可以不蹈袭前人，但他却仿写了五首，这一方面能体现出鲍照对刘桢其人其诗的肯定，另一方面，也可能是鲍照不便直接抒发牢骚，以借他人之酒杯来浇自己心中之块垒。事实上，鲍照的许多诗都写得十分直接，愤怒之情喷薄而出，但考虑到鲍照曾辗转于幕府和任职于朝廷的事实，那么，在幕府、朝廷中，鲍照只能是委婉致意，这大概是鲍照这类诗歌的写作背景。

在这首诗中，鲍照的情思很委婉。浩瀚的大雪伴着北风，度越千里龙山，来到礼乐衣冠的京华。它们汇集在君王的瑶台玉殿，飞舞在两楹之间。两楹之间是什么地方呢？那是君王听政时的座位所在呀！言下之意，我鲍照家本上党，迁居东海，再南渡至京口一带，就如同雪花度越千里龙山一样，都在寻找一个可以尽情飞舞的平台。雪花集于殿堂、飞于两楹，舞姿翩跹，那其实就是我鲍照来到京城，希望能在君王面前展示自己才华的写照。可是啊，雪花必须得躲开艳阳高照的春天，因为春天是桃李满天的时节，也是雪花消融的季节。言下之意，我鲍照也得躲开满天飞舞的桃李，我仅仅是品性高洁，哪里能比得过桃李那样色艳香烈呢！鲍照用语委婉，但感情却十分强烈而尖锐，其批判温柔而有力。

如果联系鲍照生平来看，则鲍照的这种情思就完全可以理解了。鲍照一生最好的时光，应该是在临川王刘义庆幕府时。刘义庆好文，广纳人才，一时间，刘府人才济济，鲍照、何长瑜、盛弘之、陆展、汤惠休等名流在册。在刘府，鲍照很可能参与了《世说新语》的修撰。但好景不长，他被刘义庆“禁止”、谴责，为此，他千恩万谢（鲍照有《谢解禁止表》《谢随恩被原疏》可证）。之所以被“禁止”、谴责，极有可能是他与同僚不睦，受到谗言诬陷。

在生涯的后期，鲍照曾任孝武帝刘骏的中书舍人。这是南朝时期品阶不高却权力颇重的要职。但是，刘骏嗜杀、好妒、多猜疑，所以，这一时期的鲍照为求自保而为文“多鄙言累句”(《宋书·刘义庆传附鲍照传》)，即便如此，他也遭同僚谗言被贬为秣陵令。这次被贬之后，鲍照不再那么委婉地抒写情思，而是显得尖刻峭拔，愤怒之情喷涌而出。由此推理，本诗所写的雪花飞舞两楹之间，最有可能的，就是鲍照任中书舍人时期，正是他在君王面前展示才华的时期。但从诗歌对桃李满天的讥讽来看，那很可能是鲍照遭遇了谗言，所以他只能委婉地托物寓意了。因为屡遭谗言，所以他对桃李满天的现实，表现出了深深的厌恶。

## 月赋　　谢庄

若夫气霁地表，云敛天末[1]，洞庭始波，木叶微脱[2]。菊散芳于山椒，雁流哀于江濑[3]。升清质之悠悠，降澄辉之蔼蔼[4]。……

若乃凉夜自凄，风篁成韵[5]，亲懿莫从，羁孤递进[6]。聆皋禽之夕闻，听朔管之秋引[7]。于是弦桐练响，音容选和[8]。徘徊《房露》，惆怅《阳阿》[9]。声林虚籁，沦池灭波[10]。情纡轸其何托[11]，诉皓月而长歌。

歌曰：美人迈兮音尘阙[12]，隔千里兮共明月。临风叹兮将焉歇[13]，川路长兮不可越……

——《文选》卷一三

**注释:** [1] 若夫：发语词。气霁：雾气消散，雨止天晴。敛：收起。[2]“洞庭”二句，化用《楚辞·九歌·湘夫人》“嫋嫋兮秋风，洞庭波兮木叶下”。[3] 山椒：山顶。濑：水流沙上，此指水边。[4] 清质：指月亮。悠悠：缓缓。澄辉：清明的光辉。蔼蔼：和柔貌。[5] 篁：竹林，竹丛。[6] 亲懿：至亲好友。羁孤：孤苦漂泊之人。[7] 皋禽：鹤的别名。朔管：即羌笛。秋引：有关秋天的曲调。[8] 弦桐：琴的别称，因琴为桐木所制，以丝为弦。练响：调音选调。音容：音容相貌，这里指曲风。和：柔和，婉转。[9] 徘徊：反复演奏。《房露》《阳阿》：皆古曲名。[10] 声林：风吹树林发声。虚籁：绝响。沦池：风吹水面起波纹。[11] 纡轸：郁结沉痛的样子。[12] 音尘：音讯。阙：缺，断绝。[13] 歇：停息。

**译文:** 像那雨过天晴，云气散尽，洞庭湖风波始起，树叶渐渐飘零。菊花在山巅散布芬芳，鸿雁在江滩流唱哀音；月轮悠悠升起，光芒清丽柔和……

至于那凄清的寒夜，风吹竹林，萧萧成韵。至亲好友不在身边，羁旅的孤客接踵来访。聆听那傍晚时分白鹤的悲鸣和胡笛的哀音，于是调琴拨弦，选曲择音，弹奏起委婉低回的琴音。《房露》曲调低沉而徘徊，《阿阳》又是那么惆怅和幽怨！琴音让飒飒的林声消歇，也让荡漾的池水波平。那郁结的感情该向何处说呢？只有对着天上的皓月长歌：

歌词是：美人遥远啊音讯断绝，相隔千里啊共此明月。临风长叹啊何处停歇？道路漫长啊不可逾越……

## 美人长是月千里

本赋大约作于元嘉二十八年（451）秋天，时谢庄任江州刺史刘骏侍从，驻守姑孰（今安徽当涂县）。本年，刘骏因此前的北伐失利而声望受损，处于失意之中，而谢庄亦辗转于诸王幕府，颇不得志。于是，在本赋中，谢庄借陈思王曹植与王粲的对话，用清丽而幽冷的基调，描写、铺叙曹植的怅惘之情，以此来呼应刘骏的心态，反映他们之间的文学活动。

赋文写到，应玚、刘桢因疾役而殁，所以曹植心情低沉，月夜之下，他想起《诗经》中“月出皎兮”的诗句，遂命王粲以赋写月。谢庄借王粲之口，首先描述了月德之美，说月亮“顺辰通烛”，依时照明，而且圆缺有常，示人以冲虚之理；接着描写月圆光满的美景，在菊散微芳、雁流哀音的夜色中，月光皎洁，群星隐没，世界一片冰清玉洁，为此，曹植罢欢宴，登月殿，奏琴音，抒哀思；而当幽婉惆怅的琴音飘起时，树林为之敛音，江水为之安流，浩歌因之而起；歌声既充满着“美人迈兮音尘阙”的深沉感叹，也隐藏着“隔千里兮共明月”的淡淡安慰，末尾表达了盼望佳期以归来的美好愿望。

本赋用清词丽句，营造出了纤尘不染、冰清玉洁的月光世界，整体情境唯美之极；同时，通篇贯穿着惆怅凄清的悠长情思，赋予了月夜凄楚动人的旋律；赋中对“美人”（知音）的呼唤尤有深情，引人遐思，使读者产生强烈的情感共鸣，最为精彩。此前的文学作品中，也不乏月夜怀人的篇章，如阮籍《咏怀》其一即差近，但是，把月夜怀人写得如此集中、强烈而纯粹的，这是第一次。所以，本赋对于塑造月亮的知音意象，应该说是鲜明的强化，是月夜怀人主题里的标志性作品。从此，月亮就成了遥隔千里的知音之间见证感情、传达相思、抚慰心灵的使者，月亮的冰清玉洁也成了感情纯美无瑕的象征。苏东坡的名句“但愿人长久，千里共婵娟”，就是从本赋直接孕育而出的，这也可以印证本赋的巨大影响。

## 咏霍将军北伐[1]　　虞羲

拥旄为汉将，汗马出长城[2]。长城地势险，万里与云平。凉秋八九月，虏骑入幽并[3]。飞狐白日晚，瀚海愁云生[4]。羽书时断绝，刁斗昼夜惊[5]。乘墉挥宝剑，蔽日引高旍[6]。云屯七萃士，鱼丽六郡兵[7]。胡笳关下思，羌笛陇头鸣[8]。骨都先自詟，日逐次亡精[9]。玉门罢斥候，甲第始修营[10]。位登万庾积，功立百行成[11]。天长地自久，人道有亏盈[12]。未穷《激楚》乐，已见高台倾[13]。当令麟阁上，千载有雄名[14]！

——《文选》卷二一

注释 [1] 霍将军：霍去病，西汉名将、杰出的军事家，官至大司马骠骑将军，封冠军侯。北伐：指霍去病出征匈奴。[2] 拥旄（máo）：高举军旗，借指统率军队。汗马：战马出汗，形容征途艰苦。[3] 虏骑：指匈奴骑兵。幽并：幽州和并州，幽州治所在蓟县（今北京），并州治所在晋阳（今太原）。[4] 飞狐：飞狐口，又名飞狐峪，在河北涞源县北，为历代军事要塞。瀚海：两汉六朝时是北方的海名，汉霍去病出塞二千余里，登临翰海而还。[5] 羽书：犹"檄书"，军情紧急文书，上插羽毛。刁斗：又名金柝，行军用具，铜质，方形，用以煮饭、打更、传警。[6] 乘墉（yōng）：登上垣墙。引：举起。旍（jīng）：同"旌"，旗帜。[7] 云屯：像云一样聚集。七萃：周天子的禁卫军，泛指精锐部队。《穆天子传》："赐七萃之士战。"鱼丽：古代车战的阵法。《左传·桓公二十五年》："为鱼丽之陈，先编后伍。"六郡：指陇西、天水、安定、北地、上郡、西河。《汉书·地理志》："汉兴，六郡良家子选给玉林，以材力为官，名将多出焉。"[8] 胡笳：古代塞北、西域一带少数民族的乐器。羌笛：北方少数民族乐器，因源于羌族，故称羌笛；与中原笛子有一定区别。[9] 骨都：即骨都侯，匈奴官名，冒顿单于所设，分左右，由异姓贵族担任。詟（zhé）：惧怕。日逐：汉代匈奴王号有"日逐王"，次于左贤王。亡精：丧魂失魄。[10] 玉门：玉门关，西汉置，在今敦煌西北小方盘城。斥候：侦查，候望。甲第：豪门贵族的宅第。修营：修建，营造。[11] 万庾（yǔ）：俸禄多，爵位高。庾：古代容量单位，一庾等于十六斗。百行：指各种善行。[12]"天长"两句：以宇宙永恒、人生短促相对照，暗示霍去病英年早逝。亏盈：缺损、盈满，这里偏指缺损。[13]《激楚》：乐曲名，《汉书·司马相如传》："鄢郢缤纷，《激楚》《结风》。"高台倾：喻指霍去病去世。高台，楼阁台榭。[14] 麟阁：麒麟阁，汉初萧何所建储藏图书之处，汉宣帝时，为纪念中兴功臣，图霍光等十七人像于阁壁，以彰显其功勋。后世借指至高无上的功勋。雄名：显赫的名声。

译文 荣耀地受封为汉将，挥鞭奋马踏出长城之外。长城地势险峻，绵亘万里与云相接。在秋高气爽的八九月，匈奴起兵侵入幽州、并州。飞狐塞白日如黄昏，瀚海一带阴云密布。羽檄不时地被割断，军中刁斗昼夜不息。登上城头挥动宝剑，旌旗高扬遮天蔽日。精干的七支军队如云般屯扎，出身于六郡良家的士兵按鱼丽阵法排布。胡笳奏出边关军人的思念，军中羌笛也吹出陇头流水的乐音。匈奴高官骨都先自慑服，日逐王也紧跟着吓掉魂魄。玉门关外撤销哨卡，长安城中官宅刚刚修成。爵位登上万庾之高，建功立业成世人典范。时光天长地久，人世却兴衰无常。还未来得及好好享受《激楚》舞曲，高高的楼台就已坍塌了。应该图霍将军像于麒麟阁，千秋万代传扬其美名。

## 人生留得丹青在，纵死犹闻侠骨香

虞羲出身于会稽虞氏。虞氏为"会稽四姓"之首（虞、魏、孔、谢），与"吴郡四姓"朱、张、顾、陆同为江东望族，绵延六朝。不过，相比起著名侨姓王、谢、袁、萧而言，江东望族还是逊色不少。因此，虞氏虽代有名人，但其知名度和成就都比不上四大侨姓。虞羲生平信息相对较少，史书无传，我们仅知道，其人颇有诗才，与钟嵘交好，今存诗文 14 篇。

虞羲世居江南，在南北对峙的形势下，他几乎没亲历北方山河的可能，更不可能亲历塞外环境，同时，他主要履职幕府参议、记室参军之类的文官，应该没有征战生涯，但这都不妨碍他神驰军旅，期待建立战功，渴望国家统一，他也有着文人壮烈的英雄梦。于是，他将这份梦想寄托在汉代名将霍去病的身上，通过歌咏霍去病北伐，来驰骋自己的英雄情怀。

在汉代征伐匈奴的战争中，霍去病是斩获最多的将领。这位仅仅享年 23 岁的军事天才，像一道耀眼的闪电，击穿了河西走廊和漠北草原。其两次河西之战，将河西走廊纳入汉帝国的版图，为凿通西域打下了基础；其漠北之战大获全胜，封狼居胥，禅姑衍山，使得"漠南无王庭"。在军事上，霍去病擅长大兵团的骑兵机动作战，尤其以迅疾穿插、破袭、迂回包抄为特点，敢于集中兵力迅猛打击，而且还减轻辎重、“取食于敌”，这些战术，完全不守古法，具有极强的创新性，极大地丰富了我国军事思想。所以，汉武帝极为重视这位20出头的将星，封之为大司马，与卫青同列。可天不假年，霍去病不满24岁即去世，给汉武帝的北伐、西征都留下了无尽的遗憾。

虞羲生活于武功较弱的南朝。在南北对峙之下，北方的军事优势是相对明显的，这对于南方士大夫来说一直都是沉重的心理压力。重压之下欲一思奋起，霍去病就成了他驰骋情怀、抒发英雄抱负的范例。他极力地歌咏霍去病的英勇无畏，赞美其不世战功。为了烘托霍去病的勇敢形象，他写绝塞之险，“长城地势险，万里与云平”，这高与云齐的长城，是霍去病北伐必须跨过的第一道关塞；接着，虞羲写匈奴的秋季入侵，“飞狐白日晚，瀚海愁云生”，飞狐塞和苍茫瀚海，都因为匈奴入侵而白昼欲昏，暗无天日；当霍去病挥动大军进攻时，赫赫威名的“六郡良家子”英勇善战，匈奴高官左右骨都、日逐王都魂飞魄散；大捷之后，边塞始宁，玉门关外都撤销哨卡，霍去病也功业彪炳，甲第始成。在虞羲看来，如霍去病这样的显赫战功，就应该图像于麒麟阁，显扬百代。

从诗中可以看出，虞羲是那样尽情地赞美霍去病的战功，歌颂其英雄气概！他是多么渴望南朝也有霍去病这样的英雄，能为国家的安宁和统一而一往无前地冲锋陷阵！在他眼里，像霍去病这样的英雄将领，无论怎样的封赏似乎都不为过，甲第也好，图像麒麟阁也罢，都让人心服口服。在我们看来，虞羲的感慨和渴望，是我们任何时代的士人们都共有的。每当国家受到威胁时，每一个有责任心的中国人，都会产生霍去病再生的渴望；这渴望，不一定就是好战，骨子里反映的更多是家国天下的情怀。

对虞羲而言，对每一个士人而言，他们渴望霍去病的呼声，不一定要像战略家那样去审视和与战的利弊，而只是一种精神的寄托和情感的宣泄；当然，这样的寄托和宣泄，会感染和鼓舞人心，对于促进形成民族持久的凝聚力是有着积极意义的。

## 别范安成　　沈约

生平少年日，分手易前期[1]。及而同衰暮，非复别离时[2]。勿言一樽酒，明日难重持。梦中不识路，何以慰相思[3]？

——《文选》卷二一

注释：[1] 易：看得容易。前期：此前再见的约定。[2] 衰暮：衰老之年。[3] 两句典出《韩非子》。李善注引《韩非子》：战国时张敏思念朋友高惠，梦中往访，返而迷路。

译文：少年的我们向来都看轻离别，以为再会很容易。当我们都到衰暮之年时，就不再像当年离别时那样轻松了。别推辞这杯酒，明日分别后恐怕就很难再次同饮。别后依稀的梦中，不能辨识来看你的道路，又如何安慰我这沉沉的相思之情呢？

### 勿言一樽酒，明日难重持

本诗是沈约为送别范岫而作。范岫，字懋宾，济阳考城（今河南民权）人，博学有才，以品行端正而受到时人称誉。范岫长沈约一岁，二人同受蔡兴宗赏识、推荐，曾同任奉朝请，同任文惠太子萧长懋的东宫属官，同任竟陵王萧子良的属官或文友。相同的出身，相近的年龄，和较长的一起工作经历，使两人结下了深厚的友谊。作此诗之时（永明七年（489）前后），沈约为萧子良宾友，年 49，范岫任抚军将军司马，年 50。当沈约得知范岫要离京出任建威将军、安成内史（太守）时，遂写下这篇惜别之作。

诗中，沈约并未写离别的时间和地点，也未写借景抒情，而是以平实的叙述和议论，通过少年轻别、老来惜别的对比，将真诚、朴实而深沉的感情叙写出来。少年时生活阅历少，对人生感情的认识不深，所以，“少年不识愁滋味”，“少年轻离别”；等同到衰暮之年时，便越来越感到离别的沉重和再会的难期。和少年时代相比，这是鲜明的反差，为此，沈约说，还是喝了这杯酒吧，不要轻看它、拒绝它，离别后，何时才能再次举杯同饮呢？别后那依稀、朦胧的梦中，道路难辨，我又怎么能辗转来看望你呢？言下之意，梦中都道路迷离，何况现实生活中，水阔天长，要来看你那更是绝无可能了。

应该说，这首诗中，沈约根本就没想着去铺排华丽的辞采，根本没想着去交代离别的琐碎细节，而是只抓两个感情丰富的段落，一个是年少轻别与老年惜别的对比，一个是别后梦中的相思。因为有深厚的情感基础，所以，这两个段落他写的率尔直言、气脉流畅，而且不落俗套，别具一格。沈约曾提出诗歌“三易”的标准：易见事，易识字，易诵读，其实也是整个永明时代的诗歌标准。沈约就是要破除沉重、繁缛、典故繁复的诗风，倡导简洁明快、朗朗上口的、珠圆玉润的诗风；沈约还高度认同谢朓“好诗圆美流转如弹丸”的说法，所谓“好诗圆美流转如弹丸”，其实就是珠圆玉润。从这个角度来说，沈约的这首诗，正是很好地实现了这个诗学理想的。

## 宋书·谢灵运传论　　沈约

夫五色相宣，八音协畅[1]，由乎玄黄律吕[2]，各适物宜。欲使宫羽相变，低昂互节[3]，若前有浮声，则后须切响[4]；一简之内[5]，音韵尽殊；两句之中，轻重悉异。妙达此旨，始可言文。至于先士茂制，讽高历赏[6]，子建函京之作[7]，仲宣灞岸之篇[8]，子荆零雨之章[9]，正长朔风之句[10]，并直举胸情，非傍诗史，正以音律调韵，取高前式。自灵均以来[11]，多历年代，虽文体稍精，而此秘未睹[12]。至于高言妙句，音韵天成，皆暗与理合，匪由思至[13]。张、蔡、曹、王，曾无先觉；潘、陆、谢、颜，去之弥远[14]。世之知音者，有以得之，此言非谬。如曰不然，请待来哲。

——《文选》卷五〇

**注释：**[1] 五色相宣：五色相互映发。八音：古代对乐器的分类：金、石、丝、竹、匏、土、革、木。[2] 玄黄：指五色。律吕：古时音律分为六律六吕，这里指诗歌声律。[3] 宫羽：指五声宫、商、角、徵、羽。低昂：高音与低音。[4] 浮声、切响：指清音、浊音，又认为指音之轻、重。[5] 一简：一行，指五言诗的一句。[6] 先士茂制：前人的好作品。讽高历赏：吟诵前人的高唱，历来为人所欣赏。[7]“子建”句：曹植字子建，其《赠丁仪王粲》诗有：“从军度函谷，驱马过西京。”[8]“仲宣”句：王粲字仲宣，其《七哀诗》有：“南登灞陵岸，回首望长安。”[9]“子荆”句，孙楚字子荆，其《征西官属送于陟阳侯作诗》有：“晨风飘歧路，零雨被秋草。”[10]“正长”句，王瓒字正长，其《杂诗》有：“朔风动秋草，边马有归心。”[11] 灵均：屈原字，《离骚》有：“名余曰正则兮，字余曰灵均。”[12] 此秘未睹：指此前学人未能深入了解声律的精妙之处。[13] 暗与理合，匪由思至：都是与声律原理暗合，并非出于自觉追求。[14] 张、蔡、曹、王，潘、陆、谢、颜，分别指张衡、蔡邕、曹植、王粲，潘岳、陆机、谢灵运、颜延之。

**译文：**各色搭配照映，八音协调流畅，这是由于各种颜色、音律都随物性而相应、适宜。想要使宫调、羽调互相变化，低音、高音互相调节，那就要做到前面若有上扬的声调，后面就必须有下抑的声调。五言诗的一句之内，声调应该各不相同；两句之内，轻音重音应该各有差别。妙解声律达到这个标准，才算是真正懂诗。至于前人佳作，讽诵以为高、历来所共赏者，如曹植《赠丁仪王粲》(“从军度函谷”)，王粲《七哀》(“南登灞陵岸”)，孙楚《征西官属送于陟阳侯作诗》(“零雨被秋草”)，王瓒《杂诗》(“朔风动秋草”) 等，都能直抒胸情，不依傍旧语史实，主要是依凭音律协调，而高于前人之法。自屈原以来已经很久远了，虽然文体渐趋精密，但音律搭配的秘密则无人发现。前人虽有高言妙句，音韵天然协畅，那只不过是暗合音理，而非基于自觉的认识。张衡、蔡邕、曹植、王粲，都没有察觉；潘岳、陆机、颜延之、谢灵运，距离音理更为遥远。如果世上有真正懂得文学音律的人，他会明白我此言绝非谬误。如果没有懂音律者，那就等待以后的高明之人吧。

## 凿开音律的鸿蒙

本文是沈约为其《宋书》之《谢灵运传》所写的论语。《宋书》是传世二十四史之一，是沈约对中国史学的重大贡献。其实，就沈约在当时的影响而言，史学并非其最主要的，声律理论才是他影响最大的，也是他最满意的成绩。之所以将他视为“独得之秘”的声律理论放在《谢灵运传》的论语中，应该是他认为谢灵运作为时代文学的巨匠，最能代表文学的价值、特色和地位。

汉字的表意特质，及其立体方块的字形特点和单音节的语音特点，使汉字最易形成字与字、音与音的对仗。字与字的对仗由来已久，但音与音的对仗则一直不甚明确。经过自屈原以来历代优秀文人的创作实践，文化精英们越来越认识到汉语音韵独具的特质，可是，要明确概括出汉语音韵、尤其是音调的基本特点，并确定为一套文学创作中的操作规范，此前历代文人学士都未曾做到，只有沈约等人做到了，更确切地说，最先明确做到的，只有沈约。

当然，不可否认，沈约提出诗歌声律理论和规范，是基于前代和当时众多优秀文人的实践和认识，但将其概括为“若前有浮声，则后须切响；一简之内，音韵尽殊；两句之中，轻重悉异”的理论，这是沈约的“独得之秘”，所以，他有资格为此而得意一下。因为，这个理论确实改变了中国诗歌创作的技法和格局，为最具中国特色的诗体——律诗的产生奠定了根基，牢笼千年。如果说，中国文学从魏晋时期开始自觉的话，那么，在沈约这一批文人的努力下，中国文学确实是完成了自觉。

时至今日，以沈约为代表的“永明声律论”，其许多具体细节已不得而知，论者各有推断，但歧异互现，众说纷纭。比如，沈约等人是如何将汉语声调确定在四声（平上去入）上的（汉语声调各地差别很大）？如何将四声二元化为平仄的？其讨论四声的缘起为何？是受佛经转读、唱导的影响吗？五音、四声、清浊、轻重、抑扬、平仄等之间都有什么关联？四声八病的具体内容为何？其实践程度到底是怎么样的？在声律理论横空出世的齐、梁时期，倡导、赞成者有之，反对、批评者有之，其争论的关键到底为何？其实，如果解决了这些问题，就能说明中古音韵的许多核心问题，也能说明声律理论和律诗产生的来龙去脉问题，可遗憾的是，资料所限，目前未有明显突破。

后来，人们对沈约等人声律理论的评价有褒有贬，贬之者多引卢照邻“八病爰起，沈隐侯永作拘囚”的话，认为声律论是约束了诗文的自由抒情，引导和加强了形式主义文风。在我们看来，声律理论是沈约的一大贡献，没什么需要贬抑、批评之处。由于沈约是凿开鸿蒙，第一次提出声律规范，所以，其不成熟之处以及由此而导致的束手缚脚的情况，完全可以理解，毕竟，一种理论或规范的成熟，是必须要经过长期的实践来检验和校正的，这尽在情理之中；而从发展的方向和未来看，声律论、声病规范为中国文学指出了一条真正体现汉语语言文字特质和独特优势的大道，为盛唐气象的到来奠定了艺术根基，是完全值得肯定的。

在《宋书·谢灵运传论》中，沈约除了集中论述声律理论之外，还有一点值得重视，即鲜明的文学史意识。沈约论述自屈原、贾谊以来的历代作家，包括王褒、扬雄、班固、张衡、蔡邕以至三曹、王粲等，他们大体上都“同祖风骚”，沿袭着《诗经》、楚辞以来的优秀传统；而在潘岳、陆机、颜延之、谢灵运等人时，文学风会大变，辞采明显加强。这反映出他对此前中国文学的总体看法，也是符合实际的、正确的，这使得本文就成为我们能看到的最早的文学小史。尤其难能可贵的是，他高举潘、陆、颜、谢，将其与前代优秀作家并列起来，体现出对时代文学的肯定和自信。如果联系后来萧子显、刘勰、钟嵘、萧统等人的看法，我们会看出，六朝文人是多么地自信！他们相信，自己时代的文学可以与任何时代并列而无愧。用沈约自己的话说，就是："如曰不然，请待来哲。"你如果不信，那就等待历史检验吧。这份自信，也值得肯定。

## 宋书·恩倖传论[1]　　沈约

孝建、泰始，主威独运[2]，空置百司，权不外假[3]。而刑政纠杂[4]，理难遍通，耳目所寄，事归近习[5]。赏罚之要，是谓国权[6]，出纳王命[7]，由其掌握，于是方涂结轨，辐凑同奔[8]。人主谓其身卑位薄，以为权不得重[9]，曾不知鼠凭社贵，狐藉虎威[10]，外无逼主之嫌，内有专用之功[11]。势倾天下，未之或悟；挟朋树党，政以贿成[12]。……及太宗晚运，虑经盛衰[13]，权幸之徒，慑惮宗戚[14]，欲使幼主孤立，永窃国权[15]，构造异同，兴树祸隙[16]，帝弟宗王，相继屠劓[17]。

——《文选》卷五〇

**注释** [1] 恩倖：指被皇帝宠幸之人。[2] 孝建：孝武帝刘骏的年号。泰始：宋明帝刘彧的年号。主威独运：君主的权力不受限制地运行，言君权独裁。[3] 空置：白白地设置。百司：朝廷百官的总称。外假：给予皇帝以外的人。[4] 刑政：刑罚、政令。纠杂：纷扰杂乱。[5] 耳目：喻亲信之人。近习：亲近熟悉之人。[6] 国权：国家权力。[7] 出纳：向下宣诏为"出"，向国君汇报为"纳"。[8] 方涂：全国道路。涂，同"途"。结轨：车迹交叠。辐凑：比喻集中到一起。[9] 其：指恩倖之臣。身卑位薄：身份卑微，地位低下。[10] 鼠凭社贵：老鼠凭借社庙而尊贵。典出《韩非子·外储说右上》。狐藉虎威：狐狸凭借老虎而威风。典出《战国策·楚策一》。这里社鼠、狐狸均喻指恩倖。[11] 外：朝廷外。逼主：胁迫君主。内：朝廷内。专用：专擅。[12] 挟：依仗。树党：树立朋党。政以贿成：政事凭借贿赂进行。[13] 太宗：宋明帝刘彧，庙号太宗。晚运：末年。虑经盛衰：这里当指恩倖们担心刘彧死后，他们会遭到清算。[14] 权幸之徒：指恩倖。慑惮：威胁。宗戚：指皇帝的宗族戚属。[15] 幼主：指宋明帝刘彧之子刘昱，即刘宋后废帝，三岁被立为太子，十岁即位，十四岁被杀。[16] 构造：捏造，诬陷。异同：不同，这里指异心。兴树：这里指挑起。[17] 帝弟宗王，相继屠劓：明帝刘彧末年，恩倖王道隆、阮佃夫怂恿刘彧杀害宗王、刘彧之弟刘休仁、刘休佑、刘休若等。

译文：刘宋孝建、泰始年间，皇帝独握天下大权，百官形同虚设，权力从不给外人。但是，刑法、政务纷繁复杂，从常理来说，一人肯定难以兼通，于是皇帝将自己的耳闻目视之事，都归之于亲幸之臣。赏罚是为政的关键，是国政的权衡，可是，出宣政令、汇纳奏章之事，却全由亲幸之臣掌握，于是，士人为了巴结、奉迎权幸之臣，争先恐后，车迹交叠，如同辐凑。国君以为，这些亲幸之臣身份卑贱、地位低下，所掌之权不会太重，却不知社鼠凭神庙而尊贵，狐狸借老虎而施威，亲幸之臣在朝廷（外廷）无胁逼国君的疑忌，在内廷却又有专擅权力的能力。他们的权势能使天下倾斜，而国君却不了解这一切；他们朋比为党，政事全靠贿赂完成。……到刘宋明帝末年，国运由盛而衰，那些邀权徼幸之徒，忌惮于皇族和外戚，欲使年幼的皇帝孤立无援，自己长久地窃取国家大权，于是他们虚构罪名，刻意制造祸端，以至于明帝诸弟、宗室诸王，都相继遭遇杀戮。

## 南朝寒人的兴起

本文是沈约《宋书·恩倖传》的论语。恩倖之臣，主要指那些出身低微、全靠皇帝宠幸而得势的人。从沈约记载来看，戴法兴、戴明宝、徐爰、阮佃夫、寿寂之、于天宝、李道儿等，他们出身寒微，按当时的制度来说，是不可能身登高位、掌握大权的，可是，凭借孝武帝刘骏、宋明帝刘彧的恩宠，他们或位极人臣，或手操生杀大权，显赫一时。不过，就时人的评价而言，他们大多是千夫所指的对象，以至于被安置了一个特定的称谓——“恩倖”。

不可否认，这些恩倖之臣，确实有其严重膨胀、腐朽的一面，值得批判。用沈约的话来说，就是“鼠凭社贵，狐藉虎威”，即他们本身能力不足，全凭皇帝的恩威；同时，天下人对他们“方涂结轨，辐凑同奔”，都络绎不绝地前往、拜见恩倖之臣；而且，他们搅和是非，还怂恿宋明帝刘彧大肆地、斩草除根地杀戮孝武帝刘骏的亲属和后人。这些罪过，使他们钉在了历史的耻辱柱上，永远也难以洗白了。

但是，历史地看，南朝恩倖群体的兴起，有其深刻的社会根源。孝武帝刘骏有一个创举——首设“典签”之职。其本意是以皇帝身边的亲倖之臣出任年幼宗王的助手，辅助处理文书、办理事务，但事实的发展是，典签们完全承皇帝之命，不仅监督宗王、汇报情况，而且只手遮天、为所欲为，有时还欺负宗王，宗王也只能忍气吞声。于是，典签就成了寒人专权跋扈的典型。由此而后，恩倖王道隆、阮佃夫居然能专顾命大臣之权柄，甚至阴谋废立皇帝，这应该是恩倖权力的顶峰。

问题是，当寒族出身的恩倖专权时，贵族子弟都干嘛去了？他们不是向来都权力不假外人吗？难道他们甘愿被恩倖专权吗？非也。其根本原因应是贵族子弟的腐朽无能。九品中正制为贵族世代相续地坐拥高位提供了法理依据，但是，经历了两百多年发展之后，贵族子弟越来越腐朽、越来越无能，已是一个不争的事实；而士庶天隔的情况，导致了寒族子弟进阶无门，即便他们以军功而登高位，也还是摆脱不了被鄙视的窘境。应该说，自东晋以来的门阀政治，其腐朽特质越来越明显。于是，功名心极强而有能力的寒族子弟，便必然地应时而起，所以，典签、恩倖之臣的出现，其实也是南朝寒人兴起的表征，尽管这个表征在当时被千夫所指。而当以恩倖为代表的南朝寒人兴起时，南朝社会阶层的转化时刻已经到来，世族子弟高高在上、专权专威的时代必将退出，六朝贵族退出历史舞台的时刻行将到来。

由南朝社会的士庶天隔来看，当社会阶层固化时，必然意味着权力和利益分配的定向化，也意味着社会的病态。一个健全的社会，必然“明扬幽仄，唯才是与”（沈约语），如汉代谋臣娄敬出身戍卒，宰相公孙弘在家放猪时被推为文学，著名的军事将领卫青出身奴隶，陈琳更是辛辣挖苦曹操之人，他们有才即用，不拘一格。这样的社会，才会不断地涌现优秀人才，才会形成了机会分布广泛、人才全面成长的生机勃勃的局面，因而会具有更为旺盛的生命力。

## 别赋　　江淹

黯然销魂者[1]，唯别而已矣。……

又若君居淄右，妾家河阳[2]。同琼佩之晨照[3]，共金炉之夕香。君结绶兮千里，惜瑶草之徒芳[4]。惭幽闺之琴瑟，晦高台之流黄[5]。春宫閟此青苔色[6]，秋帐含兹明月光。夏簟清兮昼不暮，冬釭凝兮夜何长[7]！织锦曲兮泣已尽，回文诗兮影独伤[8]。……

下有芍药之诗，佳人之歌[9]。桑中卫女，上宫陈娥[10]。春草碧色，春水渌波，送君南浦[11]，伤如之何！至乃秋露如珠，秋月如珪[12]，明月白露，光阴往来，与子之别，思心徘徊。

是以别方不定，别理千名[13]，有别必怨，有怨必盈，……谁能摹暂离之状，写永诀之情者乎！

——《文选》卷一六

**注释**[1]黯然销魂：因极度伤心而失魂落魄的样子。[2]淄右：淄水之右，淄水在今山东境内。河阳：在今河南孟县。有说指黄河之北。[3]琼佩：玉佩。[4]结绶：指出仕，做官。绶：系官印的绳子。瑶草：香草，喻指闺中妇女。[5]幽闺：深闺。流黄：一种黄色的绢，这里指帷幕。[6]春宫：指春闺。閟（bì）：闭，掩闭。[7]簟（diàn）：竹席。釭（gāng）：灯。凝：凝聚。[8]“织锦”二句：借苏蕙事写闺中妻子对远方丈夫的思念。《晋书·列女传·窦滔妻苏氏》载，十六国时，前秦窦滔久戍不归，其妻苏蕙（字若兰）思念丈夫，织成一块八寸见方的五色锦缎，再用文字织成回文诗，凡八百多字，无论反读、横读、斜读、交互读，退一字读，均可成诗。织锦曲，即回文诗。[9] 芍药之诗：指《诗经·郑风·溱洧》："维士与女，伊其相谑，赠之以芍药。"是男女相爱的情歌。佳人之歌：指汉代李延年诗："北方有佳人，绝世而独立。一顾倾人城，再顾倾人国。"赞美绝代佳人。[10] 桑中卫女：指《诗经·鄘风·桑中》："期我乎桑中，要我乎上宫，送我乎淇之上矣。"写男女约会。卫女：卫国女子，指《桑中》诗的主人公。鄘与卫相近，故云"卫女"。上宫陈娥：即《桑中》提到的"上宫"，应是约会地点。陈地与卫亦邻近，故称"陈娥"。[11] 渌（lù）波：清波。南浦：靠南的水边。《楚辞·九歌·河伯》："子交手兮东行，送美人兮南浦。"[12] 珪：圆形玉。[13] 别方：离别的地方去向。别理：离别的原因道理。

**译文** 让人黯然神伤的，只有离别而已。……

又如你住淄水西，我家黄河北，我们早晨同照镜中的装饰，夜晚共熏金炉的香烟。但你赴任千里之外，可惜了我如瑶草般徒然芬芳。寂寥闺房中的琴瑟无心去弹，高台上的流黄织品也黯淡无光。春天的闺门关闭了青苔的秀色；秋夜的帷帐衬映着清寒的月光。夏天凉席清爽，白昼漫长难捱；冬晚独坐灯前，黑夜煎熬难明。织锦为文泪已干，回文诗成对影独伤。……

尘世间，有抒写爱情的芍药之诗，有赞颂佳人的情歌。那是卫国桑中的少女，和陈国上宫的娇娥。在春草青翠、春水清波的情境里，送别恋人到南浦，感伤之情无可如何！到那秋天的露珠如水晶、秋天的月亮如美玉时，在月亮盈亏、露水成雾的时光流逝中，再去回想春天离别时的场景，思念更会让心绪徘徊。

因此，离别的方式不一，离别的理由有别，有离别必然有怨愁，有怨愁就一定会很深沉。……有谁能描绘出短暂离别时的状态，抒写永别时的痛苦呢！

## 黯然销魂者，唯别而已矣

中国文化植根于农耕文明，农耕文明必然会产生聚族而居、安土重迁的思想观念，由此，人们在生活中也必然会形成重离别、惜离别、伤离别的情感基础，加之古代山河阻隔、交通落后、通讯极为不便，所以，一旦离别后，便很难获知彼此的音讯，再见一面或者返回故乡都是难上加难。基于这样的生活基础，古诗文中的饯别、伤别及思乡之情便一写再写，且长盛不衰；虽然“别方不定，别理千名”，但无不充满着真切而深厚的感情，感人至深。

尽管离别诗文佳作如林，但就体裁而言，则以诗为主，文为辅，赋又次之。这也从侧面说明用赋法铺叙离别之情是有难度的，正因此，江淹的《别赋》就显出了其独特之处；不仅如此，《别赋》还成为所有写离别的作品中最优秀、影响最大的作品之一。这不仅归功于江淹巧妙的构思，还得益于其清丽、遒劲而悲凉的语言表达。

赋中，江淹选取了七个离别场景分别铺叙，即：富贵之别、侠客之别、从军之别、绝国之别、夫妻之别、方外之别、情侣之别，每个场景都有精词妙句，都能将直接陈述和委婉铺叙融洽地结合起来，其中借特定境况以烘托感情的手法，被江淹使用得驾轻就熟，完美高效。我们选取的两段分别铺写夫妻之别、情侣之别。夫妻之别主要写别后闺中妻子的孤独和思念，以春、夏、秋、冬四季中各自特定的一个镜头，来烘托闺中人的思念：春天闺门草青青，秋晚明月照空床，夏昼漫长盼日暮，冬夜凝思待天明，极为形象地刻绘了独守空闺的煎熬。情侣之别主要写恋人分别时、别后的情景，春天的南浦之别，是在“春草碧色，春水渌波”背景下的，这么美好的季节，恋人不能相依相偎，却无奈分别，正是以乐景衬哀情，让读者感到无限缺憾；离别后，秋月白露，岁月匆匆，闺中的等待该是何等的“思心徘徊”！显然，江淹极善借景烘情，让离别之情显得唯美而凄怨，也让我们感到这感情是何等纯美，又是那么缺憾，进而更会让我们不由得感慨：有情人就应该终成眷属，必须成眷属！

江淹还特别注意到文章节奏感的变化。他在部分段落用骈体常见的“之字句”，如“知离梦之踯躅，意别魂之飞扬”“见红兰之受露，望青楸之离霜”；有些地方他变为“而字句”，如“日下壁而沉彩，月上轩而飞光”“日出天而耀景，露下地而腾文”；为使文章气韵回环往复，他还多用“兮字句”，因为“兮字句”具有更强的歌吟特色和更绵长的情感余韵，如“织锦曲兮泣已尽，回文诗兮影独伤”“琴羽张兮箫鼓陈，燕赵歌兮伤美人”。此外，江淹还多用清丽的四字句，四字句简洁明快，可以加快文章节奏，适合感情激烈、迫切表达的需要，如“韩国赵厕，吴宫燕市，割慈忍爱，离邦去里，沥泣共诀，抆血相视”，“秋露如珠，秋月如珪，明月白露，光阴往来，与子之别，思心徘徊”，明显是要加强或泣血悲壮、或迫切思念的氛围。所以，之字句、而字句、兮字句、四字句的组合，以及自觉的声调抑扬，使得文章读起来朗朗上口，如诗如歌，显得通体晶莹剔透，唯美至极。

江淹出身孤贫，六岁丧父，虽然文采耀世，但仕途蹭蹬，他曾因事受牵连而无辜入狱，也曾辗转于刘宋宗王幕府和郡守县令，一度颇受猜忌，直到南齐、梁初才显达起来。应该说，早年的江淹对人生艰难、仕途险恶是有着深刻体会的，对人情的体察是极为深入的。这也是他委婉、深情地赋写离情的基本前提。到永明年间之后，江淹仕途渐有起色，富贵安逸的生活使他才思减退，很少再有佳作问世，以致有“江郎才尽”之说。

写本文时，正是江淹仕途的低落时期。他因受到建平王刘景素的猜忌，被贬放为建安郡吴兴县令（今福建浦城），心绪沉郁。所以，在吴兴，他写下了众多诗赋，名垂青史的《恨赋》《别赋》就产生于此时（参曹道衡《江淹作品与写作年代》）。

## 北山移文　　孔稚珪

于是南岳献嘲，北垄腾笑[1]，列壑争讥，攒峰竦诮[2]。

慨游子之我欺，悲无人以赴吊[3]。故其林惭无尽，礀愧不歇[4]，秋桂遣风，春萝罢月[5]。骋西山之逸议，驰东皋之素谒[6]。今又促装下邑，浪栧上京[7]，虽情殷于魏阙，或假步于山扃[8]。岂可使芳杜厚颜，薜荔蒙耻[9]，碧岭再辱，丹崖重滓[10]；尘游躅于蕙路，污渌池以洗耳[11]。宜扃岫幌，掩云关[12]，敛轻雾，藏鸣湍。截来辕于谷口，杜妄辔于郊端[13]。于是丛条瞋胆，叠颖怒魄[14]。或飞柯以折轮，乍低枝而扫迹[15]。请回俗士驾，为君谢逋客[16]。

——《文选》卷四三

**注释:** [1] 南岳、北垄：钟山的南北峰。嘲：嘲讽。腾笑：哄笑。[2] 列壑：一道道山谷。攒（cuán）峰：众峰。竦诮：耸肩讥笑。[3] 游子：这里指“周子”。赴吊：前来慰问。[4] 礀（jiàn）：同“涧”。[5] 遣风：打发走风。罢月：不要月光。[6] 骋：疾驰。西山：首阳山，伯夷、叔齐隐居之处。逸议：隐逸之论。驰：疾传。东皋：东面的水边地。陶渊明《归去来兮辞》：“登东皋以舒啸。”素谒：陈述真情。[7] 促装：速整行装。下邑：县，指“周子”所治之县。浪栧（yì）：犹划桨。栧：楫。上京：京都。[8] 魏阙：指朝廷。山扃（jiōng）：山门。[9] 芳杜：杜若，香草。薜荔（bì lì）：一种香草。[10] 滓（zǐ）：污秽。[11] 尘：扬尘。游躅（zhuó）：指隐者留下的踪迹。蕙路：长满香草的路。渌（lù）池：清池。洗耳：暗含许由拒闻做官的事。[12] 扃：关闭。岫（xiù）幌（huǎng）：山的帷帘。云关：犹云门。[13] 来辕：来车。杜：杜绝，堵塞。妄辔（pèi）：擅自闯入的车马。[14] 瞋（chēn）胆：怒从胆边生。叠颖：丛草。[15] 柯：枝。[16] 俗士、逋客：皆指“周子”。君：指北山山灵。

**译文:** 于是南山嘲讽，北山哄笑，环列的山谷争相讥讽，攒聚的山头耸肩冷诮。它们感慨受周子的欺骗，悲叹无人来慰问。因而其山林无限惭愧，涧水羞愧不已，秋桂遣走了风，春萝罢去了月。到处传布着西山将有隐士来居的议论，又有东山将来隐士拜山的传闻。如今周子又在县治急急忙忙地整治行装，乘船赶赴京都，虽然一心投奔朝廷，却还要借道过访北山。怎能因此而让芳香的杜若厚着颜面，让薜荔蒙受耻辱，让碧绿的层峦再受欺凌，让丹红的山崖又被玷污！又怎能让你足下的灰尘污染了铺满蕙草的道路，让你口中的秽言污染了耳朵，又因洗耳而进一步污染清澈的池水！应该拉上山窗，闭住云关，收敛雾霭，隐藏鸣流。在山谷的入口堵截来车，在山外杜绝擅自闯入的车马。于是丛丛枝条怒自胆生，重重草颖恨从心起。有的扬起枝条扫断车轮，有的枝叶低垂清除车轮的污迹。请这个俗吏抹车回驾，为北山谢绝这个假隐君子。

## “移文”也可以这样写

孔稚珪是南齐时期较有风操的士大夫，他曾与江淹一起在萧道成幕府“对掌文笔”，永明年间任廷尉，敢于弹劾权贵，弹章劾表擅名一时。他还“不乐世务，居宅盛营山水”，“门庭之内，草莱不剪，中有蛙鸣”(《南齐书・孔稚珪传》)，可见他具有相对恬淡的、热爱自然的个性情怀。在文学创作上，孔稚珪以骈文名动一时，但今存作品不多，以《北山移文》最负盛名。其实，有这一篇名作，也足以说明孔稚珪是毫无疑问的骈文创作高手。

《北山移文》是以字字精妙、句句风华的文笔，以谐谑的口吻，讽刺那些心在功名、假意山林的伪隐士。据五臣注，南齐文臣周颙曾隐居于钟山（在建康北），后出任海盐县令，调任回京时，路过钟山，孔稚珪遂假托山灵，撰文“勒移山庭”，以阻止周颙仕宦的车辙污染钟山的隐秀。对此，有学者提出质疑，说周颙是一个地地道道的仕途中人，不曾做过隐士，因此，本文中的“周子”应是一个虚构的人物。我们以为，即便是虚构，也很可能与周颙有关，因为周颙本来就“于钟山西立隐舍，休沐则归之”(《南齐书・周颙传》)，他于休假时暂居钟山，过几天隐逸日子，久而久之，周颙也似乎成了亦官亦隐之人。而这样的亦官亦隐，恰好给了孔稚珪一个随意抒写的话题，讽刺也好，谐谑游戏也罢，总之都不算严肃声讨。

但是，这个较为随意的话题，孔稚珪却写出了极高的艺术水准，成就了一篇精美绝伦的著名骈文。本文中，孔稚珪先刻绘了“周子”隐居时不染尘俗的形象，那是“风情张日，霜气横秋”，“叹幽人长往，怨王孙不游”，一派烟霞为侣、清风为伴的气势；而当“周子”出山为官之后，留下了“高霞孤映，明月独举”，石径荒凉，白云谁侣？受到欺骗的山树草木便气愤异常，它们得知“周子”要借道钟山，于是便争相讥笑，争先恐后地阻止这个“俗士”的车驾，杜绝其污染山林的清净氛围。

我们节选的这段，能体现出孔稚珪精致的铺排手法和精巧的语言构架。其写山林的讥讽是“南岳献嘲，北垄腾笑，列壑争讥，攒峰竦诮”，写山林受欺骗的失落是“林惭无尽，磵愧不歇，秋桂遣风，春萝罢月”，写山林义不再辱是“岂可使芳杜厚颜，薜荔蒙耻，碧岭再辱，丹崖重滓”，写山林收敛、关闭景色，是“扃岫幌，掩云关，敛轻雾，藏鸣湍”，写山林发怒是“丛条瞋胆，叠颖怒魄”，“飞柯折轮，低枝扫迹”，每一个小点都能铺成四句话，而且都妙语连珠，押韵铿锵，曲尽拟人夸张之妙。这样的描写，将山水的清雅与文辞的谐谑有机地结合起来，将汉语词汇、修辞的丰富多变体现得淋漓尽致。

应该说，孔稚珪是选取了一个特别好的切入点，既极大限度地发挥了古典文学善于铺排山水的优势，又巧妙地结合了仕隐之间这个既有热度、又有宽度的主题，加之他高超的语言艺术，遂使得本文无一句不精妙，读来意脉畅达，“意则精严，笔则飞舞”（于光华《文选集评》），确实能代表那个时代骈文的水平。难怪钱锺书先生评价说道：“将山水之清音与滑稽之雅虐，相得而益彰。”（《管锥编》）

## 为范始兴作求立太宰碑表[1]　　任昉

故太宰竟陵文宣王臣某，与存与亡，则义刑社稷[2]；严天配地，则周公其人[3]。体国端朝，出藩入守[4]，进思必告之道，退无苟利之专[5]。五教以伦，百揆时序[6]。若夫一言一行，盛德之风；琴书艺业，述作之茂[7]。道非兼济，事止乐善，亦无得而称焉[8]。……

臣闾里孤贱，才无可甄[9]，值齐纲之弘，驰宾客之禁[10]，策名委质，忽焉二纪[11]。虑先犬马，厚恩不答[12]。而弊帷毁盖，未蓐蝼蚁[13]；珠襦玉匣，遽饰幽泉[14]。陛下弘奖名教，不隔微物，使臣得骏奔南浦，长号北陵[15]。既曲逢前施，实仰觊后泽[16]，傥验杜预山顶之言，庶存马骏必拜之感[17]。

——《文选》卷三八

**注释**[1] 范始兴：范云，字彦龙，曾任始兴太守。太宰：指南齐竟陵王萧子良，齐武帝萧赜次子，曾任南齐宰相，当时有“竟陵八友”之称。范云、任昉均为“竟陵八友”之一。碑：指立碑以纪念萧子良。[2] 义刑：同“仪型”，楷模，典范。社稷：土神和谷神，泛指国家。[3]“严天”两句：语出《孝经》：“孝莫大于严父，严父莫大于配天，则周公其人也。”严，尊敬。配地：谓功德与地一样博大深厚。《礼记·中庸》：“博厚配地。”[4] 体国：治理国家。《周礼·天官·序官》：“惟王建国，辨方正位，体国经野。”端朝：端正朝纲。出藩入守：指萧子良为藩王，外任太守、刺史等职。[5] 必告：即“必告父母”，语出《诗经·齐风·南山》：“取妻如之何？必告父母。”苟利：贪求不正当的利益。《淮南子·人间训》：“贤主不苟得，忠臣不苟利。”[6] 五教：五种教育。《孟子·尽心上》：“君子之所以教者五：有如时雨化之者，有成德者，有达财者，有答问者，有私淑艾者。此五者，君子之所以教也。”伦：条理，顺序。百揆：指各种政务。《尚书·舜典》：“纳于百揆，百揆时叙。”时序，即时叙，承顺；顺当。时，通“承”。[7] 述作：指著作、作品。《礼记·乐记》：“作者之谓圣，述者之谓明。明圣者，述作之谓也。”[8] 兼济：同时救济各个方面。乐善：好做善事。无得而称：找不出适当的话来称赞。表示推崇备至。语出《论语·泰伯》：“泰伯，其可谓至德也已矣。三以让天下，无得而称焉。”[9] 甄：审查鉴定。[10] 齐纲：南齐的纲纪，指统治。驰宾客之禁：指允许侯王可以交接宾客。[11] 策名委质：指因仕宦而献身于朝廷。《左传·僖公二十三年》：“策名委质，贰乃辟也。”纪：十二年为一纪。[12] 犬马：旧时臣子对君上的自卑之称。厚恩不答：深厚的恩德还没来及报答。[13] 弊帷毁盖：语出《礼记·檀弓下》：“弊帷不弃，为埋马也。毁盖不弃，为埋狗也。”后弊帷、毁盖借指马死、狗死。未蓐蝼蚁：谓愿舍身而为王效劳于地下。语出《战国策·楚策》：“臣入则编席，出则陪乘。

大王万岁千秋之后，愿得以身试黄泉，蓐蝼蚁。”蓐，草席。[14] 珠襦玉匣：即“珠襦玉柙”，古代帝王及贵族的殓服。《西京杂记》：“汉帝及诸侯王，送死皆珠襦玉匣。匣形如铠甲，连以金缕，皆镂为交龙、鸾凤、鬼龙之形，所谓交龙玉匣。”（李善注引）幽泉：泉下，这里指去世后的萧子良。[15] 骏奔：急速奔走。南浦：南面的水边，这里指为萧子良送葬之处。长号：哭泣。北陵：揆诸文意，当指萧子良坟陵。[16] 曲逢前施：尽心回谢萧子良以前的恩情。仰觊后泽：希望能得到以后主子（这里当指齐明帝萧鸾）的恩泽。[17] 杜预山顶之言：李善注引《襄阳记》：“杜元凯好为身后名，常自言，百年后必高岸为谷，深谷为陵，作二碑，叙其平吴勋，一沉万山下，一沉岘山下。谓参佐曰：何知后代不在山头乎？”马骏必拜之感：马骏，即司马骏，李善注引《晋书》：“扶风王骏，字子威，宣帝第七子也。都督雍凉州诸军事。后薨，民吏树碑赞述德范，长老见碑者，无不拜之。”

**译文：** 已故太宰竟陵文宣王萧子良，无论国君存亡，他都是国家的典范；其尊主敬父，与周公相似。他掌握国家大体，端正朝廷法纪，出为藩王，入为宰辅，进则考虑“必告之以其制”（《礼记》）的大道，退则不专擅私利苟且之行（《淮南子》：“忠臣不苟利。”）他提倡父义、母慈的五教，处理朝政井然有序。他的一言一行，都体现出高尚的德操；他的述作文章，都体现出著作之盛。如果他只是独善其身，而不能坚持兼济之道，那也就无可称许了。……

臣范云出身孤寒，没什么可供选用的才能，适逢齐国法纪宽容，放松了宾客游于王门的限制，我便有机会供职于竟陵王府，至今已二十四年。我担心我这犬马之臣先走，无以报答竟陵王的厚恩。谁料我这适合埋马埋狗之葬礼的人还活着，还不及用蓐草以辟蝼蚁（人死后埋入蓐草以辟蝼蚁）；而太宰萧子良已然去世，以王侯之礼珠襦玉匣饰之于地下。陛下您奖掖礼教，从不以微臣见外，使微臣能奔驰到南浦（迎丧），在竟陵王墓前号哭。微臣已经得到您的恩准去送葬，内心还希冀您能再降恩泽。如果当年杜预的立碑遗言能实现的话，那么人们会像见司马骏墓碑必拜一样，来拜谒竟陵王墓碑了。

## 一个典故，就是一个中国故事

任昉是齐梁时期的文章家，他不善作诗，以文擅名，尤其是擅长公牍应用类文章，在这类文章的写作上，他为当时最优。他还为官清正，乐善好施，汲引时人不遗余力，有着良好的声望。范云长任昉10岁，他们都曾在萧子良幕府任职，同为“竟陵八友”之一，也都是梁朝建立后的骨干大臣。作此文时，正是齐明帝萧鸾在位时，目的是请求萧鸾准许为已故竟陵王萧子良立碑纪念。

作为曾经的幕僚，建议为其故主立碑，能体现出范云、任昉为政品格忠诚的一面，值得赞赏。尤其可贵的是，他们的故主萧子良，恰好是当朝皇帝萧鸾曾经的劲敌，是萧鸾的“排闼而入”，打破了齐武帝临终前萧子良的布局，以至于萧子良因此忧惧而死。萧子良篡权之谋未发而亡，对此，萧鸾心知肚明，只是不便说出而已。揆诸情理，范云、任昉请求为萧子良立碑，萧鸾必然不许，但至少能体现出范、任二人的忠贞气节来。

作为文章家的任昉，其骈文到底高明在哪里？为什么当时会有那么高的文名？今天来看，任昉文章情思委婉、用语精深，都是时代文章的共性，特点并不显明；其最特出的地方，就是用典，几乎无一字无来处。只不过有些典故比较明显，有的不明显，有的我们今天都无法察觉出来。甚至可以说，任昉是用典空前繁复的作家。这样繁复的用典，为完善骈文形制、强化骈文特点，具有标志性意义。此后的徐陵、庾信继承这个特点，进一步加强了骈文的声色之美，于是，中国骈文的集成性成就才得以出现。任昉文章能擅名一时，绝非浪得虚名。

如何看待中国文学的用典？我们以为，用典虽然有其弊端，它会在一定程度上减弱文章的可读性、降低文章含义的明晰度，但毫无疑问，其更主要的还是积极意义。世界上没有哪一种文字，会有中国古代文学这样繁复多样的用典，因此，用典是最具中国特色的修辞之一，它体现出中国文学修辞技法的进化历程，也是文人逞才炫技的胜场。用典还体现出古典文化精雅、含蓄的特征，借用典故说出来，可以避免直接表达，不仅含而不露，还能以少许文字表达丰富义涵，这当然会使文章显得更为精炼和耐人琢磨，所谓“含英咀华”，当莫此为甚。用典还是中国文化传承的高端手段。典故中凝练着丰富的历史故事和思想观念，一个典故就是一个传说、一段传奇，就是一个中国故事，当这些典故被文人糅合进诗文中时，当这些诗文被一再品读、传唱时，其实就是品味故事、品味思想、品味历史，因此，用典也是传承中国文化的高端手段。

## 广绝交论　　刘峻

近世有乐安任昉，海内髦杰[1]，早绾银黄，夙昭民誉[2]。遒文丽藻，方驾曹、王[3]；英跱俊迈，联横许、郭[4]。类田文之爱客，同郑庄之好贤[5]。见一善则盱衡扼腕，遇一才则扬眉抵掌[6]。雌黄出其唇吻，朱紫由其月旦[7]。于是冠盖辐凑，衣裳云合，辎軿击轊，坐客恒满[8]。……及瞑目东粤，归骸洛浦[9]，繐帐犹悬，门罕渍酒之彦[10]；坟未宿草，野绝动轮之宾[11]。藐尔诸孤，朝不谋夕[12]，流离大海之南，寄命嶂疠之地[13]。自昔把臂之英，金兰之友[14]，曾无羊舌下泣之仁，宁慕郈成分宅之德[15]。

——《文选》卷五五

注释：[1] 任昉：字彦升，乐安人，历任吏部郎中、御史中丞等职，为官清正，文与沈约齐名。髦（máo）杰：英杰。[2] 绾（wǎn）银黄：系挂银印黄绶，代指高官显爵。绾，系结。民誉：社会声誉。[3] 遒文丽藻：形容文采极佳。方驾：并驾。曹、王：曹植、王粲，三国时著名文学家。[4] 英跱（zhì）俊迈，即英特俊迈，形容英雄杰出，洒脱不群。联横：不相上下。许、郭：许劭、郭泰，东汉末年名士。[5] 田文：孟尝君，战国四大公子之一，以养士闻名。郑庄：

郑当时，字庄，西汉大臣，以好客举贤而闻名朝野。[6] 盱（xū）衡：举目扬眉、惊喜兴奋之状。抵掌：拍手称快。[7] 雌黄：即鸡冠石，过去写字用黄纸，写错了就用雌黄涂抹后重写。这里指褒贬人物的权利。朱紫：指区分色彩，这里借指评判任务。月旦：汉代品评人物，当时有“月旦评”之称。[8] 冠盖、衣裳：指往来人物。辎（zī）軿（píng）：有帷盖的车子。击轊（wèi）：车轴头相碰，形容车辆多。[9] 瞑目：闭上眼睛，指人死。东粤：即东越，今浙江和福建的部分地区。任昉死于新安（郡治在淳安）太守任上。归骸：归葬。洛浦：指江浦，在长江边上。西晋灭亡，洛阳沦陷，东晋迁都建康，以后南朝人就把建康视作洛阳，也把长江视作洛水，任昉的遗体归葬于长江边上。[10] 穗帐：灵堂中所设的帐幔。渍酒之彦：借引以只鸡絮酒去吊唁黄琼的名士徐穉。《后汉书·徐穉传》：“穉尝为太尉黄琼所辟，不就。及琼死归葬，穉乃负粮徒步到江夏赴之，设鸡酒薄祭，哭毕而去，不告姓名。”[11] 宿草：隔年未死的草。动轮之宾：坐车的客人，借引以素车白马吊唁张劭的故人范式。见《后汉书·独行传》。[12] 藐尔：弱小无助的样子。诸孤：（指任昉的）几个孤儿。流离：流浪。[13] 大海之南：泛指南方海边。寄命：托身。嶂疠：同“瘴疠”，多见于南方地区的传染病。[14] 把臂：握住手臂。金兰：借指坚固而融洽的交情。《易经·系辞》：“二人同心，其利断金；同心之言，其臭如兰。”[15] 羊舌：羊舌鲋，春秋时期晋国大夫。《左传·昭公十三年》载：晋国因鲁昭公不肯结盟而逮捕了鲁国大夫季孙意如，后来意识到这样做不妥，就请大夫羊舌鲋动员季孙意如悄悄回归鲁国。羊舌鲋去对季孙意如说：“昔鲋也，得罪于晋君，自归于鲁君。微武子（意如之祖）之赐，不至于今。虽获归骨于晋，犹子则肉之。敢不尽情？归子而不归。鲋也闻诸吏，将为子除馆于西河，其若之何？”说着掉下眼泪来。季孙意如害怕，就回鲁国去了。郈成：郈瘠，谥成子，春秋鲁国大夫。《孔丛子》载：郈成子与卫右宰穀臣是友人，后穀臣遭乱而死，郈成子便把他的妻子接来，分出房子给他们住。

**译文** 近来有乐安人任昉，是海内俊杰，很早就受印为官，得到士人的普遍称誉。他的文章风骨俊朗，辞采华茂，可以与著名文人曹植、王粲并驾齐驱；他的人格洒脱超俗，可与名士许劭、郭泰比肩。他礼贤下士、汲引贤才，如同战国的孟尝君、汉代的郑当时。他见到贤良之才，就眉飞色舞、扼腕动情，甚至鼓掌相庆。士人的好坏由他评说，是非高下由他判定。于是他家门庭若市，士人云集，车辆辐凑，客厅里座客常满。……等到任昉在新安去世，葬于扬州后，其门前便很少有吊唁之人；任昉坟草未生，墓前便很少有人祭奠。任昉年龄尚幼的孩子朝不保夕，流离于边海之地，寄居在瘴气弥漫之地。往日那些手挽手的亲密朋友，以及所谓的生死之交，没有一个如叔向（羊舌）那样为故友之子而落泪的，也没有如郈成子那样将自己的宅院隔离出来以供故友遗孀居住的。

## 势利使人争，贫寒论交情

本文作者刘峻，字孝标，后世多称“刘孝标”。刘峻极有才学，却因性格耿介、语言直率而屡遭嫉恨，仕途偃蹇，长期地沉沦下僚。其文长于论，《文选》选录了其《辩命论》《广绝交论》两篇，从来都是名文。刘峻还是一位有重要成就的学者，其《世说新语注》引证极富，学术价值极高，向来与裴松之《三国志注》、郦道元《水经注》、李善《文选注》并称为“四大名注”。

本文是为任昉的际遇鸣不平而作。任昉是当时文宗，为人热情，奖掖后进不遗余力，刘峻就是当年曾被任昉赏识的人才之一。更典型的是到溉、到洽，到氏兄弟受到任昉的大力称誉和优待；但任昉去世后，其子东里、西华、南容、北叟四人生计寥落，却无人助其解困，更无人引援。对此，刘峻义愤在胸，遂撰文批判，矛头直指到氏兄弟。

首先，刘峻将人之交情分为五类：势交（依附权势），贿交（趋奉有钱），谈交（结交名人），穷交（互相利用），量交（思量再三，谋而后交）。这五类交情，表面上看是交情，实质上则类同交易，其根本都是攀附，或者待价而沽。这说明刘峻对他所在的人际交往持有悲观甚至是否定的态度。

其次，刘峻以任昉为例，写其生前的门庭若市、咳唾成珠，那些为了获得好的评价或声名的人，莫不竞相奔凑；但任昉去世后，坟草未生，即已无人理会，那些任昉称誉、优待或提携过的人，则形同陌路，毫不顾惜。刘峻通过势利之徒前后表现的巨大反差，辛辣地讽刺了士人们奔竞于权贵之门的丑态。而那些忘恩负义者如到溉，见到刘峻此文，“抵几于地，终身恨之”（刘璠《梁典》），从到溉的羞愤之态可以看出，本文批判的锋芒和力度之强大。

在我们看来，刘峻对势利之徒的讽刺和批判值得肯定，但他对人情交往的悲观态度似略嫌过之。世人都期待着纯粹的交往和淳美的感情，因而人情中永远都保留着许多淳美的底色，无论爱情、友情还是亲情，莫不如此。也正是在这层意义上，古往今来的优秀作品，都以其深沉纯粹的感情不断感动着一代又一代的读者，进而又培育着、净化着人们的感情世界。即便是放在物质和商业如此凸显的时代，放在金钱作用无限放大的今天，这样真淳的情感期待，和为这些感情而培植的生长空间，都依然还是长留天壤，月白风清。

当然，我们不得不承认，人与人的交往存在着极大的复杂性。因为复杂，所以，尔虞我诈、口蜜腹剑、趋炎附势、忘恩负义、唯利是图等情形就司空见惯，甚至成了人际交往中的常态。其实，在我看来，这有点夸张。以任意两人的交往来说，只要是长期的交往，便必然是以真诚为主导，哪怕是偶尔的口蜜腹剑或尔虞我诈，都会导致两人关系的根本性变化，甚至会导致交往关系的终结，所以，尔虞我诈之类的负面行为只不过占据小部分，人与人之间交情的主体还是倾向于真诚。所以，我们还是应当对人情抱以温情的期待，不能一概地视之为一场交易。当然，对那些单纯以趋炎附势为目的的交往来说，其间的真诚就基本无从谈起了。

刘峻性直语切，在当时确实是得罪了不少人，以至于有人故意打压、为难他，这使他心中极不痛快，对人际交情颇感失望，体现在本文中，就是他对人际关系基本否定的概括。这样的概括不尽符合实际，我们不完全赞同。当然，他对到溉的讽刺，是正确而有力的，我们完全赞同。

# 拜中军记室辞随王笺[1]

谢朓

朓实庸流，行能无算[2]，属天地休明，山川受纳[3]，褒采一介，抽扬小善[4]，故舍耒场圃，奉笔兔园[5]。……不悟沧溟未运，波臣自荡[6]；渤澥方春，旅翮先谢[7]。清切藩房，寂寥旧荜[8]。轻舟反溯，吊影独留[9]，白云在天，龙门不见[10]。去德滋永，思德滋深[11]。唯待青江可望，候归艎于春渚[12]；朱邸方开，效蓬心于秋实[13]。如其簪履或存，衽席无改[14]，虽复身填沟壑，犹望妻子知归[15]。揽涕告辞，悲来横集。不任犬马之诚[16]。 ——《文选》卷四〇

**注释:** [1] 中军记室：指谢朓拜任新安王、中军将军萧昭文的记室参军。随王：指谢朓故主、随郡王、荆州刺史萧子隆。据《南齐书·谢朓传》载："（随王）在荆州，好辞赋，数集僚友。朓以文才尤被赏爱，流边晤对，不舍日夕。"荆州长史王秀之嫉妒谢朓与萧子隆亲密，暗告齐武帝将谢朓调回都城，谢朓遂有此任，遂作此文。[2] 庸流：庸才。行能：行为才能。算：数。[3] 天地：喻指皇帝。休明：美好清明。山川：喻指郡王。[4] 褒采：褒奖。一介：一个。抽扬：宣扬。[5] 舍耒：扔掉农具。场圃：田地。奉笔：奉命执笔。兔园：汉文帝之子梁孝王刘武的园囿。刘武好宫室，枚乘、司马相如等均为兔园座上客。[6] 沧溟：大海。未运：未动。波臣：海中的鱼。《庄子·外物》："周顾视车辙中，有鲋鱼焉。周问之曰：'鲋鱼来！子何为者邪？'对曰：'我，东海之波臣也。君岂有斗升之水而活我哉？'"自荡：自我流失。[7] 渤澥（xiè）：渤海。方春：正值春天。旅翮（hé）：寄居的鸟儿。谢：辞别。沧溟、渤澥，喻指随郡王萧子隆。波臣、旅翮，喻指谢朓自己。[8] 清切：凄凉。藩房：指随郡王府。旧荜：陈旧的草屋，指谢朓居舍。[9] 吊影：形影相吊。[10] 白云在天，语出《穆天子传》："白云在天，丘陵自出。道里悠远，山川间之。将子无死，尚复能来。"龙门：楚南关三门之一，随王府在荆州，属楚地，故云。[11]"去德"二句，语本《庄子·徐无鬼》："不亦去人滋久，思人滋深乎？"滋：增长。[12] 艎：船。渚：江中的小块陆地。[13] 朱邸：诸侯府第皆朱门，借指侯王府。蓬心：语本《庄子·逍遥游》："夫子犹有蓬之心也夫。"以蓬草短而不直喻见识浅陋。秋实：秋天收获，借指日后回报。[14] 簪：典出《韩诗外传》"少原之野，有妇人刈蓍薪而失簪，哭甚哀，言不忘旧"的故事。履：典出《贾子》"楚昭王亡其踦履，已行三十步，复还取之……曰：吾悲与之俱出，不俱反"的故事。均见李善注引。衽席：卧席。典出《韩非子》："文公至河，命席蓐捐之。咎犯闻之曰：席

褥，所卧也，而君弃之，臣不胜其哀。”见李善注引。[15] 身填沟壑：死后弃尸溪谷。[16] 不任：不胜，难以承受。犬马：臣下对君主的自喻，表示甘愿服侍奔走。

**译文:** 谢朓是平庸之辈，品行才能无足称道，有幸遇到圣上英明，录用我这一介文人，表扬我的小小优点，我才得以告别农耕，来到梁园作文学侍从。……不料大海沧波尚且镇静，而波臣已动荡失所；渤海的春天刚刚来临，旅居的鸟儿却已飞走。(致使)藩王您的府邸凄寒，我江陵的故居冷寂。离别的轻舟已经远行，我形影相吊，寂寞行舟。白云一任悠悠，荆州城的东门却从此不见。离您越远，越感受到您的恩德深厚。只盼望来年春天，我在建康江边等候您的归舟；当您在建康再建府邸时，我再来虔诚效命。簪履为伴，交谊永存，即便身死异地，也希望妻子儿女能有所依托。拭泪告别，悲伤胸臆。以此向您表达我的拳拳之诚。

## 浮世生涯原是梦，纷纭是非任君说

谢朓是谢灵运族侄，出生于谢灵运去世三十多年后，主要生活在南齐时代。虽然谢朓也出身于陈郡谢氏，但随着政权的迁转，谢朓时期的陈郡谢氏已远非东晋鼎盛时期那样显赫。谢朓母亲为宋文帝第五女长城公主，但妻子则是寒门武将王敬则之女，在婚宦极重门第的时代，谢朓娶寒族武将之女，确实说明此时的陈郡谢氏已完全不似东晋时的如日中天了。

谢朓好学，有美名，诗文清丽，但不善言辞。早年他预入萧子良“竟陵八友”之列，成为“八友”之中最优秀的作家。之后的仕途主要与随郡王萧子隆、齐明帝萧鸾有关。萧子隆好文学，谢朓以文学侍从的身份跟随至荆州，在此前后，谢朓多有名篇传世。萧鸾篡权登基后，谢朓受到重用，掌“霸府文笔”，他也因此而感恩戴德，忠诚效命。

此后的南齐政坛翻云覆雨，阴晴无端。谢朓因忠于萧鸾，处事左右为难，甚至进退失据。为绝后患，萧鸾欲尽诛齐武帝萧赜之后，首先便废杀随郡王萧子隆，谢朓作为曾被信任的随王旧臣，却一言不发；萧鸾忌惮谢朓的岳丈王敬则，处处防范，王敬则拟起兵废萧鸾，结果被谢朓告发，王敬则被处死，谢朓却有家难回，因为妻子“常怀刀欲报朓”（《南齐书·谢朓传》）；萧鸾死，其子萧宝卷继位，昏庸无能，萧遥光等人企图废萧宝卷，又来拉拢谢朓，谢朓故技重施，再次告发，不过这次很不幸，他被萧遥光等人罗织罪名处死，年仅36岁。

谢朓一生胆小怕事，却又贪恋利禄，正如他所说“常恐鹰隼击，时菊委严霜”“既欢怀禄情，复协沧州趣”，所以，后人批评他是“畏祸”，“天下疑其反复，即与吕布、许攸同类而共笑也”（张溥语），将谢朓与吕布、许攸的背主相提并论。这样的说法有理由，毕竟谢朓的行为确实尴尬之极，作为著名的士大夫、文人，最后的结局竟然是妻子藏刀欲杀之，这不得不说是莫大的悲哀。对于曾经感激涕零、倍示虔诚的旧主萧子隆，在其被杀前后，谢朓一无表示，也的确留下了后人批评的口实。这些事实，他已经洗刷不掉了。

但是，如果放宽视野，那我们就能看到，南朝的政变要比东晋时期血腥，几乎每次南朝政变都伴随着血腥杀戮，甚至是赶尽杀绝。所以，南朝文人所面临的，不仅是短时期内的朝代更迭频繁，而且还有每代之中的政变频繁和血腥杀戮，因此，他们面临的抉择要远比东晋时艰难。这也就是为什么南朝文人大多数都难称纯臣，甚至如庾信被讥讽为“四朝十帝足风流”的根源（当然庾信还有北朝因素）。试想，假如我们是局中人，我们是谢朓，面对翻云覆雨的政局，那该怎么做？又会怎么做？如果以这样的眼光去看谢朓，我们以为，就不必去苛责谢朓，他的人格还远不完善，他的行为进退失据，他的能力十分有限，他不过是一介文士而已，却被动地、无能为力地卷入了反复无常、波谲云诡的时代政局之中，他以为他的忠诚能带来好的结果，可事实是，他的忠诚只不过是愚忠，他的行为带来的是灭顶之灾。

从这个角度来解读谢朓作于永明十一年（493）的《拜

中军记室辞随王笺》，我们似乎能多给谢朓一些宽容。谢朓以文采而得萧子隆的亲信，这引起了同僚嫉妒、谗言，所以被调离，赴建康任中军记室，临别前，他写下了这篇南朝骈文的名篇。文章主旨是感恩和离别，但谢朓却能在极力逞展文采的同时，使辞藻富丽却没有密不透风，典故极多却浑融无迹，极具声色却清丽可人，体现出极强的文字驾驭之功，这既是南朝文风和审美所致，但更是谢朓镕裁修饰所致。尤其是考虑到感恩文字易落俗套的写作实际，我们不得不佩服谢朓高超的文学才华。

就本文的感恩主题来说，谢朓既悬想离开之后荆府凄寒、故居冷落的情状，又表达了在建康候迎萧子隆归来、再度效忠的期盼，还表达了将妻子儿女托付于萧子隆的希冀，可谓一忠到底，彻头彻尾。这样的感情，放在当时的离别之下，是可以理解的；而如果联系后来谢朓的所作所为，那评价就颇为微妙了。是非恩怨，诸君裁决。

# 暂使下都夜发新林至京邑赠西府同僚[1]

谢朓

大江流日夜，客心悲未央[2]。徒念关山近，终知返路长[3]。秋河曙耿耿，寒渚夜苍苍[4]。引领见京室，宫雉正相望[5]。金波丽鳷鹊，玉绳低建章[6]。驱车鼎门外，思见昭丘阳[7]。驰晖不可接，何况隔两乡[8]？风云有鸟路，江汉限无梁。常恐鹰隼击，时菊委严霜[9]。寄言罻罗者[10]，寥廓已高翔。

——《文选》卷二六

注释 [1] 下都：指京城建康。新林：新林浦，在建康城附近的西南。西府：荆州，与东府扬州相对。这里指萧子隆的荆州西府。[2] 未央：未已。[3] 徒：只。关山：关津山川，这里指建康附近。[4] 秋河：银河。曙：曙色。耿耿：明亮。[5] 引领：伸长脖子。宫雉（zhì）：宫墙。雉，古代计算墙面积的单位，借指城墙。[6] 金波：月光。鳷（zhī）鹊：汉代观名，在甘泉宫外。玉绳：星名，在北斗斗柄之北。建章：建章宫，西汉三大宫殿之一。这里鳷鹊、建章均代指南齐建康城宫殿。[7] 鼎门：本指春秋时楚国都城的南门，这里指建康城南门。昭丘：楚昭王墓，在荆州当阳东南。[8] 驰晖：日光，言日光奔驰。[9] 鹰隼（sǔn）：泛指猛禽。委：颓丧，枯萎。[10] 寄言：告诉。罻（wèi）罗：张网捕鸟。

**译文** 浩荡的江水日夜奔流，归客心中的悲愁绵绵无尽。我一心想着建康的家山近了，却也明白返回江陵的路漫长无期。秋季的银河在曙色中隐隐约约，凄寒的江渚上夜色苍茫。抬头就能望见建康城，雄伟的宫墙遥遥相望。金秋的月光让鳷鹊观倍显壮观，玉绳星低垂，似乎就接着建章宫。已经驱车到建康南门之外了，可我还想着能在江陵楚昭王陵墓附近再见你们。奔驰的日光也难以连接建康和江陵两地，何况我们人呢？长空风云间总有着鸟儿飞翔的路径，可是长江汉水间却没有可通的桥梁。我常常担心被鹰隼袭击，担心自己像浓霜下的菊花般枯萎。告诉那些阴谋张布罗网的人吧，我已经飞向了辽阔天空啦。

## 波臣自荡，宦海情深

本诗与《拜中军记室辞随王笺》同年而略后，《拜中军记室辞随王笺》是临别之作，本诗则是谢朓已经接近建康城时所写。在秋季清晨的曙色苍茫中，谢朓早早上路，建康城已经遥遥在望，家乡也已临近，所以，他心情比较畅快。可是，对于那些曾在荆州谗言自己的王秀之等人，他还是难以释怀，于是，他不无得意地说："寄言罻罗者，寥廓已高翔。"言下之意，告诉你们这些谗言我、罗织我罪名的人，我已经飞向辽阔天空了，你们的小网已经构不成威胁了。

建康城真的就是谢朓自由飞翔的天空吗？远远不是！此时的建康城非常险恶，程度远远超过荆州府江陵城，甚至远远超出了谢朓的想象。齐武帝萧赜召回谢朓，但此时的萧赜已病入膏肓（从诗歌内容推理，谢朓不知萧赜病重或病亡），继承人的问题成了南齐政权动荡的根源。萧赜长子、太子萧长懋已病卒，于是萧赜遗诏让长孙萧昭业继位，萧子良、萧鸾辅政。可是，两位辅政大臣都野心勃勃，图谋篡权，所以，最终导致了南齐皇室围绕着继承权问题而展开的血腥杀戮。

谢朓在建康城外，幻想着城中的风和日丽，可是，萧子良"侍医药"，控制着病危的萧赜，等待着篡改遗诏、发动政变的时机，也就是说，等待谢朓的，是山雨欲来风满楼的政局。作为萧子良"竟陵八友"之一的谢朓，其与萧子良的关系远未达到能联系政变的程度，他只不过是一个局外人而已。孰料，之后萧鸾拉拢、重用谢朓，从此谢朓便"侯门一入深似海"，深深地卷入政争的漩涡，难以脱身。

由此，再来看谢朓这首诗的内容，真是让人感慨良多。谢朓以为，进入建康就脱离苦海了，所以他不无得意，谁知这一海还比那一海苦呢！作为文人的天真的谢朓，胆小怕事的谢朓，暂时得意的谢朓，就活脱脱地呈现在我们面前。

也许正是根源于这份天真吧，谢朓那难以掩遏的诗才，一出笔便超迈时人。"大江流日夜，客心悲未央"，笔力雄深矫健，以浩荡奔流的江水来烘托客子心中纷繁复杂的情绪，颇有李煜"问君能有几多愁，恰似一江春水向东流"的气势。"秋河曙耿耿，寒渚夜苍苍"，写景浑厚深沉，能深刻反衬出内心的浩茫之情，甚至有人说："二句昔人谓压千古，信然。"（孙矿《文选集评》）除了这些写景的名句之外，诗中委曲传达的感情，也微妙而形象地呈现出了一介文士在宗王政治、皇权政治之间奔波、效命的卑微心态和命运，耐人寻味。

## 晚登三山还望京邑[1]　　谢朓

灞涘望长安[2]，河阳视京县[3]。白日丽飞甍[4]，参差皆可见。余霞散成绮，澄江静如练[5]。喧鸟覆春洲，杂英满芳甸[6]。去矣方滞淫，怀哉罢欢宴[7]。佳期怅何许？泪下如流霰[8]。有情知望乡，谁能鬒不变[9]？

——《文选》卷二七

**注释：**[1] 三山：在建康城西南。李善注引山谦之《丹阳记》云："江宁县北十二里滨江，有三山相接，即名为三山。旧时津济道也。"[2] 灞涘（sì）：灞水岸边。灞水流经长安城东，上有灞桥，为古人送别之地。王粲《七哀诗》："南登灞陵岸，回首望长安。"是王粲在董卓之乱时离开长安、往荆州流寓时所作。[3] 河阳：用潘岳的典故。潘岳曾为河阳县令，其《河阳县作》："引领望京室，南路在伐柯。""伐柯"语出《诗经》，借指相距不远之意。[4] 飞甍（méng）：飞耸的屋脊。[5] 绮（qǐ）：锦缎。练：白绸。[6] 覆：覆盖。洲：水中较大块的陆地。杂英：杂花。甸：郊野。[7] 滞淫：长久停留。[8] 霰（xiàn）：雪粒。[9] 鬒（zhěn）：黑发。

**译文：**我回望京都，就像当年王粲在灞河南岸眺望长安一样，像潘岳当年身居河阳回望京县一样。夕阳让宫殿飞檐愈显壮观，高低错落清晰可见。晚霞散开铺成片片彩缎，江水澄清如同条条白练。喧闹的鸟儿响遍春天的芳洲，百花绽放布满芬芳的郊原。将要离开了，会在外乡长久滞留，真怀念那些停办的欢乐宴会，想到不知何时才能归来，泪水便如雪粒般纷纷落下。有情人都会理解回望故乡的心情，对此，有谁能保持头发的黑色不变？

## 解道澄江静如练，令人长忆谢玄晖

本诗写于谢朓离开建康、赴任宣城太守之时。他之出任宣城，原因史书记载不明。返回建康后，萧鸾辅政，谢朓"掌霸府文笔"，颇得信任，可不久之后便被外放为宣城太守。对此，有人猜测，由于谢朓是齐高帝、齐武帝两朝宗王的幕僚，萧鸾不放心，所以遣放谢朓赴宣城。这样的解释总感觉不够充分，因为萧鸾必然了解谢朓的履历，既然让谢朓"掌霸府文笔"，那肯定是非常信任的，后来却又因其两朝旧幕僚的历史而放逐谢朓，让人不免疑虑。无论如何，对于宣城太守的任命，谢朓不乐意，甚至颇为失落，以至于他因此而有归隐之心。

出于这样的原因，谢朓在宣城基本处于半官半隐的状态。也正是这样的半官半隐，催生出了谢朓笔下清丽的山水诗作。这些诗作，脱去了谢灵运山水诗篇幅较长、部分作品有阅读滞涩感的特点，也很少有专门表达义理的句子，因而显得音韵协畅，事典无痕，辞藻清丽，整体风格流丽婉转，许多诗句都情景交融，非常接近唐诗风貌，代表了谢朓诗歌艺术的最高水准。这是“小谢”在继承“大谢”山水事业基础上的明显发展和推进，从此，山水诗也成了谢朓的标签，“小谢”“谢宣城”的称呼不胫而走。同为“竟陵八友”的萧衍、沈约都对谢朓评价极高，萧衍说：“三日不读谢（朓）诗，便觉口臭。”沈约说：“二百年来无此诗（按：指谢朓诗）。”这都能反映出谢朓诗在当时的广泛影响。一些伟大诗人如李白、杜甫、李商隐等都对谢朓之诗佩服不已。尤其是李白，对六朝作家总体都评价不高，唯有对谢朓是“一生低首谢宣城”，诗歌中有 15 处提及谢朓，且大都是高度赞扬的口吻，应该说，李白是受谢朓诗直接哺育而成长起来的伟大诗人。由此也可以看出，历来评价偏低的六朝文学，其实对中国文学有着巨大的贡献，其艺术价值和评价，都需要我们精细地估量，决不能一概而论。

再回到本诗上来。谢朓赶赴宣城，心绪低落，在建康西南一带，他登上三山，回望京城，眷恋之情油然而生。首先，他以王粲、潘岳自拟，将本次外任比作是王粲流寓荆州、潘岳出任河阳；他们三人均盛负文名，离京的心态又高度一致，因而使得典故的各个方面都高度吻合，体现出用典的精细与高明。其次，谢朓铺写望中景色，他精妙的工笔细描使得谢家山水再度大放光彩，“余霞散成绮，澄江静如练”，语言清俊而精炼，比喻奇妙而贴切，仰观与俯视搭配，动与静结合，写出了水天辉映、空明悠远的梦幻之境，最为精彩，“余霞成绮”“澄江如练”也成为耳熟能详的成语；接着，“喧鸟覆春洲，杂英满芳甸”两句，用灵动的鸟鸣作点缀，神奇地将喧闹的鸟鸣声推送到读者耳畔，这实在是绝佳的表达效果！再次，谢朓写对故乡的眷恋。生于斯、长于斯的故乡是如此美好，越美好越值得留恋，如今离去，很可能长久滞留，何时才能归来？念及此，他心情怅惘，不禁泪落如霰。诗歌从用典叙写离别之情，转而写家乡美景，再写眷恋之情，景有精妙，情无滞涩，起承转合融洽无间，千余年来无人不叹其高明，无人不赞其精妙。李白诗句“蓬莱文章建安骨，中间小谢又清发”，将谢朓看作是建安风骨和唐诗之间的一个坐标，这评价无疑是高的，但也确实是准确的；即使将“余霞散成绮，澄江静如练”置于唐诗中，无疑也还是第一流的。

## 之宣城出新林浦向板桥[1]　　谢朓

江路西南永，归流东北骛[2]。天际识归舟，云中辨江树。旅思倦摇摇，孤游昔已屡[3]。既欢怀禄情，复协沧洲趣[4]。嚣尘自兹隔，赏心于此遇[5]。虽无玄豹姿，终隐南山雾[6]。

——《文选》卷二七

**注释** [1] 建武二年（495）春，谢朓出任宣城太守，从金陵出发，逆大江西行。之：往，到。宣城：宣城郡，在今安徽宣城市。新林浦：在建康城西南二十里，故址在今南京西南西善桥。板桥：板桥浦，在新林浦南，为建康南行的必经之路，设有板桥驿。[2] 西南永、东北骛（wù）：长江在九江和建康之间是西南—东北流向，谢朓逆流而行，故言“西南永”“东北骛”。永：长。归流：指长江入海之路。骛：疾驰。[3] 孤游：独游。屡：多次。[4] 怀禄：眷恋爵禄。协：合。沧洲趣：指归隐之心。沧洲，水滨，指隐者居处。[5] 嚣尘：嘈杂的尘世。赏心：欢愉的心情。[6]“虽无”二句：典出《列女传·陶答子妻》：“妾闻南山有玄豹，雾雨七日而不下食者，何也？欲以泽其毛而成文章也，故藏而远害。”两句言，自己虽无玄豹资质，不能“泽其毛而成文章”，但此去宣城，总该可以远害藏身吧。

译文: 自西南而来的江路逶迤漫长，朝东北而去的江流汩汩奔流。在苍茫的天际间辨析归来的船只，在云水相接的江岸识别隐隐绿树。旅途奔波思绪倦怠而动荡，这样的独自宦游此前已有多次了。既为获得禄位而欢欣，又怀着隐居沧州的情趣。喧闹的建康官场从此隔绝，赏心悦目之事就在眼前。虽然没有玄豹优美的姿纹，但也终究还是如玄豹一样隐身于南山雨雾之中。

## 唐风隐约在望中

本诗作于南齐建武二年（495）谢朓赴任宣城太守的途中。此时的谢朓，在经历了“掌霸府文笔”的仕途高峰之后，迎来了他人生的低沉期。虽然失意在心，但内心还是有着亲近山水、归隐沧州的志趣，所以，谢朓将这段生涯付之于芳树山川，亦官亦隐，写出了山水诗史上的又一个高峰。

谢朓沿水路溯流而行。长江在九江和建康之间是西南—东北流向，这也是历史上区分江东江西、江左江右的根据。谢朓赴任的宣城，在南京的西南方，对他而言，前行的江路是“西南永”，奔向大海的归流是“东北骛”。落日暮霭中，谢朓登舟眺望，只见遥远的水天相接之处，归帆点点，江树隐隐，一片苍茫。“天际识归舟，云中辨江树”，这是多么有情、热心的盼归人的姿态！或许谢朓也希望，很快会有一天，自己回归建康的小船也就这么隐隐地浮现在水天相接处，划破这苍茫暮霭，驶向建康，回归自己的家园！这是一个离家远行、登上漫漫长路的客子的殷勤心态。

谢朓当然也明白，宣城还必须得去，还得调整心态去适应这宦游生涯。于是，他安慰自己，眷恋禄位乃仕途本分，归隐沧州才是本心所在；离开建康喧嚣的官场，整日面对山川芳树，也算实现了自己的夙愿。既然这样，那就安心地如豹隐一般，藏在南山雨雾中，培植自己的纹理和才华吧。

抛开诗中谢朓徘徊于仕隐之间的心态，仅就“天际识归舟，云中辨江树”两句而言，这是整个六朝时期都罕见的佳句。其佳处，就在清新流丽，就在情韵弥漫，就在意象浑融。诗句里只有天际、归舟、云中、江树等景物，但是，景物背后隐藏着的，却是一个那么有情、深情的主人！他藏着，却又渗透在诗句的角角落落，与景物那么和谐地融为一体！这样的写法与风格，就是唐诗的风格。王维的诗句“明月松间照，清泉石上流”，里没有主人公，但读者总感觉主人公无处不在，无不融合进了每一处景物中。类似的唐诗太多，不胜枚举。

由此我们思考，在唐诗风华流丽的一路风雨中，有多少是受到类似谢朓这样诗歌的示范和启发？以谢朓为代表的六朝诗人，是在多大程度上孕育了唐诗的世界？没有六朝文化，又何来盛唐气象？自曹植以来，阮籍、陆机、潘岳、陶渊明、谢灵运、谢朓、庾信等众多的优秀诗人前赴后继，各有侧重，但都别开生面，都在开拓着中国文学的技法、气象与格局，最终，以百川汇海之势，融汇、熔铸成中国诗学的丰碑——盛唐气象。从这个角度来说，谢朓的诗句“天际识归舟，云中辨江树”，似乎也是隐隐描述出了，中国文学在谢朓的时代，唐诗已经是天际可望的归舟、云中可辨的江树，已经在地平线上露出了其绝代风华的容颜。

## 与陈伯之书　　丘迟

迟顿首。陈将军足下：无恙，幸甚幸甚！

将军勇冠三军，才为世出[1]，弃燕雀之小志，慕鸿鹄以高翔[2]。昔因机变化，遭遇明主[3]，立功立事，开国称孤[4]，朱轮华毂，拥旄万里[5]，何其壮也！如何一旦为奔亡之虏，闻鸣镝而股战[6]，对穹庐以屈膝，又何劣邪[7]！

……

暮春三月，江南草长，杂花生树，群莺乱飞。见故国之旗鼓，感平生于畴日[8]，抚弦登陴，岂不怆悢[9]！所以廉公之思赵将，吴子之泣西河[10]，人之情也，将军独无情哉？想早励良规，自求多福[11]。——《文选》卷四三

**注释** [1] 勇冠三军：语出李陵《答苏武书》："陵先将军，功略盖天地，义勇冠三军。"才为世出：指人才顺应时势而产生。语出苏武《报李陵书》："每念足下，才为世出，器为时出。"世出，应时出现。[2]"弃燕雀"两句，言陈伯之志向远大。《史记·陈涉世家》："燕雀安知鸿鹄之志。"[3]"昔因机"句：指陈伯之在南齐末年投靠梁武帝，梁国建立后，陈伯之进号征南将军，封豊城县公，邑二千户。[4] 开国称孤：梁朝封爵，皆冠以"开国"之号。[5] 朱轮：王侯所乘车子，用朱红漆轮，故称。华毂（gǔ）：华美的车子。拥旄（máo）：借指统率军队。[6]"一旦"句：指陈伯之投降北魏，北魏以之为使持节、散骑常侍、都督淮南诸军事、平南将军、光禄大夫、曲江县侯。鸣镝（dí）：响箭。股战：大腿颤抖。[7] 穹庐：毡帐。[8] 畴（chóu）日：昔日。[9] 抚弦：拨弄琴弦，指弹琴。登陴（pí）：城上女墙。怆悢（chuàng liàng）：悲伤。[10] 廉公：廉颇。《史记·廉颇蔺相如列传》："廉颇居梁久之，魏不能信用。赵以数困于秦兵，赵王思复得廉颇，廉颇亦思复用于赵。"吴子：吴起。《吕氏春秋·观表》载，吴起为魏国守西河（今陕西韩城一带），魏武侯听信谗言，使人召回吴起。吴起预料西河必为秦所夺，故车至岸门，望西河而泣。[11] 早励良规：早日作出妥恰的安排。励，同"砺"，磨炼，振奋。良规：有益的规谏。自求多福：求助自己比求助他人会得到更多的幸福。《诗经·大雅·文王》："永言配命，自求多福。"

**译文** 丘迟叩拜：得知将军您别来无恙，深感幸运！

将军您勇冠三军，才华为世罕见，抛弃燕雀般的小志，向慕鸿鹄般的翱翔。您以前曾不失时机，弃齐归梁，得到梁武帝的恩遇，建立功勋，受封高位，爵同王侯，乘华车，拥旌旄，号令一方，何等威武雄壮！为何一旦成了奔亡北魏的降将，听到响箭便两腿战栗，对着毡帐双膝跪拜，又是何等卑微！

……

晚春三月，江南碧草蔓发，百树花开，群莺飞舞。您见故国的旌旗、战鼓，回顾往日的江南生涯，手握弓弦登上城墙，能不感到悲怆哀伤吗？所以，廉颇身在魏国，心里却想做赵国的将领；吴起离别其戍守的河西之地，泪下潸然。这

是人之常情啊，难道独有将军您这么无情吗？希望您早思良策，以自求多福。

## 暮春三月，江南草长

《与陈伯之书》是梁代作家丘迟的一封著名书信。其著名，首先是信中“暮春三月，江南草长，杂花生树，群莺乱飞”数语之佳丽，寥寥几笔，点缀出了江南春景的烂漫；其次是书信起到了巨大的现实作用，因为这封劝降书，陈伯之背弃北魏，率军8000人回归了梁朝。当然，真正能说动陈伯之归降的，绝不止“暮春三月”数语，而是信中入情入理的分析，和义正辞严的家国大道。

陈伯之少年时以盗劫为生，以勇武而入军，以军功而升迁。在梁武帝起兵代齐的过程中，陈伯之有过反复，但梁武帝还是以之为江州刺史。陈伯之识字不多，文书全靠心腹转读，因此，其心腹朱龙符等审度其事，怂恿陈伯之以江州10万之师起兵造反，失败后奔亡北魏。天监四年（505），梁武帝派临川王萧宏进行了一次规模盛大的北伐，当时陈伯之为北魏都督淮南军事，处于接战的前沿，所以，丘迟奉萧宏之命，写了这封劝降书。

应该说，丘迟的书信非常成功。首先，丘迟对陈伯之表示了高度的赞誉，主要是立足于陈伯之在南方的立场和战功；其次，对陈伯之奔亡北魏表示了鲜明的批判，要求他“迷途知返，往哲是与”；再次，丘迟介绍梁朝初年功臣名将“雁行有序”的良好状态，并以中华正统的立场宣示主权，强调与中华正统相抗的可悲下场；最后，丘迟用故人之情、故乡之景来感召陈伯之，希望他早定大计，早日归来。

丘迟以骈文而为书信，充分发挥了骈对语句的强大功能，委婉处文辞秀发，深情低回，高亮处铿锵做声，义正辞严，使文章情理兼具，酣畅淋漓，文气浩荡中不乏一唱三叹之功效，极为难得。

有意思的是，由于陈伯之不识多字，所以，钱锺书先生就提出了质疑："迟文藻徒佳，虽宝非用，不啻明珠投暗、明眸卖瞽，伯之初不能解。"(《管锥编》）钱先生意谓，丘迟文藻徒好，可惜陈伯之不识字，领会不来这文字的精妙，以如此精妙的文字而付之文盲，不啻明珠暗投。应该说，钱先生慧眼，议论警新，但如果陈伯之幕下文人能很好地朗诵、解释本文，至少其对书信义理是完全能领会的，我们大致相信，信中情理能勾起陈伯之的回忆，更能让陈伯之明白北魏、梁朝双方的大体形势。

末了，我们还想缀语数句。长期以来，我们形成了一种认识，即骈文是形式精美、艺术水准很高的文体，可也是实用性很弱的文体。其实，如果放在当时情境中来看，那这个看法只对了前一半。我们今天所看到的骈文，基本是清一色的应用文体，书、笺、表、启、序、论之类（南朝赋也是骈赋），这说明，骈文当时是完完全全的应用文，实用性很高。只不过，限于特定的文化背景，当时人都能熟悉其中繁复的故实，今天的我们却多所茫昧，因此，在我们眼中，骈文就成了华而不实的代表，而在当时，骈文本就是华实并茂、情用兼通的广泛流行的文体。当然，骈文这样的唯美特色，具有一定的贵族文化属性。

# 后 记

本书的写作，是缘于两年前甘肃省纪委所办“啄木鸟”公众号的约请。每日一选，连续90天，之后我又进行了增改，遂成今日样貌。所以，首先要感谢“啄木鸟”赋予的这项任务。回想当初高强度的选读工作，倍感温馨。在那90天中，我心无旁骛地沉浸在选文、查阅和阅读感受的写作中，为此，也曾自嘲说似乎像个作家般地生活和写作着；而原本已沉寂于心海的作家梦，似乎又沉渣泛起、隐隐作祟了。是啊，人生就是各种错过的集合。没有能力和机会当作家，固然是错过、是遗憾，但这样集中地畅写自己的阅读感受，未尝不是过了一把作家瘾呢！无论如何，这都是人生中难得的阅读和写作体验，我珍视这些体验。尽管我也知道，我的写作学术气、匠气太重，距离个性化的散文还有着遥远的里程，但敝帚自珍，功在不舍；长路恒漫漫，驽马亦奋蹄，我尚自殷勤厚望于文学！

我曾经神往着能独步于六朝的荒烟漫雨，看一看南北朝的金戈铁马和断井颓垣，听一听建康城中的红尘喧嚣和寒灯旧事。当浩瀚的长江上漫天飞雨时，我会想象“朔风吹飞雨，萧条江上来”的萧索；当面对着日落黄昏的萧疏寒山时，我会想象“日入室中暗，荆薪代明烛”的古淡。塞北的烽烟，京口的劲兵，阮籍的啸台，萧统的选楼，邺下的风流，江南的采莲，以及东林寺、同泰寺的钟声，苏小小、莫愁的歌声，都曾久久萦绕我心，它们组成了我心中的意念六朝。

我喜欢个性的六朝，唯美的六朝，风华的六朝，和潇洒的六朝。当曹植以其天纵之才开启了华美、浓情的文风时，六朝便和唯美甚至浓妆艳抹结下了不解之缘；当嵇、阮以其天马行空的个性和思想放浪形骸时，魏晋风度便成了中国士人最具人格意义的行为艺术；当陶渊明、谢灵运倾情于描写田园和山水时，中国文学中最纯净、最澄澈的心灵家园和精神高地便应运而生；当庾信在国破家亡、流寓

图书在版编目(CIP)数据

文选新读 / 杜志强编著. —上海：上海辞书出版社，2023
ISBN 978-7-5326-6069-8

Ⅰ.①文… Ⅱ.①杜… Ⅲ.①《文选》-古典文学研究 Ⅳ.①I206.2

中国国家版本馆CIP数据核字(2023)第085072号

WENXUAN XINDU

文选新读

杜志强　编著

责任编辑　刘小明
装帧设计　姜　明
责任印制　楼微雯

出版发行　上海世纪出版集团
上海辞书出版社®(www.cishu.com.cn)
地　　址　上海市闵行区号景路159弄B座(邮政编码：201101)
印　　刷　苏州市越洋印刷有限公司
开　　本　889毫米×1092毫米　1/32
印　　张　8.125
字　　数　230 000
版　　次　2023年12月第1版　2023年12月第1次印刷
书　　号　ISBN 978-7-5326-6069-8/I·547
定　　价　68.00元